Giorgio Todde
Die toten Fischer von Cagliari

PIPER

Zu diesem Buch

Sardinien, 1854: Hitze und Staub liegen schwer auf der Insel. Hunger und Malaria bedrohen vor allem die armen Einwohner der Hauptstadt Cagliari. Nur einer von ihnen kann sein Glück nicht fassen, hat er doch in einem Fisch, den er verspeiste, einen wertvollen Ring gefunden. Aber die Freude dauert nicht lange an, denn wenig später ist der arme Tàtano tot und der Ring verschwunden. Noch ahnt niemand, dass dies erst der Beginn des Grauens ist, das Sardinien heimsucht. Einzig der junge Efisio Marini wagt es, düstere Spuren zu ergründen, und stört dabei die, die Schlimmes zu verbergen haben. »Geschichte und Wind, Sonne und Verbrechen, Poesie und Archaik: Das ist die Welt von Giorgio Todde – ein Sardinien, gehauen aus der Zuneigung eines epischen und musikalischen Erzählers.« La Stampa

Giorgio Todde, geboren 1951, lebt und arbeitet als Augenarzt in Cagliari, Sardinien. In seinen Kriminalromanen um die historisch wahre Figur des Arztes und Einbalsamierers Efisio Marini läßt er das Sardinien des neunzehnten Jahrhunderts Jahrhunderts mit beeindruckender Lebendigkeit neu erstehen. In Italien wurde Giorgio Todde mit mehreren Literaturpreisen ausgezeichnet. Nach »Der Tod der Donna Milena« und »Das Geheimnis der Nonna Michela« erschien zuletzt von ihm auf deutsch »Die toten Fischer von Cagliari«.

Giorgio Todde

Die toten Fischer von Cagliari

Kriminalroman

Aus dem Italienischen von
Susanne Van Volxem

Piper München Zürich

Mehr über unsere Autoren und Bücher:
www.piper.de

Ungekürzte Taschenbuchausgabe
Juni 2011

Titel der italienischen Originalausgabe:
»L'occhiata letale«

Umschlaggestaltung: semper smile, München
Umschlagmotiv: plainpicture / wildcard
Satz: seitenweise, Tübingen
Papier: Munken Print von Arctic Paper Munkedals AB, Schweden
Druck und Bindung: CPI – Clausen & Bosse, Leck
Printed in Germany ISBN 978-3-492-26383-2

Das Meer drängt zum Land hin. Himmel, Meer und Erde haben eine einzige Farbe, schwarz vom Sturm.

Auf der Festung Sant'Ignazio halten die Soldaten ihre Lanzen gegen das Unwetter gereckt; ihre Rüstungen sind eisgefroren, ihre Köpfe heiß vor Schreck; sie schauen auf die Galeone mit dem gebrochenen Mast; sie schauen in den Himmel und sehen keine Sterne; sie schauen zurück aufs Meer und sehen eine riesige Welle, die aus den Wolken bricht.

María Cruz liegt ausgestreckt in ihrer Koje; sie hat den Verstand verloren, als die Galeone Kurs und Segel verlor. Er ist zurück nach Hause geflogen, Aihjaih! *ruft er, jenes fatale* Aihjaih *in ihrer Sprache, direkt in das ferne Ohr ihres Mannes. Doch ihr Mann hört nur ein Flüstern: Die Entfernung hat das Wehklagen der María Cruz matt werden lassen. Er hört ein Wispern und begreift nicht. Nicht einmal eine böse Vorahnung überkommt ihn. Noch dazu glaubt Esteban nicht an solche Dinge. Für ihn ist das Murmeln, das ihn aus der Ferne erreicht, kein Schmerzenslaut: Es ist die Liebe, die das Meer überquert.*

In Wahrheit ist es der Todesschrei der María Cruz. Das Unglück, das auf ihn zukommt, erkennt Esteban nicht.

Auf dem Schiff rufen sie Zu Hilfe, zu Hilfe! *und feuern einen Abschiedsgruß aus der Kanone ab, der im Tosen des Orkans untergeht.*

An Land erflehen sie Gottes Gnade und stellen ein Kreuz auf gegen den Wirbelsturm, doch der Wind stößt es um.

Die Galeone ergibt sich.

Die Planken zerbersten: ein Aufprall, die von María Cruz ein ganzes kurzes Leben gefürchtete Explosion, und die Welle schlägt zu. Die Welle erblickt die Frau, saugt sie in sich hinein, zieht sie mit sich hinunter, und sie versinkt, versinkt, versinkt.

Was für eine Stille hier unten, was für eine plötzliche Stille!

Unter Wasser dreht sich María Cruz wie ein Windrädchen um sich selbst. Sie erfaßt das Grauen nicht, plötzlich keine Luft mehr zu bekommen, und sie begreift auch nicht, nein, sie begreift es einfach nicht, daß sie verloren ist.

Sie sieht die Schmuckkassette, die schneller als sie selbst versinkt.

Der Sturm schweigt hier unten, und auch das karge Licht ist stumm.

Immer weiter taucht sie hinab.

Sie fühlt sich wie damals, als sie träumte, in den Brunnenschacht im Garten gefallen zu sein: Sie kam nie bis zum Grund, das Licht weckte sie auf. Sie ist ein Kind, das nicht wach werden will. Sie hört die Mutter rufen und empfindet eine stille Freude.

Das letzte, was sie sieht, sind die silbernen Fische mit den großen schwarzumränderten Augen. Sie will mit ihnen sprechen, doch aus ihrem Mund dringt nur eine Luftblase, die letzte, und in dieser Luftblase zirpt ein winziges Aihjaih, *denn Kraft hat sie keine mehr.*

María Cruz ist am Grund angekommen; sie stützt sich auf, schaukelt ein wenig, und die Fische bilden eine Prozession; sie mustern sie neugierig aus ihren großen Augen, die schwarzen Haare, den roten Mund, die Spitzen und Rüschen, die um sie treiben, die trudelnden Arme, der panische Blick.

1

Es ist dunkel im *Pelo d'Oro;* drei Kellerstufen führen hinab.

Der Geruch nach gebratenem Fisch dringt in die Haut ein, bläht Tatànos Nüstern auf, erregt ihn und durchtränkt die beiden Haarbüschel, die ihm aus den Nasenlöchern wuchern. Das Wasser läuft ihm im Mund zusammen, seine Zunge wird länger, er tätschelt sich den dicken Bauch, der ihm halb aus der Hose hängt, und bohrt mit dem Finger in dem schwarzen Nabel, wo bei Leuten wie ihm die rastlose Seele sitzt.

Den dicken Tatàno kennen sie alle im Hafenviertel. Er ernährt sich von Essensresten, die er sich bei den Fischern zusammenbettelt; niemand weiß, warum, aber sie halten ihn für einen Glücksbringer – Schmutzfink zwar, aber Glücksbringer.

Ganze Vormittage verbringt er damit, die wenigen Dampfschiffe bei ihrer Ankunft in der Stadt zu beobachten, und dann schaufelt er Kohle in ihre Kessel.

Heute haben sie ihm eine halbe Goldbrasse geschenkt, und der Wirt vom *Pelo d'Oro* – sie nennen ihn »Goldhaar«, weil er Albino ist; der Geiz hat ihm die schwarzen Fingernägel abgekaut, er frißt ihn mehr auf als jedes Laster –, der Wirt hat die Sünde vor Augen, als er den Fisch dieses armen Schluckers zubereitet, ohne auch nur einen Heller von ihm zu verlangen.

Tatàno wartet, er kratzt sich die Schuppen vom Kopf und plaudert mit einem anderen Gast in der Taverne, die düster bleibt, auch wenn draußen die Sonne scheint, und statt einer Tür ist da ein weißes Loch, das in den Augen blendet.

»Du fragst mich, und ich sage dir, wo ich mein Essen finde und mein Trinken. Und auch meine Kleider. Und wo ich schlafe.«

»Ich habe dich aber nichts gefragt.«

»Und ich sage es dir trotzdem.«

»Hör mal, Tatàno, Sorgen habe ich selbst genug.« Der andere ist müde, seine Wangen sind eingefallen, und dunkle Ringe umranden seine Augen.

»Die Barmherzigkeit hilft mir zu überleben und die Arbeit. Ich tu das, was die anderen nicht tun wollen. Eine Kloake muß saubergemacht werden, und ihr Besitzer hat Angst vor der Scheiße? Also ruft er Tatàno ... obwohl es seine eigene Scheiße ist! Eine Leiche liegt auf der Straße? Also holen sie Tatàno! Der Alte vom letzten Mal war schon eine Woche tot. Keiner hat ihn mehr aus seinem Haus rauskommen sehen ... Am Ende bin ich rein und hab' ihn gefunden: grün, aufgedunsen, die Ratten tanzten ihren Reigen auf ihm ... Hier, guck! Da siehst du es, mir fehlen zwei Finger ... Brandig geworden! Der Doktor hat sie mir abgeschnitten, und wie sie da auf den Tisch plumpsen, sagt er zu mir: ›Jetzt hast du nur noch acht, sieh zu, wie du damit zurechtkommst.‹ Und wie ich damit zurechtkomme, mit meinen Fingerchen ... Ich mache alles mit diesen Fingerchen, die mir geblieben sind, alles ...«

Der andere brüllt: »Pelo d'Oro, Pelo d'Oro! Dieser Abschaum von Tatàno bringt mich mit seinen Geschichten noch dazu, daß ich mir die Seele aus dem Leib kotze ... Gib ihm endlich was zu essen, dann ist er still!«

Der Arme und der Traum vom Essen. Der Kellner bringt Weißwein und dunkles Brot; Tatàno stürzt sich auf seinen Teller, malmt mit seinen wenigen Zähnen und hört auf zu reden.

Ein rußgeschwärztes Kind tritt aus der verrauchten Grotte, die als Küche dient, und bringt die geröstete Goldbrasse.

Lucia lebt am Hafen in einem Kellerloch; sie hält die Fensterläden immerzu geschlossen, so daß niemand sieht, was im Inneren des Zimmers vor sich geht. Besser so. Auch sie bewegt sich außerhalb der Ordnung des Viertels, sie tritt fast nie vor die Tür, und all der Dreck vom Hafen landet bei ihr. Auch der ölgetränkte Panasch aus Tatànos Nase. Wer immer möchte, kann seine Borsten an denen von Lucia reiben.

Eine Melodie auf den Lippen, klopft er bei ihr an, und Lucia öffnet ihm, ohne sich zu zeigen, ein Schatten, während aus der Tür ein Mann mit kurzen Beinen stürzt, der sich noch auf dem Weg zur Hafenmole die Hosen zuknöpft. Tatàno tritt über die Schwelle und knöpft sich seine auf.

2

Es ist zu warm in diesem Mai, viel zu warm.

Efisio Marini, achtzehn Jahre alt, leichter Knochenbau, mit einer Haartolle störrisch wie Draht, die ihm ständig in die Stirne fällt, springt über die weißen Kiesel des felsigen Kaps, das die blaue Bucht in zwei gleich große Hälften teilt. Ein junger Mensch weiß nicht, daß er jung ist, sagt sein Erzieher immer.

»So viel Licht!«

Heute wirft die Sonne keine Schatten. Efisio hat sein Boot festgemacht und klettert zu dem weißen Turm hoch oben über der Küste hinauf. Er spürt den lang ersehnten Wind, der den Geist dieses Ortes ausmacht. Die riesigen Agavenpflanzen bilden einen finsteren Wald auf dem Berggipfel.

Noch hält er die Welten, in denen er sich wiederfindet, für einzigartig, und er erzählt seinem Piaristen davon. Doch die Phantasie spielt ihm hier einen Streich. Der Mönch erklärt ihm immer wieder, daß nicht jeder Ort eine eigene Seele habe, doch für Efisio ist das so und nicht anders.

Er sieht den langen Streifen Strand. Jedesmal, wenn er ihn von so weit oben betrachtet, denkt Efisio ans Fliegen. Dünen wie in der Wüste und immergrüner Schilf trennen das Meer von dem tropischen Salzsee, wo die Vögel leben und die Verdammten aus den Salinen.

Die Zwangsarbeiter leiten das Meerwasser um, schwitzend stehen sie an dem Rad, wo das Salz gewonnen wird. Von weitem sieht man es aufgehäuft zu Gletschern, deren strahlendes Weiß in den Augen blendet.

»So viel Licht!« Er schließt die Lider.

Efisio hat begriffen, daß an dieser heiligen Stätte die Natur alles von alleine macht; sie bestimmt die Form der Steine, die Farben, ja sogar die Form der Bäume, denen der Wind allen die gleiche Gestalt verliehen hat, ob Pinien oder Eukalyptus. Es ist ein in sich geschlossener Ort, und doch spürt und erkennt er hier eine immerwährende Veränderung.

So viel Licht! In der Nacht sorgt der Mond dafür.

Schade, daß Carmina nicht da ist! Seine Carmina ist ein Mädchen aus dem Kolleg. Sie kann nicht da sein, es ist nicht erlaubt. Er trifft sie heimlich, an den alten Mauern, bei Sonnenuntergang ... Jedesmal ein Wagnis, ein Risiko ... Was soll er nur im Oktober machen? Der Vater will ihn nach Pisa schicken, zum Medizinstudium. Er sagt, Cagliari ist arm und vertrocknet, eine Festung über den Sümpfen, ein Ort, an dem Ratten und Mücken das Sagen haben, weggehen muß man von hier, wir haben das Jahr 1854, doch hier ist nicht dasselbe Jahr wie anderswo, denn hier, so sagt er, ist immer das Jahr von vor langer, langer Zeit.

Im Schatten des weißen Turmes nimmt Efisio einen Schluck aus seiner Trinkflasche und beginnt die Fossilien zu sortieren, die er gefunden hat; dann verstaut er sie in einzelnen Säckchen. Er notiert sich alles in einem kleinen Heft, denn er möchte einen Katalog anlegen. Zu heiß, zu heiß ... Er gähnt, reibt sich die Augen und macht sich bereit für ein Nickerchen, wie hypnotisiert von einem unbeweglich in der Luft stehenden Falken, der am Himmel festgenagelt scheint.

Während er sich nach einem weichen Eckchen zum Schlafen umschaut, sieht er tief unten zwischen den Klippen plötzlich einen formlosen Gegenstand im Wasser treiben;

behutsam drängen die Wellen ihn immer wieder gegen die Steine.

Erst glaubt er, es wäre ein riesiger Fisch, dann ein ertrunkenes Schwein, doch da schießt ihm ein Gedanke durch den Kopf – gewaltig und massiv wie ein Felsbrocken – und beginnt ihn zu beunruhigen.

Er klettert den Hang hinunter, schürft sich Hände und Knie auf, löst das Boot aus seiner Vertäuung und rudert zu der im Meer trudelnden Masse. Als er auf zehn Meter herangekommen ist, fühlt er, wie ihm das Herz durch den offenen Mund entschwindet, wie es brennt und sticht.

Es ist ein Mensch, diese schlaffe Masse ist ein Mensch. Ein nackter Mann, mit dem Gesicht nach unten, weiß und grau, über und über bedeckt mit Flohkrebsen und umschwärmt von zufriedenen Fischen.

Es ist der erste Tote, den er sieht.

Der erste Tote. Der Tod und der Jüngling; seine Vorstellungen vom Tod sind die eines Kindes, beinahe jedenfalls. Jetzt hat er ihn vor Augen, den Unterschied zwischen einem Lebenden und einem Toten. Und dieser Unterschied ist so groß, daß er ihn überwältigt.

Immer wenn ein Verwandter gestorben war, hatten die Eltern verhindert, daß er ihn zu Gesicht bekam, und so ist in seiner Vorstellung der Tod – in seiner Familie gibt es so etwas nicht; sie nennen es *ewige Ruhe, Hinscheiden, letzter Schlaf, seliges Ende, Heimgang,* aber nie *Tod* – etwas Vages, Blasses, wie ein fließender Übergang und nicht eine radikale und tatsächliche Veränderung. Er hat nie darüber nachgedacht – auch jetzt nicht –, daß jemand aus seiner Familie plötzlich aufhören könnte zu existieren. Oder vielleicht hat er doch darüber nachgedacht, das würde zumindest jenes seltsame Gefühl von Leere erklären, das ihn gelegentlich überfallen hat ... Auch gestern, als er im

Schatten der Pinien lag und dem leisen Schnalzen der Insekten in dem Nadelkissen unter seinem Kopf lauschte, war es ihm mit einem Mal so vorgekommen, als ginge von den Dingen etwas aus, was er nicht zu begreifen vermochte und was seinen Geist vernebelte ... Er war sofort aufgesprungen, hatte die sicherste Haltung eingenommen, mit dem Kopf so weit wie möglich vom Boden entfernt.

Er ist auch nicht an Nacktheit gewöhnt, sie erscheint ihm anstößig, er schämt sich, und der tote Körper wirkt einmal mehr wie geschändet auf ihn.

Und doch kann er den Blick nicht abwenden.

Die Hände sind angefressen, ohne Fleisch; es durchfährt ihn wie ein Blitz, und der Schwindel verpaßt ihm eine Ohrfeige.

Er wird ohnmächtig und fällt mit dem Gesicht zuerst ins Wasser.

Das Meer weckt ihn wieder auf, er öffnet die Augen, klettert zurück ins Boot, und mit der Kraft des zu Tode Erschrockenen rudert er ans Ufer.

Erschöpft läßt er sich auf den heißen Sand fallen.

Nie zuvor hat er so empfunden. Er weiß nicht, was ihm widerfährt, doch er ist sicher – alle seine Sinne sagen es ihm –, daß er unter einem Schmerz leidet, der mehr als materiell ist, außerhalb des Kataloges, den er über die Dinge angelegt hat. Das Wasser, die Felsen und der Tote ... Und dieses ganze skandalöse Leben um den Toten herum: Fische, Krebsflöhe, Krabben, die allesamt ihren Teil von ihm abhaben wollen. Manch einem Tierchen scheint das Fleisch nicht zu schmekken, und es macht sich auf die Suche nach anderer Nahrung im Wasser. Was soll dieser Übergriff? Efisio verspürt eine Sehnsucht – auch diese ist schmerzvoll – nach seiner Familie, in der nie jemand krank war ... Nun, hin und wieder ein Fieberanfall, ein paar Tage im Bett, schweißnasse Laken, die

Mutter, die das Essen herbeiträgt wie eine Opfergabe in der Kirche, Votivtafeln für Efisio, der von der Malariamücke gestochen wurde …

Aber jetzt, dieser Tote da?

In der Natur gibt es keine Scherze, nichts geschieht aus einem Scherz heraus … Sein Tabernakel ist mit einem Mal ein Ort, der sowohl heilig als auch besudelt ist … Er fühlt sich geschlagen … Niemals hatte er solch eine Empfindung …

Und alles nimmt hier seinen Ausgang.

Doch in dem Moment, genau jetzt, besinnt er sich der Worte seines Vaters Girolamo – der Schrecken hat sie in ihm hervorgerufen –, und er hat sie klar und deutlich vor Ohren: *Efisio, denk erst mal nach, auch wenn die anderen alle wegrennen; denk erst mal nach, und schau dir alles genau an, sonst endest du so wie die Alten in ihren Kellerlöchern, die noch an Geister glauben.* Er steht auf. »Es ist ein Ertrunkener, ein Toter, nichts weiter! Er hat gelebt, so wie ich, so wie wir alle – und er wird eine Familie haben … Vielleicht hat er Kinder … Menschen, die zumindest seinen Körper haben wollen … Den Körper …«

Bei dem Wort *Körper* verspürt er einen neuen Schmerz. Doch er fragt sich nicht, wo dieser Schmerz herrührt, und noch nicht einmal, wie lange er andauern wird. Er dauert an.

»Efisio … Angst vor einem Toten! Was soll ein Toter dir schon anhaben können? Dir nachts im Traum erscheinen, wenn du schwarze Oliven gegessen hast?«

Schon als Kind fand er Trost im Sprechen mit sich selbst, gefiel er sich darin. Nun, die eigenen Gedanken gefallen ihm, doch er hätte gern etwas mehr Fleisch auf den Rippen und wünschte, sich weniger für seine Knöchelchen schämen zu müssen, die zart sind wie die eines Zugvogels.

Er schiebt das Boot ins Wasser – warum er sich so

schwach fühlt, weiß er nicht – und rudert hinaus zu den Klippen, wo das Meer die Leiche noch immer voller Respekt gegen die Felswand spült.

Kurz hält er inne. Dann legt er zitternd ein Seil um den Fußknöchel des Toten, befestigt das andere Ende an der Dolle und fährt ganz langsam zurück.

Die Leiche dreht sich mit Gesicht und Bauch zum Himmel, und Efisio wird kalt.

Schließlich besiegt die Neugier die Angst. Beinah wie unter Zwang beginnt er, sich den Körper genau anzuschauen, ähnlich wie er seine Fossilien begutachtet. Nicht einmal das begreift er. Und doch ist dies hier Efisios Erwekkung, dies ist sein Beginn, sein Anfang. Nicht in einem anderen Moment und nicht an einem anderen Ort.

»Was ist denn das?«

Auf dem Bauch der Leiche entdeckt er einen zwei Handbreit langen Schnitt: tief, gerade und grau. Er schaut noch einmal genauer: An der rechten Hand fehlen zwei Finger – oder die Fische haben sie gefressen.

»Warum haben sie ihn aufgemacht, auf diese Weise aufgemacht?«

Wieder kalte Hände. Messer, Klinge ... Die Wunde erscheint ihm wie eine Schlucht, die bis zum Zentrum der Erde hinabführt ... Sein Kopf dreht sich ... Die ganze Bucht wirbelt um ihn herum.

»Sie haben ihn regelrecht ausgenommen ...«

Er erreicht das Ufer. Wieder läßt er sich mit dem Gesicht voran in den heißen Sand fallen. Dann steht er auf und zieht auch den verstümmelten Toten an Land. Er befreit ihn von den Krebsflöhen. Nun kommen die Fliegen.

Aus der Macchia und dem Schilf springt ein Rudel Hunde hervor, alle möglichen Rassen und Größen; sie hecheln und recken schnüffelnd ihre Nasen in die Luft.

Er hat ein Segel an Bord, darin wickelt er den Leichnam ein; er bemerkt zwei Haarbüschel, die aus den Überbleibseln seiner Nase hervorlugen, und ihm wird schlecht.

Dann brüllt er los, bedroht die Hunde mit einem Ruder, und zu schwach zum Kämpfen wenden sich die Tiere traurig ab, um sich erneut auf die Jagd nach den großen grauen Mäusen vom Salzsee zu machen.

Er blickt hinauf in den Himmel, der ihm nur Gutes verheißt, und er beruhigt sich wieder.

Die nächst gelegene Gendarmerie ist die bei dem Strafgefangenenlager in den Salinen, wo die piemontesischen Zwangsarbeiter und die von der Insel – auch im Knast werden sie fein säuberlich voneinander getrennt – die großen weißen Salzprismen aufladen. Er muß sich dort hinbegeben.

Er steigt auf den Maulesel und gibt ihm die Sporen.

Die Verdammten der Sümpfe arbeiten im Morgengrauen und in der Dämmerung. Hin und wieder muß einer von ihnen zur Strafe barfuß über die scharfen Kristalle laufen, und das Salz und die Malaria verbrennen ihn, jenes Fieber, das alle infiziert, die Wächter und die Sträflinge, deren Gesichter ganz aufgesprungen sind von diesem glühendheißen Gefängnis.

Efisio geht mitten hindurch, die Haartolle gesenkt, ohne jemanden anzuschauen. Hin und wieder dreht er sich um und sucht mit den Blicken die Stadt hinter dem Kap, und um sich Mut zu machen, denkt er an sein Zuhause. Nach einer halben Stunde klopft er an das mit einem Bolzen verrammelte Kerkertor, bis das Guckloch sich öffnet und das Gesicht des Zuchthausgendarmen erscheint.

Vor diesem Tag war die Angst nie hinter die Mauern seines Elternhauses gelangt, in die Schule oder an den Teil der Küste, der »Engelsbucht« genannt wird. Efisio kann sich nicht vorstellen, daß jener Schrecken – der Schrecken aller Schrecken – seinen künftigen Weg bestimmen soll. Vor und zurück, von Anfang bis Ende, weder im Hellen noch im Dunklen, ohne daß er jemals dahinterkommen würde, was dieses Schwarz bedeutet, das so abgrundtief schwarz ganz am Ende steht.

3

Sechs Kinder, die Eltern, Großvater und Großmutter: Zehn Personen sitzen jeden Tag um den Eßtisch der Familie Marini herum, einer Gegebenheit und engen Bindung folgend, die unveränderlich bleiben. Das große Haus im Pola-Viertel am Hafen ist ihr Refugium. Es ist Mittagszeit. Im Hof, im Schatten eines Feigenbaumes, dämmern wie narkotisiert das Pferd und die vier Maulesel vor sich hin.

Das Haus: Wie sicher und abgeschirmt vor Schmerz es ihm bei seiner Heimkehr erschienen ist. Ohne es zu bemerken, hat Efisio hier zu seinem normalen Atemrhythmus zurückgefunden. Die Ordnung in der Familie ist eine bewährte und beruhigende, eine natürliche Anordnung, die ihm vom Verstreichen der Stunden und Tage nicht einmal angekratzt erscheint, denn seine jugendliche Zeit – das wird immer so bleiben – will nicht gemessen sein. Die Ordnung und Symmetrie der Gefühle. Das Haus widersteht der Hitze und den Mücken, die das Unheil mit sich bringen; es öffnet sich nur seinen Bewohnern, und es verschließt sich vor den Dingen, die an die Eingangstür klopfen. Deshalb kehrt er immer wieder gern dorthin zurück, deshalb diese Sehnsucht.

Die weißen Vorhänge halten die unendliche Mittagssonne fern, und der gedeckte Tisch wirkt auf Efisio heute wie ein Altar.

Daß auch hier Schmerz entstehen und fortdauern kann, weiß er nicht. Die Schmerzen des um jenes Bett herum erbauten Hauses, in dem die Schmerzen auf die Welt kommen, heranwachsen und nie vergehen.

Sie sind bereits beim Hauptgang angelangt; während der Vorspeise hat niemand ein Wort gesagt. Memène serviert Petersilienkartoffeln.

Im Eßzimmer herrscht Stille, man hört nur das Klappern des Bestecks gegen die Teller.

Girolamo Marini – ein knochiger Typ auch er und hochgewachsen – schlägt mit der Hand auf den Tisch und wendet sich an Efisio, doch sein Blick erfaßt zugleich die ganze Runde. Er rückt seinen Schlips gerade. Er trägt immer Krawatte – sie bezeichnet die Grenze zwischen Kopf und Körper – und scheint nie zu schwitzen.

»Ist dir eigentlich klar, daß der Mörder, warum auch immer, ebenfalls da unten gewesen sein kann? Der Tote hat dir einen gehörigen Schrecken eingejagt, aber du hättest genausogut ein weiterer Toter werden können, mein lieber Efisio! Und wenn der Mörder diesen armen, unglücklichen Körper nachträglich hätte versenken wollen, ihn gesucht und statt dessen dich gefunden hätte? Na? Warum benutzt du deinen Verstand nicht auch auf der Straße, so wie du es bei den Piaristen machst? Oder paßt du nur dann auf, wenn Pater Venanzio dir was beibringt? Du solltest lieber mal auf deinen weisen alten Vater hören: *Uomo saggio e stagionato / Sempre meglio ci consiglia*... Du denkst doch wohl nicht, daß jung Sein gleichbedeutend ist mit unverwundbar? Und streich dir endlich mal diese Tolle aus dem Gesicht!«

Die ganze Familie ist still und hört zu, die Kinder starren auf ihre Teller. Die Mutter Fedela – auch sie ist still – wühlt in ihren Haaren nach einer Klemme, um Efisios Tolle zu bändigen, doch sie erwischt nicht den richtigen Moment, um aufzustehen und sie ihm festzustecken. Fedela, die Unauffällige, ein Federgewicht, ein Strich in der Landschaft, immer auf leisen Sohlen, ein lautloser Körper: Niemand weiß, wann sie aufsteht und wann sie zu Bett geht, niemand bekommt mit, ob sie etwas zu sich nimmt oder auch nicht, ob es ihr gut geht oder auch nicht. Doch die unbestimmte Existenz von Fedela ist eine andere Geschichte …

Die sechs dunklen Köpfe der Kinder – wie die Orgelpfeifen sitzen sie aufgereiht an der Längsseite des Tisches – sind sämtlich gesenkt. Salvatore, Efisio und dann vier kleinere Köpfe: Virgilio, Irma, Vincenzo und Remigio, der erst seit kurzem mit am Tisch sitzen darf und dieses ganze Schweigen überhaupt nicht begreift.

Girolamo fühlt die knochige Hand seines Vaters Antonio, die sich schwer auf seine Schulter legt, und hört auf zu sprechen. Die Regeln in diesem Haus sind folgende: Wenn der Großvater spricht, schweigt der Vater, wenn der Vater spricht, schweigt der Sohn, und wenn beides zusammenkommt, schweigt der Sohn auch. Die gläsernen Adern der Großeltern werden geachtet. Für sie wird die leichteste Brühe ausgewählt, das zarteste Fleisch und die süßesten Früchte.

Die beiden Alten sorgen normalerweise dafür, daß sich jedes Gespräch um das Hinscheiden dreht, denn sie haben das eigene bis ins kleinste Detail schon vorausgesehen, mit dem Hintergedanken, es durch das ständige darüber Sprechen kontrollieren und den Zeitpunkt beeinflussen zu können. Die Großmutter betreibt dem Ehemann gegenüber immer den gleichen Exorzismus: »Weißt du, Antonio, wenn einer von uns beiden stirbt, gehe ich ins Heim.«

Und Antonio antwortet ihr immer mit dem gleichen Satz, während er sein Brot in den Wein tunkt: »Natürlich, der Mann geht immer voraus, um die Lage auszukundschaften, und wenn du dann kommst, Esterina, kann ich dich führen. Bei den Beerdigungen meiner Freunde sehe ich immer nur die Ehefrauen am Grab. Zwischen dir und mir wird nicht viel Zeit vergehen. Aber wir müssen schauen, wer der erste ist.«

Doch heute wiederholt sich dieses Greisenzeremoniell

nicht, keine neckischen Sprüche erfolgen, denn der Tote, den Efisio gefunden hat, versucht ins Haus einzudringen und hat die beiden Alten an die Realität erinnert. Bei genauerem Hinsehen verbergen sie unter ihren Runzeln etwas ganz Wesentliches, das sich von ihnen übertragen hat auf die Jungen, auf die Kinder um den Tisch herum, und sie alle vereint in einer großen Ähnlichkeit, bis hin zu einem erkennbar identischen Familiengeruch. Daher wird ihnen immer wieder bewußt, daß sie sterben können, denn mittlerweile haben sie alles von sich gegeben und nichts mehr übrig zum Verteilen. Und noch dazu haben sie heute dieses düstere Wehen verspürt, diese Brise, die nichts Gutes, nichts Gesundes mit sich brachte.

Antonio läßt seine Stimme anschwellen. »Girolamo, hör zu, du solltest dich lieber freuen, so einen mutigen Sohn zu haben! Mit achtzehn Jahren einen Toten bergen ... Und die Gendarmen in den Salinen benachrichtigen, mitten durch die Sträflingskolonie hindurch ... Was meinst du, hätte das wohl jeder von uns gemacht? Aber dein Vater hat recht, Efisio: Du solltest vorsichtiger sein, die Welt ist voller Halunken ...«

Der Tisch hier zu Hause ist ein Altar, aber er dient auch als Richterkanzel.

Girolamo beschließt das Gespräch mit einem leichten Messerhieb gegen sein Glas. »Auf jeden Fall gehört der Kopf einmal kurz unter kaltes Wasser gehalten, bevor man handelt ... Und jetzt sprechen wir nicht mehr davon, sondern fangen mit dem Hauptgericht an.«

Fedela bleibt still. Sie hätte etwas zu sagen, und wie sie das hätte, doch sie hat gelernt zu schweigen – die Erfüllung einer Pflicht, die sie von den Frauen aus ihrer Familie übernommen hat. Sie kann sogar still leiden. Girolamo sagt ihr immer wieder, daß sie sich glücklich schätzen solle, weil sie Schmerz besser ertrage als andere Menschen. Weder Freud noch Leid: So etwas ist bei ihr nicht vorgesehen. Doch was weiß er schon über Fedela, und was ihr Schweigen betrifft, so hat es bislang niemand hinterfragt.

Das Mittagessen nimmt seinen Lauf, und Efisio hat seine Petersilienkartoffeln vertilgt. Ein Glas Rotwein wartet auf ihn – Rot bis Mai, Weiß von Juni bis September, so lautet die Regel –, und als er es geleert hat, überkommt ihn die Lust auf ein weiteres, um seine Erregung zu dämpfen, aber er wagt nicht, darum zu bitten.

Er hört niemandem am Tisch zu.

Von den Geschwistern interessiert sich nur Salvatore, der um drei Jahre Ältere, für die Merkwürdigkeiten Efisios, auch wenn er nach Auffassung der ganzen Familie der natürliche und grundsolide Erbe des Kaufmanns Girolamo ist. Für Salvatore ist ein Weizenkorn ein Weizenkorn.

Der Großvater hat seinen Wein ausgetrunken, wie immer zuviel, was ihn in eine redselige Stimmung bringt; seit Jahren schon hört ihm keiner mehr zu, und dieser Redefluß versickert erst in dem Moment, wenn er sich auf seine Korbliege zurückzieht. Der Alte schläft in der Loggia, ohne mehr ein Lebenszeichen von sich zu geben, bis auf seinen Atem, der so flach ist, daß Girolamo jedesmal irgendwann näher tritt, um sich seiner zu vergewissern.

Efisio kommt auf Ideen, die ihm zuzufliegen scheinen; sie liegen vor ihm wie ausgebreitet und blicken ihn erwartungsvoll an.

Die Leiche ist die des unglückseligen Tatàno – behaupten jedenfalls die Leute, aber niemand weiß es so genau! Wie oft haben wir ihm unsere Essensreste gegeben ... Sie haben ihn ausgeweidet und dann nackt ins Wasser geworfen. Aber warum? Warum bloß?

Als Memène die Schale mit den Birnen auf den Tisch stellt, die das Ende der Mahlzeit anzeigen, nimmt Efisio sich die Frucht, auf die er ein Auge geworfen hat.

Nach dem Essen hat er immer noch große Lust auf ein weiteres Glas Wein.

Efisio hat das Gefühl – vielleicht ist es wegen des brutalen Eintritts des Todes in seine Ideenwelt –, als besäße er mit einem Mal ein zweites Ich, was ihn verwirrt, und so schaut er in jede Ecke, um es zu suchen. Von jetzt an wird er es immer mal wieder bemerken, in einem Teil von sich, den er nicht genau zu orten weiß. Es ist ein melancholisches zweites Ich.

Er bleibt als letzter am Tisch sitzen und schaut Fedela und Memèna zu, die schweigend und schwitzend das Geschirr abräumen.

4

An diesem Morgen, kaum daß er das Fenster geöffnet hat, fühlt sich Efisio geradezu erdrückt von der Luft, und der Himmel – eigentlich genau derselbe Himmel wie am Tag zuvor – scheint ihm tief über der Stadt zu hängen.

Sein Schlaf war der eines Kranken, die nie wirklich sagen können, ob sie nun geschlafen oder wach herumgelegen haben. Schließlich hat Fedela leicht an seiner Schulter gerüttelt, und er hat das Leintuch weggeschoben, ohne die Augen zu öffnen, denn er hatte keine Lust, sie zu öffnen.

Während er einen Eimer Wasser aus dem Brunnen im Hof heraufzieht, betrachtet er Antonio und Esterina, die in der Loggia sitzen und frische Luft schnappen. Und er denkt etwas, was er noch nie gedacht hat: daß diese beiden Alten, die so gebrechlich sind und ihm wie Gefangene in ihren eigenen Körpern vorkommen, einander verlieren werden. Sie schlafen nicht. Der brutale Schlaf, der sich jede Nacht die Jungen nimmt, rührt die Alten nicht an. Und somit sitzen sie seit Sonnenaufgang hier und trinken Wasser und essen Feigen mit ihren kraftlosen Mündern, winzige Portionen, um ihren erschöpften Eingeweiden ein wenig Kraft zu geben.

Was sie beobachten, worüber sie nachdenken, möchte Efisio gar nicht wissen.

Er greift nach dem Eimer, taucht den Kopf hinein, trocknet sich ab, kämmt sich, grüßt und geht von dannen.

Er hat sich nie die Zeit genommen, darüber nachzudenken – bis auf ein einziges Mal.

Im letzten Winter, über viele Wochen hinweg, wenn er zum Bäcker ging, um Brot zu kaufen, sah er dort immer in derselben Ecke einen alten Mann sitzen – den Vater des Bäckers –, und dieser Alte war dabei, seinen Lebensweg in umgekehrter Richtung abzugehen.

Und im Laufe dieses Weges zurück hatte Efisio plötzlich bemerkt, daß der Alte von Tag zu Tag mehr seinen Kindern und Enkeln glich. Mit jedem Schritt ähnelte er zunehmend dem einen oder anderen, die alle seines Blutes waren, bis zum Ende des Winters hin die Ähnlichkeit so groß war, daß der Alte sich ihnen vollständig angeglichen hatte, ja geradezu identisch mit ihnen geworden war. Er hatte sich all seinen Familienmitgliedern auf die gleiche Weise angenähert, hatte in seinem Gesicht all ihre Nasen, Münder und Augen vereint.

Kurz nachdem er diese perfekte Übereinstimmung mit den Seinen erreicht hatte, ward der Alte nie mehr in seinem Eckchen gesehen.

Sie erzählten ihm, daß sein Name Basilio gewesen und daß er tot war, doch Efisio vergaß dies sofort wieder, auch wenn er sich fragte, wo die Leute zum Sterben hingebracht würden und ob sie leise stürben, und Antworten erwartete er keine.

Von der Straße her, von dem Rinnsal, das in der Mitte entlangfließt, dringt Gestank zu ihm hoch, der von der Hitze verstärkt und konserviert wird. Die ganze Stadt stinkt; er hat noch nie einen solch üblen Geruch vernommen wie heute. Und die Hitze erscheint ihm wie etwas Bösartiges.

»Efisio, wie geht es dem Babbo? Ist er immer noch so ein stolzes Mannsbild, oder wird er langsam auch weniger? Arbeitet er immer noch soviel? Als junger Mann hatte ich eine schöne Stimme, ich habe in der Kirche gesungen ... Und du? Mager wie ein Hornhecht, was soll einer da schon für eine Stimme haben ...«

Der Goldschmied Mondo Chillotti, der die Stimme und den Bauch eines Kastraten hat und je nach Goldpreis gutmütig oder giftig ist, hat in Tatànos Auftrag den wundersamen Fund begutachtet. Ein Ring wie jeder andere; zu viel Karat haben das Leben eines Almosenfressers in Aufruhr gebracht, haben ihn überwältigt und am Ende ausgelöscht.

Vom frühen Morgen bis zum Sonnenuntergang verkriecht sich der Juwelier – weiß und weich wie Ricotta und sattsam zufrieden – in seinem Geschäft in der Via Barcellona, jener Gasse, die so schmal ist wie ein Schlitz und das Hafenviertel in zwei Hälften zerteilt; den ganzen Tag steht er hinter der Waage und wiegt Gold und Silber ab und stellt seine Berechnungen an, assistiert von seinem Sohn Manuele, der genauso bleich ist und das Metall auch schon anhimmelt wie ein Christ das Kreuz.

Chillotti spricht über den Ring; seine Wangen sind leicht gerötet, sein Blick ist sanft wie der einer stillenden Mutter, und er findet Worte, von denen er nicht einmal weiß, wie sie ihm in den Sinn gekommen sind: »Selbst das Glück hat ihm nur Unglück gebracht, dem armen Tatàno. Sie haben ihn wegen des Rings umgebracht, soviel ist sicher – und was für ein Ring! Mit einer Kunstfertigkeit geschliffen, die ihresgleichen sucht ... Die Lichtstrahlen sind in ein und derselben Facette rein und wieder raus – und Facetten, die hatte er, das kann man wohl sagen ... Ein wahres Schauspiel dieser Brillant! Ein Komet! Ein Sternbild!«

Efisio hat ihn nie zuvor so reden gehört.

Das liegt daran, daß für ihn die Frucht des Lebens nicht der Sohn, sondern das Gold ist. Der Sohn ist nur eine Wiederholung seiner selbst; er ist dazu da, sich um das Gold zu kümmern, wenn er, Chillotti, das nicht mehr tun kann. Ein Diamant ist für ihn eine Form destillierten Lebens, der

Inbegriff der Destillation. Und ein Diamant ist ewig! Deshalb ist er auch fest davon überzeugt, daß so ein Edelstein mehr wert ist als alles andere. »Weißt du, Efisio, das war ein wirklich alter Brillant ... In die Fassung des Rings war die Jahreszahl 1699 und ein großes B eingraviert ... Ein großes B ... Das Band, so nennen wir das, also der Ring als solcher war eckig, das war früher modern. Ein Brillant reinsten Wassers ... Wer weiß, vielleicht wurde er irgendwo weit weg von hier geschliffen ...«

»Der Buchstabe B war in ihm eingraviert?«

»Ja, ein B.«

An den Tresen gelehnt, eine Hand an der Stirn, lauscht Efisio seinen Worten, und Chillotti fährt fort, zu wiegen und zu sprechen: »Tatàno ist aus dem Laden gelaufen und hat seine Freude über den Schatz in alle vier Winde rausgebrüllt. Als allererstes ist er zu einer dieser Nutten gerannt, um anzugeben. Ich habe ihm vorgeschlagen, den Ring hier bei mir aufzubewahren ... Weißt du, ich habe einen Tresor hier, den nicht mal eine Kavallerie auf Attacke aufkriegt. Aber er meinte nur, er wüßte schon selbst, wo er ihn am besten versteckt. Er war ja ständig betrunken ... Wer viel redet, sagt viel Unsinn: Er schwätzte und schwätzte. Wer weiß, was er alles rumerzählt hat ... Vielleicht hat er genau das, was er besser nicht erzählt hätte, ausgerechnet demjenigen erzählt, der ihn später umbringen sollte ... Und der hat seine Lektion gelernt, Efisio. Der Mörder weiß jetzt ganz genau, was dieser Brillant für einen Wert hat.«

Efisio starrt auf ein Häufchen feiner Halsketten; auch hier riecht es nach Muff wie in den anderen Läden und den Kellerlöchern, und doch ist hier das Gold. »Ich muß immer an diesen armen Kerl denken, an diese klaffende Wunde in seinem Bauch ... Es ist noch nicht mal raus, ob es sich wirklich um Tatàno handelt; niemand hat ihn eindeutig identifiziert ... Niemand kümmert sich mehr darum ... Aber ich will wissen, wie ...«

Der Goldschmied läßt die Waage Waage sein. »Was willst du wissen? Du hast schon viel zuviel gemacht. Sogar in der *Gazzetta* stand was über dich drin – das sollte dir genügen! Ich kenne dich, seit du in den Windeln lagst; dein Kettchen mit dem Schutzheiligen, das du um den Hals trägst, habe ich deinem Vater bei deiner Geburt verkauft; und eins steht fest: Du bist mit zuviel Phantasie auf die Welt gekommen ... Vergiß es, Efisio, du solltest nicht mehr daran denken ...«

»Aber wenn die Möglichkeit bestünde, den Ring wiederzufinden? Was würdest du dazu sagen? Ich habe da eine Idee ...«

Chillotti lehnt sich über den Tresen: »Efisio! Es reicht! Was geht bloß in deinem Kopf vor? Was bildest du dir ein? Daß du ein Carabiniere wärst? Du bist wirklich leichtsinnig: Das ist hier kein nettes Spielchen für kleine Jungs! Heute abend, wenn ich meinen Laden zugemacht habe, komme ich auf einen Sprung bei euch vorbei; ich muß mit deinem Vater sprechen ... Und laß dir endlich mal eine goldene Haarklemme schenken, damit deine Tolle gebändigt wird!«

Efisio streicht sich die Haare aus dem Gesicht und geht.

Er wird Carmina bei Sonnenuntergang treffen. Er wird sie fragen, ob all das, was ihm gerade widerfährt, auch bei ihr irgendwelche Wirkungen erzeugt, denn er ist überzeugt, daß jede Veränderung in seinem Leben zwangsläufig auch bei ihr eine nach sich zieht.

An diesem Abend tagt das Familiengericht. Das Urteil fällt besonders hart aus wegen Efisios wiederholten Fehlens. Dieser stellt Fragen auf Fragen und sucht nach etwas, was er besser nicht suchen würde.

Keine körperliche Züchtigung, denn Rohrstöcke und Ruten – mit denen die Sünden aller anderen Söhne der Stadt geahndet werden – gibt es im ganzen Haus keine. Doch hier wird der verurteilte Sohn aus dem Garten Eden verbannt; er macht sich auf in andere Gefilde, und während er sich erhebt und das Zimmer verläßt, wird er mißtrauisch beäugt von den Bleibenden. Girolamo schlägt seine Kinder nicht, aber er küßt sie auch nicht: Er rührt sie nicht an, er streichelt sie nicht, doch das hat niemand – bis auf Fedela – jemals bemerkt.

Alle sitzen am Tisch, schweigend, die Teller sind bereits gefüllt, die Hände liegen rechts und links neben dem Gedeck, die Köpfe – sie sind unterschiedlich groß, aber von ähnlicher Form – sind gesenkt. Efisio hat gegen mehr als eine Regel verstoßen. Er hat sich benommen wie ein einzelner, der sich der Gemeinschaft in keinster Weise verpflichtet fühlt, aber vor allem hat er das Haus dem Schrecken geöffnet; er hat ihn von dort, wo er ihm das erste Mal begegnete, hergebracht in den Kreis derer, die sich hier als Familie zusammengefunden haben. Und nun sind die Alten wirklich alt und die Schmerzen sind größere Schmerzen als zuvor. Girolamo weiß, daß es nicht für jede Schuld eine Strafe geben kann. Und er weiß, daß die Dinge so oder so kommen werden. Doch es gibt Vorschriften und Regeln, die das Zusammenleben im Hause Marini bestimmen, und er macht von ihnen Gebrauch, um die Ordnung zu bewahren.

»Ab morgen gibt's zwei Tage kein Abendessen! Durch das Fasten wirst du hoffentlich wieder zur Vernunft gelangen; Hunger läßt die Gehirnzellen arbeiten. Die Heiligen fasten, und du wirst es halten so wie sie. Nur mit dem Unterschied, daß du am Ende nicht heilig sein wirst, sondern hoffentlich wieder Vernunft angenommen hast.«

Ein Mißverhältnis zwischen Strafe und Alter des Sohnes: Diese Art von Strafe ist für kleine Kinder und nicht für junge Männer. Und doch ist sie natürlich. Vielleicht erkennt Girolamo sogar die Veränderungen, die mit seinem Sohn vor sich gehen, doch er will sich damit nicht aufhalten. Er läßt seinen Blick über die Runde am Tisch schweifen, und die Köpfe erscheinen ihm dieselben wie sonst ... Vielleicht nicht ganz, nicht ganz ... Er mustert sie noch einmal.

Efisio fühlt neue Dinge entstehen; Aufregung überkommt ihn, und es gelingt ihm nicht, die Dinge in seinen Verzeichnissen und Heften festzuhalten, aus denen sie wieder und wieder entschwinden. Er fühlt sich wie attackiert, wie heimgesucht von einer neuen heftigen Empfindung, die er bereits verspürt, aber nicht verstanden hat, und auch jetzt vermag er die Dinge nicht ganz zu begreifen. Er weiß noch nicht, um was es sich handelt – es kommt ihm vor, als träte eine fremde Macht von außen an ihn heran –, und er wagt es, auf eine Weise zu sprechen, daß nicht einmal mehr der Nonno ihn noch in Schutz nehmen kann: »Babbo, Sie müssen sich wenigstens meine Idee anhören, hören Sie sich meine Worte wenigstens an!« Er senkt die Stimme: »Ich muß sie Ihnen sagen.«

Girolamo starrt Efisio an. Er zwingt sich, alles noch einmal zu überdenken. Und so wird ihm klar, ja er ist sich ganz sicher jetzt, daß Efisio der Runde seine Gedanken vorstellen wird – als verfügten sie über eine konkrete Gestalt, als wären sie körperlich –, um sich zu produzieren. Er weiß, daß sein Sohn über besondere Qualitäten verfügt ..., aber er ist allein und auf sich gestellt, losgelöst von den anderen. Er ist zu mager, zu sehr Haut und Knochen, an denen all diese Ideen nagen.

Oft genug haben ihn Efisios Ideen schon in Erstaunen versetzt; sie scheinen so gar nicht behaftet vom Modergeruch all dieser Kleinkrämer um sie herum.

Tatsache ist, daß Efisio heute mit einem Mal eine Perspektive eröffnet, die auf eine unerklärliche Unendlichkeit hinweist und von der er, Girolamo, nichts hören will. Furcht beschleicht ihn, denn diese Veränderung erscheint ihm zu brüsk, jenseits der Gesetze des Hauses, jenseits seiner Kontrolle. Dunkle Vorahnungen überkommen ihn: Wer weiß, was wohl noch alles wegen dieses Rings geschieht ... Mir scheint, wir sind noch nicht am Ende angelangt ... *Ma ho timor che sotto terra / Piano piano a poco a poco / Si sviluppi un certo foco* ... Nein, wir sind noch lange nicht am Ende angelangt, da schwelt noch was – Unheil, Unheil ...

Die Oper ist für ihn eine ernste Sache; er findet dort alles Menschliche wieder, wie in der Heiligen Schrift, auch die Vernunft und auch die Erklärung für den Irrsinn. Hochmoralisches kann man dort finden und auch das, was gegen die Moral steht. Schließlich ist es doch so: *Ob Kanzel oder Bühne: Hier find' sich Schuld und Sühne.*

Girolamo breitet die Serviette auf seinem Schoß aus, eine weiße Flagge. »In Ordnung, Efisio. Du kannst es mir nach dem Essen erklären. Aber denk dran: Auch aus dem Nichts heraus kann ein Erdbeben entstehen!« Und um ja nicht vergessen zu lassen, daß er im Hause Marini das Sagen hat: »Und wisch dir endlich diese Haare aus dem Gesicht!«

Fedela findet den richtigen Zeitpunkt – eine Gesprächspause bei Tisch –, um sich zu erheben und Efisio die Tolle mit einer Haarklammer festzustecken.

Zusammen mit der Serviette auf den Knien bedeutet diese kleine Geste soviel wie eine Ermächtigung, und so beginnen sie alle, ihre abendliche Brühe zu trinken, jeder mit seinem eigenen schlürfenden Geräusch, aber alle zusammen in einem einzigen harmonischen Familienschlürfen.

Die Kunst der Erziehung ist bei Blutsverwandten von einer Solidität wie das zugehörige Haus; sie paßt genau in seine Formen und Proportionen, sie ist entstanden und hat sich gefestigt lange vor den Mauern, die um sie herum errichtet wurden.

Später im Arbeitszimmer – der Sohn steht, während der Vater sitzt – hebt Efisio mit einer Selbstsicherheit zu sprechen an, derer er sich manchmal überhaupt nicht gewiß ist; der Selbstsicherheit desjenigen, der sein Gehirn als ein Instrument benutzt, dem man sich blindlings anvertrauen kann, auch wenn man es nicht bis ins letzte kennt, und das Gefühl einer gewissen Fremdheit behält.

Er steht nah bei der Petroleumlampe, und der Vater kann ihm genau ins Gesicht sehen. Und im Gesicht Efisios scheint etwas Neues auf, etwas völlig Neues.

»Als ich die Leiche von Tatàno gefunden habe, nackt wie sie war, und als ich die klaffende Wunde gesehen habe, die so tief war, daß sie einen bis oben mit Wasser gefüllten Brunnen bildete, habe ich mich gefragt: Warum ist er nackt? Und warum ein so langer Schnitt? Zwei Handbreit … Der ganze Bauch war offen!«

»Sprich weiter – aber achte genau auf das, was du sagst!« Und wieder kommt Girolamo, der von dunklen Vorahnungen erfüllt ist, Rossinis *Cenerentola*-Arie in den Sinn: *Ma ho timor che sotto terra / Piano piano a poco a poco …*

Efisio rauft sich die Haare. »Ich habe mich gefragt: Warum? Warum? Ich habe auch mit Pater Venanzio darüber gesprochen, der mir sagte: ›Warte nur, hab Geduld, irgendeine Idee wird dir dann schon kommen.‹ Er hat mir auch erklärt, daß die Ideen keine eigene Welt haben, sondern aus den Dingen heraus entstehen, man muß nur auf sie warten. Dann, gestern beim Essen, ist mir eine Idee gekommen, ja, sie ist wirklich aus etwas heraus entstanden ... Venanzio hat recht gehabt.«

»Beim Essen?«

»Ja. Erinnern Sie sich noch an die Birnen von gestern?«

»Die Birnen?«

»Ja, sie waren süß, genau zehn an der Zahl, eine für jeden. Das hat mich auf eine Idee gebracht ...«

Girolamo fürchtet plötzlich, daß dieses Übermaß an Ideen Efisio zerstören könnte, der den Kopf jetzt in die Hand gestützt hält, weil soviel aus ihm herausdringt.

»Um die Birne, die ich haben wollte, in meinen Besitz zu bringen: Was habe ich da gemacht? Babbo, was denken Sie, was ich da gemacht habe?«

Er ist erregt, und nun erkennt Girolamo in Efisios Zügen tatsächlich Efisio wieder.

»Ich habe sie genommen und ganz schnell aufgegessen ... Ich wollte nicht, daß die anderen von ihr Besitz ergreifen. Und wo habe ich sie hingetan?«

»Wo?«

»Ich habe sie an einem sicheren Ort verstaut.«

»Wo??«

Efisio streicht sich eine Haarsträhne hinters Ohr. »Im Bauch ... Verstehen Sie, Babbo? Im Bauch!«

»Natürlich, wo auch sonst?«

»Vom Teller hätten sie sie mir gestohlen.«

»Gestohlen?«

»Das sage ich nur so ... Also, ich meine: Jemand hätte sie mir vom Teller wegnehmen können. Aus dem Bauch nicht, niemand hätte sie mir mehr aus dem Bauch wegnehmen können! Verstehen Sie jetzt?«

Auch in Girolamos Kopf ist eine Idee angelangt, die drückt und drückt. Und jetzt, mit einem Mal, wird ihm klar, daß seine Gene, kräftiger und robuster geworden, sich bemerkbar machen: Sie lärmen und tosen in Efisio. Geradezu anstoßerregend.

»Babbo, ich glaube, daß Tatàno, daß er, der er ja keinen Tresor besaß, gedacht hat: ›Ich verschlucke den Ring und dann scheide ich ihn aus, ich verschlucke ihn wieder und scheide ihn noch mal aus‹, und so weiter. Er war wohl nicht gerade zimperlich – Sie kannten ihn doch, oder? Das würde jedenfalls erklären, warum er nackt war, als ich ihn fand.«

Girolamo greift nach dem roten Faden: »Ich verstehe, ich verstehe, Efisio ... Tatàno hat zuviel geredet, er hat zu viel geredet ...«

»Der Mörder hat ihn ausgezogen, um ihn besser aufschneiden zu können, und dann hat er ihm den Bauch geöffnet, genauso wie Tatàno seine Fische aufgeschlitzt hat ... Er hat ihn aufgeschnitten, um den Ring in ihm zu suchen, denn er hatte seinen Trick durchschaut ...«

»Ich verstehe ...«

»Die Idee, den Ring zu verschlucken und dann auszuscheiden, ihn wieder zu verschlucken und erneut auszuscheiden ... Tatàno war eine Maulhure; er wird bestimmt irgend jemandem gegenüber mit seinem Fund angegeben haben. Doch der Mörder war sicher genauso unbedarft wie er; auch er scheint nicht gewußt zu haben, daß der Ring in Tatànos Innereien nur langsam seinen Weg gehen würde; wahrscheinlich wußte er noch nicht mal, was sich zwischen Mund und Arschloch überhaupt befindet – verzeihen Sie, Babbo, den Ausdruck! Ja, das habe ich mir alles so überlegt ...«

Girolamo schweigt. Natürlich weiß er, daß Ideen und Gedankenkonstrukte gefährlich sein können, denn sie drängen und schubsen die Fakten, die auf diese Weise erst recht keine Ruhe geben. Und er betrachtet wieder Efisio, der undurchsichtig bleibt, als wäre er ... Nicht einmal er, der ihn doch genau beobachtet, weiß dies zu sagen.

»Der Ring befindet sich immer noch in Tatànos Bauch,

Babbo … Derjenige, der ihn aufgeschlitzt hat, hat ihn nicht gefunden … Er hat ihn zwar aufgeschnitten – ja, das konnte er. Aber in seinen Innereien herumwühlen, das war ihm zu schwierig …«

Der Vater schaut ihn jetzt gar nicht mehr an, sondern starrt in seine leere Kaffeetasse. »Verstanden. Und nun?«

»Ich habe mich erkundigt. Der Maggiore Canelles muß einen Antrag bei der *Reale Udienza* stellen; der Richter beauftragt einen Arzt, einen sogenannten Prosektor, denn er seziert und kann folglich in dem Gekröse nach dem Ring suchen …«

»Sprich nicht so, du redest hier nicht von einem Hund. Tatàno war kein Tier.«

»… in den Innereien nach dem Ring suchen …«

Und dann, mit einem Mal, fällt Efisio zurück ins Kindhafte und wird wieder zu dem kleinen Jungen – aber nicht, um sich bei seinem Vater einzuschmeicheln. Nein, er will plötzlich unbedingt die Uhr zurückdrehen, wer weiß, warum – auch dies ist neu; er will wieder so sein, wie er vorher war, denn jetzt, da er gesprochen hat, meint er, ein Land, Häuser, Gegenden und Gesichter zu sehen, die er nicht kennt …

Girolamo ist unschlüssig. Dieser Gedankengang geht aus von einer Birne, und wie eine Birne hat er eine Form und Proportionen. In seinen Augen hat der Sohn sich in einem Phantasiegemälde verloren, doch Efisio selbst bringt sich in die Fakten ein wie die Wärme oder die Kälte, die in die Tiefen des Körpers dringen. Ihn zu bestrafen, überlegt der Vater, würde an den Dingen kaum etwas ändern, sie geschehen so oder so … Und außerdem würde Efisio ohnehin nicht mehr das Kind werden, das er einmal war.

»Hör zu, Sohn: Glaubst du, daß all das – für dich, für uns, für die Familie – irgendeinen Nutzen hat? Überleg es dir genau.«

»Ich habe es mir überlegt, Babbo.«

»Dann überleg noch einmal, und sag es mir: Was wird dabei herauskommen?«

»Was dabei herauskommt, Babbo, was dabei herauskommt ... Nichts kommt dabei heraus ...«

»Da vertust du dich aber, mein Lieber! Etwas Schreckliches kommt dabei heraus, *kann* dabei herauskommen – etwas ganz Schreckliches, verstehst du? Du hast dieses Schreckliche doch schon gesehen!«

»Die Sache ist die: Je mehr ich weiß, um so klarer sehe ich die Dinge ... Das Schreckliche habe ich gesehen, ja, das stimmt: Tatàno ist das Schrecklichste überhaupt passiert ... Aber, zum Beispiel – Pater Venanzio gibt immer Beispiele: All das, was ich nicht begreifen kann, hilft mir zu verstehen, was ich hier unter der Sonne überhaupt soll ... Ich will *sehen*, Babbo, sonst ... Die Langeweile, die Langeweile ... Die Gedanken kommen zu mir, Babbo, ich kann mich nicht dagegen wehren ... sie kommen einfach.«

Girolamo zeigt ihm die kalte Schulter. »Immer diese Erklärungen! Ich will keine Erklärungen mehr hören, Efisio! Und ich will auch nichts wissen ... Es reicht! Laß mich in Ruhe, und laß die Familie in Ruhe! Woher hast du bloß diese Manie, immer alles erklären zu wollen, erklären und erklären? Man kann sowieso nichts erklären, und verstehen tut auch niemand was ... Genug, es reicht!«

Er geht hinaus und schlägt die Tür hinter sich zu. Efisio bleibt allein zurück im Arbeitszimmer. Doch nach ein paar Minuten kehrt Girolamo wieder.

Vom Fenster bläst ein leichter Windhauch, der die Kerzenflamme erzittern läßt.

»Vielleicht dreht heute nacht der Wind, Efisio, und wir können endlich wieder frei atmen.«

Im Bett versucht Efisio den aufgeschlitzten Toten aus seinem Kopf zu vertreiben.

Ein einziger Gedanke kann all die anderen Gedanken verdrängen. Also denkt er an Carmina, an ihr heimliches Rendezvous, an das Licht, die Begegnung im Wasser. Carmina: rote Lippen, dunkle Haut.

Im Jahr zuvor, als der Sommer die Stadt schon erobert hatte – alles dämmerte vor sich hin, wie ausgedörrt, nur sie beide nicht –, hatte Efisio den Mut gefunden – mit Mut hatte das allerdings nicht wirklich zu tun –, Carmina ans Meer zu bringen, erst im Karren versteckt und später auf dem Boden des Ruderbootes. Und dann die Grotte im Meer: Ein Aquarium! Plötzlich war er wie benebelt, anders als von Alkohol: ein Gefühl, das er nicht zuordnen konnte. Dann diese Urgewalten. Die Felsen. Carminas Körper. Die wilden Locken, das unbändige Haar. Bis zu den Hüften hatte das Wasser sie verborgen: der dunklere Teil ruhend auf dem sandigen Grund. Versteckt. So war sie beschaffen? Und auch diese Sonnenstrahlen vermochte er sich nicht zu erklären, die von allen Seiten über den Felsen strichen. Er hatte eine Gewalt verspürt, eine Gewalt, die vernichten kann.

Nun ist er müde, und Tatàno, der Tote, ist aus seinem Kopf verschwunden.

Am Kap ... kein Geruch nach Fäulnis mehr ... Das Wasser vereint sich mit der Luft, es ertrinkt nicht ... Das Wasser ... Der Schlaf. Carmina nimmt Form an, doch sie ist nicht vollkommen. Er ist müde. Der Schlaf eines Jünglings.

5

Carmina ist nicht Efisios Kompaß, und sie ist auch kein Instrument, doch auf Carmina sind die Kräfte ausgerichtet, die er in sich spürt – so auch diese neue bittere Wut.

Tagsüber denkt er an das, was er ihr während ihrer kurzen Begegnungen an der Mauer sagen muß; manchmal schreibt er es auf, dann streicht er es wieder und schreibt es neu auf. Er weiß, dies ist ein Weg, den Geist wach zu halten, aber dies führt auch dazu, daß man nur noch an sich selbst denkt. Und er denkt tatsächlich nicht an den Geist Carminas, die ihm zuhört, er beachtet ihr Schweigen nicht, und er beachtet auch nicht das Schweigen der Mutter, das – wie das von Carmina – im Dienste des Mannes steht. Auch Carmina ist sich dessen nicht bewußt; sie glaubt, alles hätte seine Richtigkeit und wäre völlig ausgewogen. Sie fühlt, versteht, paßt sich an, spürt eine neue Energie in sich erwachen und denkt – andere mögliche Richtungen kann sie sich nicht vorstellen –, daß Efisios Gedanken sich nur um sie drehen.

Und dennoch bekommt sie hin und wieder einen Hinweis auf künftiges Leid.

Einmal hatte sie Efisio gefragt, ob er wirklich *sie* als seine Zuhörerin brauche oder ob es auch eine andere an ihrer Stelle sein könne.

»Hast du dir wirklich mich ausgesucht, um mit mir zu reden? Suchst du *meine* Aufmerksamkeit?«

Diese Frage – letztlich eine Art Vorahnung Carminas – hatte ihn betroffen gemacht, und aus Ehrgefühl hatte er sie nicht beantwortet: Er hatte geschwiegen, nicht einmal genickt. Einen ganzen Monat war sie daraufhin nicht zu den Treffen erschienen.

Dann hatte es wieder angefangen mit Efisios Gedankengebäuden, die er im Laufe des Tages für die Rendezvous bei Sonnenuntergang Stein auf Stein zusammenbaute. Nicht einmal dann, wenn die Stadt in ihr abendliches Feuer eintauchte, hatten sie sich mehr ablenken lassen.

Er hätte gern in Versen zu Carmina gesprochen, aber es kamen ihm keine, und wenn er doch einmal einen Vers auf einen Zettel schrieb, zerriß er ihn wieder.

»Wir sind im Süden, Carminetta ... Aber wir könnten noch weiter in den Süden ziehen ... Dorthin, wo die Leute keine Kleider tragen, wo es tagsüber so heiß ist, daß sie nicht vor die Tür gehen ... Hier ist die Grenze ... Aber hier habe ich Tatàno gefunden ... Und so sind die Dinge ins Rollen gekommen.«

All diese *Ich, Ich* von Efisio vermehren sich und nisten sich wie Schmarotzer in dem einzelnen Ich von Carmina ein, die sich – noch – nicht mißbraucht fühlt und kein erdrücktes Ich ist; im Gegenteil, sie fühlt sich wie ein angrenzendes Ich, ein Ich, das so nah ist, das man meinen möchte, es sei Liebe.

Gedanken, die so glänzen und funkeln wie das Silber zu Hause.

»Wenn man schon als junger Mensch damit beginnt, große Dinge von sich zu geben, kann es sein, daß man sich ein Leben lang wiederholt ... Ein ganzes Leben, um eine einzige Idee auszubauen! Ich will mich nicht damit begnügen, immer um denselben Gedanken zu kreisen, Carmina.«

An einem noch heißeren Tag – so heiß, daß das Unbelebte kaum vom Belebten zu unterscheiden war und das Klima in seiner Übermächtigkeit alle nur noch von der Zerstörung durch Hitze sprechen ließ –, während eines perlmuttfarbenen Sonnenuntergangs, den man nicht einmal mehr bewundern konnte, hatten sie sich vor lauter Reden einem ganz bestimmten Thema angenähert, und es war ihnen vorgekommen, als hätte eine weder kalte noch warme Hand sie gestreift.

»Diese ganze Energie macht mich krank, Carmina ... Ich kann nicht mehr; es ist einfach zuviel, was man anschauen und betrachten müßte ... Irgendwie fühle ich mich, als ... ich finde nicht die richtigen Worte ... als stünde ich unter Druck, als müßte ich mich beeilen ... Nicht eine Stunde am Tag könnte ich von mir behaupten, daß es mir gut geht ... Und doch fühle ich eine Kraft in mir, so viel Kraft, daß sie nicht mal mir allein zu gehören scheint.«

Ein Anflug von Boshaftigkeit überkommt Carmina – es ist das erste Mal, und hinterher sollte sie sich darüber wundern –, denn Efisio, der nur von sich spricht, läßt sie heute kleiner werden; sie weiß nicht, wie, aber er läßt sie kleiner werden. »Pater Venanzio kümmert sich um dein Erinnerungsvermögen, Efisio, mehr interessiert ihn nicht. Er behauptet doch immer, dir die Ordnung beizubringen, die Ordnung der Zahlen, die Ordnung des Alphabets, die Ordnung der Verse und Reime ... Aber Tatàno, in welche Ordnung gehört er?«

»Tatàno hat mit Ordnung nichts zu tun, Carmina ...«

»Seit damals bist du anders geworden, ich weiß nicht ... Ja, und ich? In welche Ordnung soll ich mich eingliedern? Ich, ja, ich?«

Diese *Ich*s in Carminas Mund fallen ihm auf, denn mit einem solch bitteren Beiklang hat er sie noch nie vernommen.

»Nicht nur mir geht es schlecht, Carmina, schau dich doch mal um!«

Carminas Energie will sich jedoch nicht immer im Kreis drehen.

6

Major Reginaldo Canelles konserviert in seiner pomadigen Erscheinung die Züge, die Eleganz und die feierlichen Gesten seiner katalanischen Vorfahren. Man hatte sie auf die Insel geschickt, um das von den Ureinwohnern verlassene Land zu kultivieren, jener kleinwüchsigen, wilden Rasse, die Feldarbeit haßte, doch sich am Ende den Stärkeren unterwerfen musste. Gebieterisch bis in die Knochen, stolz und aufrecht, dunkler Teint und glänzendes Haupt: Canelles kann keinem Spiegel widerstehen. Alle verheirateten Frauen der Stadt begehrten ihn, so heißt es – Briefchen, Blicke, Gänsehaut –, die Fräuleins hingegen hätten Angst vor ihm; sie zittern, ihre Härchen stellen sich auf, Schweißausbrüche, niedergeschlagene Augen, Fluchtimpulse. Und doch verbringen sie Stunden damit, sein Bild in ihrer Phantasie heraufzubeschwören, und sie treffen sich heimlich, um über ihn zu reden.

Er freilich liebt, seit einigen Monaten schon, Marianne Arthemal aus dem Castello-Viertel; dunkel wie er selbst – die Gene, nicht die Sonne –, bewundert sie ihn und opfert ihm ihren Ruf und alles andere auch. Für Reginaldo beginnt Liebe mit Bewunderung, und für Marianne ist er alles: Daher hat sie auch keine Freundinnen, mit denen sie die Spielchen und Mauscheleien der anderen Frauen betreiben könnte; er ist wirklich alles für sie.

Reginaldo heftet den Blick auf Efisio und fährt sich mit den Fingern über den dünnen Schnurrbart. Sich mit einem Knaben zu unterhalten gehört wirklich nicht zu seinen Aufgaben, doch er hat Girolamo Marini versprochen, die Fakten zusammenzutragen und sie im Rahmen der geschriebenen oder auch ungeschriebenen Gesetze zu betrachten.

»Ja, dein Vater hat es mir erklärt, Efisio, er hat mir von deiner Idee erzählt ... Ich war etwas überrascht, aber die Überlegung an sich ist schlüssig, sie ist wirklich schlüssig, ich habe keinerlei Einwände vorzubringen. Tatànos Bauch zu öffnen, um den Ring herauszuschöpfen wie Wasser aus einem Ledergefäß ... Wer an einem solchen Ort, in den Eingeweiden eines Menschen, nach einem Ring sucht, muß schon gewußt haben, was er finden wollte ... Aber du, du mußt ab jetzt den Mund halten, stumm wie ein Fisch; du hast mit dieser Geschichte nichts mehr zu schaffen, verstanden? Das ist sehr gefährlich ... Wir haben es hier mit einem Toten zu tun: mit einem Mordopfer. Du mußt den Mund halten, schweigen wie ein Grab. Schweigen und nochmals schweigen!«

Aufmerksam studiert er die Unterlagen auf seinem Schreibtisch: »Nur, daß es schwer sein wird, den Richter zu überzeugen. Ein Ring im Bauch ...«

Er massiert sich die Schläfen, und es ist klar, daß er nicht zu Efisio spricht: »Stell dir Giudice Musino vor ... Tatàno ist seit zwanzig Tagen tot. Das wird kein schöner Anblick sein, wenn sie ihn aus der Erde wieder ausbuddeln! Abgesehen davon wird es auch nicht gerade schön gewesen sein, ihn über den Strand zu schleifen ... Aber deine Idee gefällt mir, sie ist klug! Efisietto, dein Verstand ist messerscharf, mein Bürschchen! Aber du hältst dich ab jetzt da raus, versprochen? Diese Geschichte geht dich nichts mehr an – ab jetzt!«

Efisio hat die Ereignisse ins Rollen gebracht, und er weiß nicht, wem sie sich nun an die Fersen heften werden.

Richter Musino von der *Reale Udienza* ist längst nicht so überzeugt von der Hypothese mit dem Ring in den Eingeweiden wie Canelles. Die Jahre haben seine Phantasie eingeschläfert, und die Hitze, der Wind und das Sumpffieber – das er »Wechselfieber« nennt, um sich von den Armen abzugrenzen, die unter der gleichen Krankheit leiden, sie aber als »Malaria« bezeichnen – haben sein inquisitorisches Gespür geschwächt. An dessen Stelle ist ein mindestens genauso gefährliches Talent getreten: die Kunst des Aufschiebens. Der Richter schiebt jedes Urteil, jede Anhörung, jede Klageverkündung und sogar jede eigene Meinungsbildung auf, die man nur aufschieben kann. Musino, den die Anwendung von Gesetzen auf Sachverhalte oder Menschen zutiefst erschreckt, strahlt eine Aura der Verlangsamung aus, und alles, was in sein richterliches Schußfeld gerät, wird mit seinem Phlegma angesteckt und zum Erlahmen gebracht.

Ein Brillant in den Eingeweiden? Ein Schatz im Bauch statt im Tresor? Und der Maggiore Canelles ist dafür zuständig... Dieser Mann denkt mir zuviel über weibliche Gerüche nach, entschieden zuviel, er will sich wohl brüsten mit etwas... Doch die Welt dreht sich andersherum. So was habe ich noch nie gehört... Hier kann man sich nur lächerlich machen...

Diese Angst – die Angst, sich lächerlich zu machen – hat das ganze Leben des Richters geprägt. Das Lachhafte und die Angst, ein falsches Urteil zu fällen, peinigen ihn beide gleichermaßen.

Canelles weiß darum sehr wohl und hat jedes kleinste Detail bedacht, sogar die richtige Uhrzeit, um die Instanzen auf dem richterlichen Schreibtisch ins Wanken zu bringen. Musino hat mit den Jahren eine Hierarchie der eigenen Körperteile erstellt, um sich schließlich besonders dem eigenen Bauch verbunden zu fühlen, der ihn stets an das Vergehen der Zeit gemahnt und die Minuten mit kleinen Rülpsern und Sodbrennen anzeigt.

Nachdem er die Stempel, die Zustellungen und die

Unterschriften vorschriftsmäßig kontrolliert und noch einmal kontrolliert hat, unter Berücksichtigung, daß pünktlich um ein Uhr seine Frau zu Hause die Teppichmuscheln für das Mittagessen abgießt – das er im Gegensatz zu anderen Dingen nicht aufschieben möchte –, zeichnet der Richter daher alles ab, was er abzuzeichnen hat, schickt den Amtsgehilfen fort, denkt an seine Mahlzeit und hofft, daß die Frau nicht schon wieder zuviel von dem stinkenden Knoblauch untergemengt hat – eine Hoffnung, die freilich so alt ist, wie seine Ehe währt.

Angesichts einer solch peniblen Amtsausübung ab den Mittagsstunden wird übrigens auch der Prokurator des Königs keine Einwände mehr vorzubringen haben. Denn der Prokurator ist ein Verfechter einer sehr gemächlichen und sorgfältigen Verdauung; sie stellt den Höhepunkt seiner Tage dar und beherrscht bereits ab den frühen Morgenstunden sein Denken.

So macht sich Canelles ruhig an die Arbeit, getröstet von dem Gedanken, daß im Falle eines Scheiterns diese eigentümliche Idee nicht die seine gewesen ist, aber daß, wenn er einen Volltreffer landen sollte, der ganze Verdienst seiner wäre, weil er die Hypothese aus dem Hause Marini überhaupt in Betracht gezogen hat.

Diese Stadt ist wie eine rostige Kette aus menschlichen Gliedern: Menschen, die sich nie verändern. Sie verändern sich nicht, weil kaum, daß eins der Glieder entzweigeht, es sofort von einem ebenso rostigen oder noch maroderen Glied ersetzt wird.

Eine Beisetzung, Taschentücher, schniefende Nasen, Grabnischen über- und nebeneinander. Nach ein paar Jahren – Efisio hat das schon mehrfach während der sonntäglichen Friedhofsspaziergänge der Familie beobachten können – weichen sogar die bronzenen Buchstaben und

Ziffern, die an Namen und Lebensdaten erinnern sollen, dem salzigen Wind.

Daran hat Efisio sich an diesem Tag erinnert, während er im flachen Wasser am Strand entlanglief und an die Beerdigung des Apothekers Galupo dachte, eines Freundes seines Vaters.

Eine Menge Gesichter, bereit, die noch rostiger gewordene Kette wieder instand zu setzen. Jetzt ist in der Apotheke der jüngere Bruder von Galupo, der aus Genua gekommen ist, und nichts hat sich verändert: der gleiche serumhafte Blick, die gleiche bikarbonatartige Haut, die an dem langen traurigen Gesicht klebt. All das sieht er, Efisio, und er sieht über der Stadt eine Dunstglocke schweben, die alles lähmt: Handlungen und Taten, die niemals ausgeführt werden. So geben sich die Leute aus den hochgelegenen Altstadtvierteln und den neueren um den Hafen herum der trügerischen Hoffnung hin, daß sie nicht einsam, sondern in Gesellschaft sterben werden, immer derselben, und die Toten stellen sie sich vor wie bei einer langen Prozession, ja einer schmerzvollen, aber zumindest sind sie nicht allein.

Eine Staubwolke legt sich auf die verschwitzten Reisenden und die mageren Pferde; sie raubt ihnen die letzten Kräfte, und auch das Gepäck wird eingenebelt.

Der Konsul breitet die Arme aus: »Messié Delessert, was für eine Freude, Sie kennenzulernen! Die Postkutsche war tatsächlich pünktlich. Gut sehen Sie aus!«

Delessert klopft sich den Staub und die Fliegen vom Leib: »Signor Konsul Pillet, danke für den herzlichen Empfang! Was für eine Hitze! Seit Sassari habe ich keine mir wohlgesonnene Stimme mehr vernommen. Ich habe eine Kutschfahrt von drei Tagen hinter mir; ganze siebenundzwanzig Stunden hat diese Reise gedauert! Bei jeder Poststation bestand die Hauptsorge unseres Kutschers darin, möglichst viel Zeit zu verlieren, ja sinnlos die Stunden verstreichen zu lassen. Offenbar die Lieblingsbeschäftigung dieser Inselbewohner hier – Hauptsache, die Zeit vergeht! Und ob sie gut oder schlecht vergeht, ist ihnen völlig egal ... Genau: die Zeit! Darüber werden wir diskutieren, mein lieber Konsul, vorausgesetzt natürlich, auch Sie sind ein Freund der Philosophie! Gasthäuser, in denen Ziegen und Menschen zusammen untergebracht werden ... Pro Einwohner zweihundert geschätzte Wanzen und Kopfläuse ... Sanluri ist das Schrecklichste, was ich je erlebt habe ... Die Herberge von Paulo Latino ist ein Schafstall ... Ich kann es kaum erwarten, unsere Trikolore endlich wieder wehen zu sehen. Das war alles andere als eine angenehme Reise, kann ich Ihnen sagen; ich würde es eher als ›Transhumanz‹ bezeichnen, ja eine Art Herdenwanderung – und auch ich dürfte inzwischen wie ein Ziegenbock stinken ... Ah, die *esportilleros*! Richard, gib den Kofferträgern unser Gepäck! Was für eine Hitze, was für eine Hitze ...«

Er schaut sich um: »Zumindest diese Stadt hier scheint mir tatsächlich eine solche zu sein ... Klein, aber immerhin eine Stadt ... Aber auch hier stehen die Männer überall auf der Straße rum, die Hände in den Taschen vergraben, wo sie Gott weiß was anstellen – ich meine, in den Hosentaschen ... Aber wenigstens ist es eine Stadt ...«

Er läßt seinen Diener die fünfzig Kilo schwere Kamera abladen, deren Anblick bereits sämtliche Hirten und Bauern der Insel in maßloses Erstaunen versetzt hat und die nun von einer Gruppe kichernder Nichtsnutze begafft wird, die aber auch nicht wissen, worum es sich bei dem Apparat handelt. Umringt von einem Schwarm *esportilleros*, steuert Delessert auf das Hotel zu.

Von den dunklen Kellerlöchern bis zu den hochgelegenen Herrschaftsetagen: Überall beeilt man sich, den neu eingetroffenen Franzosen in Augenschein zu nehmen. Wie ein Imperator beim Triumphzug grüßt dieser nach allen Seiten und winkt leutselig mit seinem Strohhut.

Als die Parade endlich das *Hotel del Progresso* erreicht hat, verabschiedet sich Delessert und verschwindet in seinem Zimmer, wo er seine Sachen ordnet und ein Vollbad in einer beinah weißen Wanne nimmt.

In eine Parfümwolke gehüllt, macht er sich anschließend auf einen Erkundungsgang durch die engen Gassen des Viertels auf. Hin und wieder versucht er einen Blick auf ein Stück Himmel zu erhaschen, denn Luft ist hier etwas Seltenes.

Bei den Schaulustigen, die seinen Weg flankieren, erkundigt er sich, wo man zartgekochten Tintenfisch essen kann, wie auf seiner Liste mit den lokalen Spezialitäten vermerkt, und im Chor nennen sie ihm die dunkle Taverne von Pelo d'Oro – zwei Schritte von hier, man erkennt sie an einem getrockneten Palmenzweig über der Tür und einer Rauchsäule, die fetttriefend den Eingangsbereich umhüllt.

Auf einem Marmortisch wird ihm ein ganzer Tintenfisch serviert, Öl, Zitrone und eine Karaffe schwefeligen Weißweins, den Delessert mit verzückten Ausrufen entgegennimmt und den Pelo d'Oro dreimal teurer bezahlen läßt, wobei er sich ärgert, daß er nicht noch mehr verlangt hat.

Es ist heiß, viel zu heiß.

Beeindruckt vom Anblick der weißen Hügel, auf denen keine einzige Blume und kaum ein Grashalm wächst, der Festung, der Salzseen und dem weiten Meer, erkundigt sich Messié Edouard Delessert, von wo aus man am besten die ganze Landschaft überschaut. »Ich bin mir sicher, mein lieber Pillet, diese Photographien werden die allerersten in der Geschichte dieser Stadt und auch dieser Insel sein. Sie werden eine ähnliche Bedeutung erlangen – und auch nicht weniger exotisch sein – wie die, die ich im Orient gemacht habe. Man wird noch in hundert Jahren von ihnen sprechen. Je mehr Zeit vergeht, um so wertvoller werden sie sein. All das, was auf dieser Insel passiert ist, hat nie jemand in Gemälden, Statuen oder Wandmalereien festgehalten; es ist also so, als wäre es nie geschehen ... Glauben Sie mir: Nicht mal Ihr Konsulat existiert, wenn es nicht endlich photographiert wird! Meine Photos markieren den Anbeginn dieses Volkes, das in den Augen der Geschichte bis zum heutigen Tag gar nicht auf der Welt war. Sie werden schon sehen, Sie werden sehen ... Können Sie mir einen Punkt nennen, von dem aus man sowohl die aufsteigende Stadt als auch das Meer sieht?«

Pillet ist beeindruckt von Delesserts Betrachtungen und freut sich, einem Landsmann behilflich zu sein: »Messié Delessert, vom Hügel der Madonna di Bonaria aus können Sie Altstadt, Golf und Hafen auf einen Blick sehen. Die Einsamkeit der alten Wallfahrtskirche und die Imposanz der neuen Basilika, die sich noch im Bau befindet, werden Sie beeindrucken. Aber passen Sie auf die Mücken auf, die auch bis dort oben hinkommen: Sie sind riesig – wie Vögel geradezu. Ich rate Ihnen, sich Gesicht und Hände mit Essig einzureiben, so vermeiden Sie lästige Stiche.«

»Richard, hast du das gehört? Merk dir das: Essig! Besorg uns eine Flasche Essig.«

An diesem Abend bezieht der Messié sein Vergnügen aus den einfachen Dingen des Lebens: ein zweites heißes Bad, das ihm definitiv den Transhumanzgeruch nimmt, eine Matratze ohne Wanzen und ein sauberes Leintuch.

Sorgfältig mit Essig eingerieben, befindet sich Delessert am folgenden Morgen auf der Hochebene des Bonaria-Hügels und überprüft Bildausschnitte, Lichtverhältnisse und die verschiedenen erzielbaren Grautöne. Hin und wieder schnuppert er an sich. Die Kaktusfeigen haben es ihm angetan, er nennt sie Stachelbirnen; er versteht nicht, warum man sie hier als Feigen bezeichnet, und er versucht sie mit jedem Photo im Kasten zu haben.

Ein warmer Wind, fast ein Rauch, umfängt ihn und schwächt seine Lebensgeister. Das ist wohl der gewaltige Atem des nahen Afrika, der bis hierhin reicht, denkt er und findet sich mit der Situation ab: Er breitet die Arme aus, stellt sich gegen den Wind und saugt so viel davon auf, wie seine Lungen fassen.

Ja, dies ist ein Ort, der nicht vorhanden war, bevor er nicht seine Photos von ihm gemacht hat; nichts hat hier existiert vor seiner Ankunft. Er wird den Anbeginn dieser Stadt markieren, die es bis heute nicht gegeben hat: bis zum Mai 1854. Endlich der Beweis, daß dieser Landstrich existiert – und auch all diese Nichtsnutze mit den Händen in den Hosentaschen.

Er setzt sich auf einen dicken Tuffsteinblock, der zu der neuen, im Bau befindlichen Basilika gehört, schaut hinunter auf den Friedhof und den Golf und denkt darüber nach, warum aus dieser erhabenen Position der Horizont höher als der Hügel erscheint und das Meer wie eine blaue Mauer, die bald so hoch ist wie der Himmel.

7

Der Friedhof ist auf einem lichten Hügel erbaut, über einem unterirdischen Salzwassersee. Die Toten werden in Grabnischen über der Erde gebettet, und von unten, aus den Tiefen, dringt ganz langsam Wasser ein; es läßt sie aufweichen, sich auflösen, und dunkle Ströme tragen sie schließlich in den sonnendurchfluteten Golf, wo die Moleküle sich erwärmen und wieder neu zusammensetzen. In dieser Gegend gibt es keinen Nebel, jegliches Wasser verdunstet rasch, daher ist der Camposanto-Hügel nie hinter Wolkenschleiern verborgen und von allen Anhöhen der Stadt aus sichtbar.

Ein Licht, das zwischen den Grabsteinen hindurch scheint und die Statuen mit den weinenden Engeln in feine Sandkörner auflöst und die Tränen in Staub.

Pirìcco ist ein zufriedener Mensch. »Ein Armeleutesarg für Tatàno: genau wie der, den ich für mich will. Solche Exhumierungen gefallen mir: zwei kräftige Schläge, von innen oder außen, und der Sarg geht auf. Den ganzen Monat lang ist nicht ein einziger Verwandter gekommen, um ihn zu besuchen, und jetzt hören sie gar nicht mehr auf, mich über Tatàno zu befragen. Aber, nun ... Die Zeit hat Zeit ...«

Pirìcco Ciccotto, Philosoph und Totengräber – sein Beruf bringt ihn häufig zum Nachdenken, und er denkt gern in Maximen, die er in einem Heft notiert –, Sohn und Vater eines Totengräbers, hat seinen Vater bestattet und wird von seinem Sohn bestattet werden, ganz einem ausgeklügelten System folgend. Heute schlägt er sich mit der Kiste des ermordeten Barabbas herum, und er schleppt sie zu einer kleinen Lichtung inmitten der Gräber, für seine Begriffe ein idealer Ort für solche Zwecke, obwohl es stark windet. Und heute weht in der Tat eine kräftige Brise: Sie kommt von Süden, für Pirìcco die Himmelsrichtung, aus der der Wind der Toten kommt.

Dr. Pani, der Prosektor, Major Canelles sowie der Juwelier Chillotti und der Gastwirt Pelo d'Oro – letztere beide, um die Leiche und den Ring zu identifizieren – sind ebenfalls anwesend; keiner sagt ein Wort, und jeder freut sich insgeheim, daß er noch am Leben ist.

Pirìcco gefällt weder der Juwelier noch der Gastwirt; für seinen Geschmack stehen sie mit beiden Beinen zu fest auf dem Boden, und der Boden ist für ihn gleichbedeutend mit Oberfläche.

Doch auch Dr. Pani gefällt ihm nicht, zuviel Vertrauen in die Medizin, und dann ... Canelles liegt ihm schon gar nicht: zu viel schöner Schein. Kaum vorstellbar, daß auch die Seele des Majors so glänzt wie seine Haare.

»Ihr müßt ihn schon gut gekannt haben, um ihn nach einem Monat im Sarg bei diesen Temperaturen noch wiederzuerkennen!«

Wie alle Albinos hat Pelo d'Oro Angst vor der Sonne, die ihn verbrennt, seine Haut und seine Augen zerstört, und er sehnt sich zurück in seine dunkle Taverne, wo er selbst eine kleine Sonne ist. »Tatànos Körper war eine aufgedunsene Hülle, die der Tod wohl zum Zerplatzen gebracht hat – aber drei Dinge gibt's, die kannte jeder an ihm: Zuallererst seine Fürze. Darin war er wirklich König ... Dann die beiden Finger, die sie ihm abgeschnitten haben. Und zu guter Letzt die fettigen Haarbüschel, die ihm aus der Nase wuchsen ... Ja, er war einfach widerlich ... Er gewann jeden Wettkampf, wenn es darum ging, wessen Gedärme die stinkendsten Gase hervorbringen konnten ...«

Die Schilderung von Tatànos Eigenschaften scheint Dr. Pani ganz und gar nicht zu behagen. Er zieht ein Gesicht wie jemand, der auf seinen Schultern eine zu schwere Last für einen einzelnen Mann trägt. Daher hält er sich nicht länger mit den Witzeleien auf und ruft brüsk dazwischen: »Ruhe jetzt! Wie jeder weiß, sogar der einfache Mann aus dem Volk, wachsen Nägel und Haare auch nach dem Tod weiter, und folglich – zumindest können wir das annehmen – auch die Nasenhaare. Lassen Sie uns jetzt mit der Arbeit beginnen! Und daß wir den Respekt vor dem Toten ja bewahren! Sehr gut, Pirìcco, du hast den Sarg so hingestellt, daß er im Windzug steht. Also, meine Herren, am besten positionieren Sie sich alle gegen den Wind. Alle mit dem Taschentuch über der Nase – denken Sie dran, der Gestank wird Ihnen zunächst unerträglich erscheinen, später gewöhnen Sie sich daran. Los, mach auf!«

Pirìcco öffnet mit zwei Handgriffen den Sarg und leuchtet mit der Lampe hinein. Dann schaut er reihum in die Gesichter der anderen, wie ein Koch, der vor einer wartenden Tischgesellschaft den Deckel von der Schüssel hebt.

Tatàno ist schwarz und zusammengeschrumpelt: Er hat nun viel Platz in seinem Sarg. Sein Körper sieht aus, als wäre er geröstet, und er ist schlank wie der eines Jünglings. Kaum zu glauben, erinnert sich Pirìcco, daß wir ihn nur mit Gewalt hier reingekriegt haben, weil er an allen Seiten überstand.

Chillotti, der an den strahlenden Glanz seiner Kettchen und Ringelchen gewöhnt ist, ergreift beim Anblick des halb verwesten Leichnams, den er anschaut, ohne ihn zu sehen, ein Fluchtimpuls: »Ich weigere mich ... Auf keinen Fall ...« Er steht nun dem Wind abgekehrt, und wie ein Stockhieb schlägt ihm der Modergeruch entgegen; erst fällt er auf die Knie und dann aufs Gesicht.

Pirìcco packt ihn bei den Achseln und zieht ihn in den Schatten einer Akazie.

Pelo d'Oro, der durch seine Küche an starke Szenen gewöhnt ist, überwindet seinen Schrecken über diese kaum mehr menschlich zu nennende Form und widersteht der Übelkeit. Schließlich, sagt er sich, verändert auch das, was ich koche, innerhalb kürzester Zeit Aussehen und Geruch.

Canelles, der sein Protokoll fast fertiggestellt hat, fragt: »Pelo d'Oro, erkennen Sie in diesen sterblichen Überresten etwas von dem Verblichenen wieder? Sie sprachen von einem Schnurrbart?«

Pelo d'Oro kneift die Augen zusammen, die so rot wie die eines Kaninchens sind: »Nein, kein Schnurrbart ... Nasenhaare, habe ich gesagt. Ja, ich erkenne sie wieder, diese beiden Pinsel, die ihm aus den Nüstern gewuchert sind, oder vielmehr: aus diesen langgezogenen Löchern da. Ich bin mir ganz sicher: diese zopfartigen Haare – alles konnte man darin finden ... Er ist es! Was die fehlenden Finger betrifft, so wüßte ich es nicht so genau zu sagen, verschrumpelt wie er ist ... Sieht ja aus wie ein Pökelhering ... Der Doktor kann doch die Knochen zählen ...«

Der Arzt, der immer noch von einem kaum zu haltenden Gewicht erdrückt erscheint, würdigt den Gastwirt nicht eines Blickes.

»Los, weiter geht's«, herrscht der Carabiniere ihn an. »Der Doktor weiß schon, was er tut – auch ohne deine Ratschläge.«

Dr. Pani spürt in der leeren Bauchhöhle die wichtigsten Orientierungspunkte auf und macht sich schweigend an die Arbeit.

Chillotti bleibt in sicherer Entfernung neben einem Kletterjasmin hocken und konzentriert sich mit aller Kraft auf dessen Duft. Er reißt ein paar Blüten ab und stopft sie sich in die Nase.

Pani denkt nach. Es ist heiß, er schwitzt, der Südwind

verdirbt ihm die Laune. Er beschwert sich: »Ich habe jetzt den halben Darm durchwühlt, und nirgendwo scheint mir hier ein Schmuckkästchen zu sein, in dem man einen Brillanten aufbewahren könnte. Ich mache natürlich weiter, ich werde mich bis zum Ende von diesem Schlauch durchackern ... Na, wo komme ich wohl raus?«

Niemand möchte das Gespräch weiter vertiefen. Der Gestank erstickt jedes Bedürfnis nach einem Meinungsaustausch im Keim.

Nach langen Mühen und viel Schweißvergießen läßt Pani, der das Gewicht der Welt offenbar mit einem Mal von seinen Schultern abgeschüttelt hat, einen Triumphschrei erklingen: »Da ist er, da ist er! Ich habe ihn gefunden, den verdammten Ring, er hat sich in einer Darmausstülpung versteckt! Hier ist der wahre Todesgrund: ein Ring!« Als wollte er eine feierliche Grabrede halten, strömt es aus ihm heraus: »Im Dunkel dieses Körpers versuchte jener edle Stein, Licht zu erzeugen! Nichts und niemand vermag die Klinge des Prosektors aufzuhalten! Nur der Diamant, der selbst den Maden zu hart ist! Piricco, reich mir eine Schüssel mit Wasser.«

Der Totengräber tut, wie ihm geheißen. Ein paar Tropfen Wasser genügen, und der Edelstein, kaum der Düsternis der Innereien entronnen, reflektiert mit seinen Facetten all das Licht, das ihm aus dem klaren Himmel entgegenstrahlt, und fast scheint es, als wäre er wieder zum Leben erweckt worden und würde nun zu atmen beginnen.

Chillotti vergißt seinen Ekel und seine Übelkeit, hält sich die Jasminblüten unter die Nase und offenbart seine geheimsten Phantasien: »Nie habe ich etwas Vergleichbares im Laden gehabt ... Dieser Stein kommt von weit her, aus einer großen Stadt ... Lichter ... Kutschen ... Gaslaternen ... verschleierte Damen ... Duelle ...«

Pirìcco verschließt den Sarg mit Brettern und nagelt ihn fest zu. Jetzt, denkt er, wird wohl wirklich niemand mehr Tatànos ewige Ruhe stören wollen. Später, im Schatten, schreibt er eine weitere Maxime über die Ewigkeit in sein Heft: über das, was wir sind, und über das, was das Schicksal aus uns macht.

Im Theater sind alle Lüster angezündet für den letzten Abend der Karnevalssaison, die in der Stadt bis zur ersten Hitze andauert. Auf dem Programm steht ein Volksstück, und selbst in den Kellerlöchern wissen sie, was sich auf der hölzernen Bühne abspielen wird. In den goldverzierten weißen Logen sitzen einige wenige Vertreter des Adels – ihre Kleidung ist abgetragen, ihr Haar schlecht frisiert – und jede Menge dickbauchige, fahlgesichtige und in Parfümschwaden gehüllte Ladenbesitzer; sie sind diejenigen, die von ihren Balkonen aus nunmehr die Inselkapitale beherrschen. Und doch ist das Licht ein echtes Theaterlicht, verbreiten die Geräusche und Gerüche echte Theaterluft.

Messié Delessert beugt sich über die Brüstung der Konsulatsloge, um die gelbhäutige Menge und die hängenden Spitzen und welken Rüschen im Parkett zu betrachten. Konsul Pillet hört gar nicht mehr auf, ihm irgendwelche Leute vorzustellen: »Delessert, ich möchte Ihnen einen Freund unseres Landes vorstellen: Messié Girolamo Marini, einen wahren Opernkenner; er gehört zum Freundeskreis des Theaters und ist vermutlich der Rechtschaffendste von allen.«

In den wenigen Wochen, die er unter Hirten und Ziegen verbringen mußte, hat Delessert seine Pariser Manieren nicht vergessen, und so verbeugt er sich nun: »Nach all meinen Begegnungen mit den durchaus pittoresken Gepflogenheiten dieses Landstrichs, mit mutigen Reitern und tapferen Pferden, mit Berberfrauen und wilden Hochebenen hätte ich niemals erwartet – niemals! –, ein Stück Europa ausgerechnet auf dem Teil der Insel zu entdecken, der Afrika am meisten zugewandt ist. Elegante Damen und Herren, ein Orchester … und eine italienische Oper! Ein Theater, das vor fünfzig Jahren sogar Lord Byron empfangen hat und das einen direkten Ausblick aufs Meer bietet, fast wie im alten Griechenland! Messié Marini, ich freue mich, Ihre Bekanntschaft zu machen! Und diese schönen dunkelhäutigen und geheimnisvollen Frauen … was für graziöse Wassernixen!«

»Konsul Pillet übertreibt ein wenig, wenn er mich einen Kenner nennt …« Girolamo betrachtet eine Frau, die ein Kleid trägt wie ein Nadelkissen und sich eifrig bemüht, die Aufmerksamkeit des Franzosen zu erheischen. Er kann keine Nixe in ihr sehen. Dann wandern seine Gedanken zu Fedela, die nie mit ins Theater kommt, weil sie die Stille des Hauses vorzieht.

Pillet protestiert: »Was soll das heißen, ich übertreibe? Sie gehören zum Freundeskreis, der das Theater finanziert; Sie kennen persönlich die Sänger und Musiker; der Impresario Billi schätzt Sie und fragt häufig nach Ihrem Rat. Ihnen ist außerdem zu danken, daß die französische Musik bis hierher gedrungen ist.«

»Nun ja, sagen wir mal so: Dieses abgelegene Provinznest kann einfach nicht auf gute Musik verzichten. Was Billi betrifft, so muß ich ihn erst noch überreden, im nächsten Jahr den *Trovatore* zu geben … Sie sehen also, über so viel Einfluß verfüge ich auch wieder nicht.«

Messié Delessert, den seine Woche unter den Ärmsten der Armen ziemlich mitgenommen hat, der sich nun aber gesäubert und wohl parfümiert in einer weißlackierten Loge mit goldenen Stuckelementen befindet, sieht in Girolamo Marini für einen Moment einen Wächter über die Zivilisation in einem der entlegensten Vorposten Europas.

»Wenn ich mir vorstelle, daß ich gestern in Quartu, zwei Schritte von hier entfernt, noch Zeuge wurde, wie sie jemanden mit Fußtritten niedergetrampelt haben, ganz zu schweigen von all den anderen Seltsamkeiten, die ich hier beobachten konnte, und wenn ich mir dann vergegenwärtige, daß ich mir heute hier eine italienische Oper anschauen werde, kann ich es kaum glauben. Auf dem Weg zum Theater bin ich an Balkonen mit lauter dunkelhäutigen Grazien vorbeigekommen, die den jungen Burschen auf der Straße schöne Augen machten – so heißt es doch hier, wenn zwei miteinander reden, nicht wahr? –, und irgendwo sang jemand ein Ständchen ... Da wollte auch ich am liebsten: ein Ständchen bringen und schöne Augen machen!«

Girolamo will von der Sache mit den schönen Augen nichts wissen, und überdies erscheint ihm dieser Mann reichlich exaltiert. Aber er ist Ausländer, überlegt er, und in der Fremde sind die Dinge und die Menschen eben anders als hier.

»Wo sind Sie überall gewesen?«

»Überall! Vom Bonaria-Hügel aus habe ich mir den blauen Golf angeschaut. Diese Landschaft ist so weit, daß mein Blick sie gar nicht ganz umfassen konnte und noch weniger meine Photographien. Diese Stadt scheint geradezu zu fliegen ...«

»Sie photographieren die Insel?«

»Auch Ihren heiteren Friedhof mit seinen sonnenbeschienenen Grabsteinen habe ich von oben photographiert. Schade nur, daß da ein paar Männer waren, die sich an einem offenen Sarg zu schaffen machten; leider wird dieses makabere Grüppchen eindeutig auf der Photoplatte zu erkennen sein und den ganzen Effekt ruinieren. Ich hatte schon überlegt, das Bild jemandem zu schenken ... Ihnen zum Beispiel, wenn Sie möchten.«

»Wirklich? Das wäre etwas sehr Besonderes, wissen Sie, bis in unsere Einöde ist die Photographie noch nicht gedrungen, genausowenig wie die Telegraphie ...«

»Aber ich habe doch auf der Straße Telegraphenmaste gesehen ...«

»Telegraphenmaste, die ja – aber eben nur die.«

Auch Efisio befindet sich im Theater.

Minna Olivares ist eine sehr schlanke junge Frau, beinah knochig. Doch die Muskeln ihres zarten Halses, die nackten Schultern und Arme, die afrikanischen Wangenknochen und vor allem die halbgeöffneten Lippen Minnas erinnern Efisio – der sich vorstellt, wie der Atem heiß aus ihrem Mund tritt – an seine Nomadenträume, die ihn hin und wieder nachts überfallen und seinen verschwitzten Kopf in Verwirrung stürzen; wer weiß, von welcher Seite diese dunklen Gene ihren Weg in sein Blut gefunden haben.

Sie hält nicht heimlich nach ihm Ausschau: Sie schaut ihm jedesmal gerade in die Augen, wenn die Familie Olivares sich im Theater befindet oder im *Gran Caffè* und Efisio an ihr vorübergeht.

Minnas Lippen erkennt er stets von weitem.

Im Schein der Kerzen betrachtet er sie; die Musik hat eingesetzt, sie dreht sich um und schenkt ihm ein ernstes, tiefes Lächeln.

8

Einer, der schlimmer ist als alle anderen, ist vor dreißig Jahren in die Stadt gekommen, jenen trägen Ort, wo die Menschen ständig schlafen, weil sie zuviel essen. Er nicht; er ißt Kartoffeln, Tomaten, Gurken und nur wenig Fleisch.

Sein Vater hat in seinem Dorf – wo sie nur Fleisch essen – gemordet und viel Geld angehäuft, denn er glaubte nicht an den Wert der Erde und der Tiere. Dann haben sie ihn selbst umgebracht.

Auch in der Familie seiner Mutter hat es Morde gegeben. Doch all diese Toten haben nicht etwa einen Sinn für Moral und Gerechtigkeit hervorgebracht. Im Gegenteil: Ein Gefühl der Größe und der Macht ist daraus entstanden – das Recht zu töten. Die eigentliche Form von Freiheit.

Sie haben ihn zu den Priestern in die Stadt geschickt, als er noch ein Kind war, damit er etwas lernen konnte und vor all dem Blut geschützt war, und so ist er im Internat großgeworden, während sie im Dorf weiterhin einander ausrotteten, nach Regeln, die nicht zu brechen waren.

Serafino Ampurias hat schon als kleiner Junge gelernt, daß ein Mord eine Art Explosion ist, die Erregung und eine erhöhte Gewaltbereitschaft bei den Lebenden auslöst; und sie machen ein Getöse um den Toten, als wollten sie ihn wieder zum Leben erwecken – ein schamloses Getöse.

Er ist älter und reifer geworden, und der Tod interessiert ihn nicht mehr wegen des Skandals, sondern wegen der Folgen, die der Mord und der Schmerz nach sich ziehen. Mit anderen Worten: Er hat begriffen, daß derjenige, der tötet, Macht hat, mutig und potent ist, und daß der Mörder bestimmt, wie die Dinge sich entwickeln werden. Der Mörder hat Energie, er verfügt über eine Entschlossenheit, die die anderen nicht haben, und sie erkennen ihn als eine Autoritätsperson an. Aus diesem Grund werden in seinem Dorf Gefängnis und Strick als große Ungerechtigkeit angesehen.

Er ist zu der Überzeugung gelangt – jetzt, da er viel gelesen hat und seine Ideen vertiefen konnte –, daß die Folgen vorherzusehen und wie eine Algebraaufgabe zu berechnen sind. Deshalb ist er so genügsam: Er will sich nicht durch zuviel Essen und zuviel Fett lahmlegen lassen, niemals.

Doch hier in der Stadt geschieht nichts Gutes und nichts, was wirklich Böse wäre.

Allerdings … allerdings diese Geschichte mit dem Ring … sie könnte … Also, zumindest ansatzweise interessiert sie ihn. Aber sie hat gerade erst begonnen, er muß erst einmal sehen, wie die Dinge sich entwickeln … Anfänge interessieren ihn nicht.

Er hat sich die Hände mit Tinte bekleckst; er wäscht sie, aber die Flecken bleiben: *Jedem Sandkorn wohnt eine Geschichte inne … Was dann wohl erst ein Ring wie dieser für eine Geschichte in sich trägt … Ich muß darüber nachdenken … darf mich nicht ablenken lassen.*

Er wohnt allein mit seinen zwei Katzen, und Ablenkungen gibt es in seinem Leben keine – nur das Schreiben. Er schreibt Briefe, deren Adressaten außerhalb der Insel leben, sogar bis in die Hauptstadt des Königreiches, und entsprechende Briefe empfängt er auch. Wenn er ein solches Antwortschreiben erhält, liest er es und liest es ein weiteres Mal im Licht der Öllampe, um es anschließend zu verbrennen. Die Katzen sehen ihn angeleuchtet von der Flamme und erschrecken sich.

Die Flamme wirft ihre Schatten auf diesen Kopf ohne

Gesicht; ein Gesicht, das niemand je wirklich betrachtet hat und das alle vergessen, nachdem sie es einmal gesehen haben.

Der Wahnsinn, jener große, für den es keine Erklärung gibt, versteckt sich.

Seine Form und Gestalt sind ganz gewöhnlich, und selbst aus dem Gehirn tritt, wenn man es öffnet, weder Rauch, noch dünstet es ätzende Säuren aus, nein, es wirkt völlig gesund. Manchmal besteht die Verkleidung des Wahnsinnigen in einer Physiognomie, die von der Natur ausgewählt wurde, um ihn den Blicken zu entziehen – und der Wahnsinnige wird unsichtbar.

Die Stadt ist voll von Verrückten, aber sie sind keine echten Verrückten, sondern nur leicht verrückt, Halbverrückte, Verrückte ohne weitere Bedeutung. Sie erkennen einander und lassen sich zähmen – wie gefügige Esel, die bis zu ihrem Tod Salzsäcke schleppen –, und sie sind heiter, weil sie etwas zu essen und ein Dach über dem Kopf bekommen, das sie sowieso nur drei Monate im Jahr brauchen, weil es hier nie wirklich kalt wird.

Der Wahnsinnige im eigentlichen Sinne – nicht der Schwachsinnige, sondern derjenige, dessen Geist von einem gewaltigen verrückten Szenario beherrscht wird – kommt aus einem riesigen unbelebten Raum, in dem seine Idee bereits Generationen vor ihm aus dem Nichts heraus entstanden ist, bis sie dann endlich zu ihm gefunden hat.

Wenn er in der Stadt und in den einzelnen Vierteln auf größere Menschenmengen trifft, verbirgt der Wahnsinnige seine Idee noch tiefer in seinem Inneren, und er läßt die anderen Ideen, die kleinen und unbedeutenden, bis an die Oberfläche hochkommen, um nicht erkannt zu werden und ein Leben führen zu können wie jeder andere.

Die Lektüre nährt seine Verrücktheit, die durch den täglichen Umgang mit schwierigen Stoffen noch labyrinthischer wird.

Als Serafino noch zur Schule ging, hat ihn mal jemand als einen Wilden bezeichnet, der sich zum Städter mausern wolle, doch das war alles, was er von ihm begriffen hatte.

In der Stadt empfindet Serafino ein erhöhtes Bedürfnis, sich mit anderen zusammenzutun, aber nicht, weil die Einsamkeit ihm zu schaffen machte, sondern weil er bestätigt wissen will, daß er so ist wie die anderen. Und zugleich hegt und pflegt er im verborgenen seine alles beherrschende Manie, die halb wach ist, halb schläft – seine einzigartige, vertrackte, gigantische Manie.

Aus diesem Grund besucht er heute die Versammlung der Kapuzenträger mit den weißen Handschuhen.

»In dieser Stadt regiert der Stumpfsinn! Lauter Dummköpfe, viel zu viele Dummköpfe!«

Dreißig Köpfe wogen im Takt.

»Trottel gibt es überall auf der Welt, Avvocato Pruneddu, und überall sind sie gleich vertrottelt.«

Unter seiner Kapuze – weder in seinem Fall noch in den anderen kann die Kapuze die Identität verschleiern – redet Pruneddu sich in Rage. »Nein! Jedes Dorf hat seine eigenen Trottel. Jede Region auch. Und der Inseltrottel ist der vertrottelste von allen. Er ist ein Volltrottel, von einer Inbrunst, die an die Ewigkeit denken läßt. Zwanzig Jahre lang hat er außerhalb der Insel gearbeitet …«

»Avvocato, unser heutiges Thema ist die Intelligenz.«

»Eben! Ich komme schon noch darauf zu sprechen … Aus dem, was ich gesagt habe, läßt sich herleiten, daß auch ein intelligenter Insulaner weniger intelligent ist als jemand vom Festland, Professor Nonnis. Der Trottel ist vertrottelter, während der hiesige Intellektuelle zur Verschlafenheit und Trägheit tendiert – mit anderen Worten: Er ist weniger intelligent.«

Der Geburtshelfer Nonnis hat seine eigene Theorie, die er die Theorie der größtmöglichen Kraftanstrengung nennt: »Mir scheint es kein guter Ausgangspunkt zu sein, die Diskussion beim Idiotismus beginnen zu lassen, der alle Völker gleichermaßen betrifft. Nicht die Idiotie lähmt die Geschichte. Und wißt ihr, warum sie sie nicht lähmt? Weil ein intelligenter Mensch, der voller guter Eigenschaften ist, diese guten Eigenschaften durch Kraftanstrengung zum Ausdruck bringt. Durch Kraftanstrengung! Das ist es, was den einen Menschen vom anderen unterscheidet: die Fähigkeit, sich anzustrengen, Kopf und Körper im Rahmen einer Kraftanstrengung einzusetzen. Eine faule Intelligenzbestie ist genauso wertlos wie ein Trottel, der sich anstrengt.«

Guaita kann es nicht mehr ertragen, immer wieder die gleichen Dinge zu hören, immer die gleichen Dinge, bis in alle Ewigkeit: »Professor Nonnis, Ihre Theorie der Kraftanstrengung ist hier bereits mehrfach ausführlich behandelt worden. Wir sind schließlich hier, weil wir gewisse Kraftanstrengungen unternehmen wollen. Wir sind Ihrer Philosophie gleichsam ganz auf der Spur: Wir strengen uns an …«

Er wirft einen Blick in die Runde und sieht, daß Serafino Ampurias die Hand erhoben hat, um das Wort zu ergreifen.

Serafino liebt die Kapuze, weil er sich auf diese Weise keine Gedanken über sein Gesicht machen muß. Seine Stimme klingt durch den Stoff hindurch noch farbloser als sonst: »Weder Intelligenz noch Vehemenz scheinen mir in unseren Worten enthalten, Worte, die im übrigen niemand hört – niemand! Von Worten bleibt nur der Klang zurück, und der Klang verhaftet nicht lange in der Erinnerung.«

Die Stimme von Ampurias hinterläßt eine nervöse Bitternis in Gonario Guaita, die durch seine Kapuze hindurchdringt. »Gedruckte Worte haben mehr Macht als gesprochene, soviel ist sicher. Ein Typograph wie Sie weiß das wohl. Aber Ihre Rede über die Vehemenz, Ampurias, habe ich schon einmal gehört, auch wenn ich sie nicht verstanden habe. Wenn Sie meine Meinung wissen wollen, wie Intelligenz sich mit Vehemenz verbinden läßt, dann muß ich Ihnen folgendes sagen: Der einzig redliche Weg, diese beiden Pole zusammenzubringen, Intelligenz und Vehemenz, die einzig denkbare Möglichkeit, dies zu tun, liegt in der Mäßigung.«

Die Kapuze bedeutet für Serafino jedesmal wieder ein Gefühl der Behaglichkeit an Körper und Seele. »Es gibt keine vernünftige Ordnung, die durch Mäßigung erreicht würde, Guaita. Die Geschichte ist laut, sie tut alles ohne Mäßigung; und ich würde auch Armeen und Kanonen nicht gerade als gemäßigt bezeichnen. Für Ihre Mäßigung heißt das folglich ...«

»Die Quantität, in der Armee und Kanonen zum Einsatz kommen, kann eine gemäßigte sein, lieber Ampurias.«

»Revolutionen sind etwas Gemäßigtes?«

»Wollen Sie eine Revolution? Scheint Ihnen dieses Land, dieses Volk hier für eine Revolution geeignet? Hier gucken sie doch alle vor lauter Angst zu Boden und heben nie den Blick, nie ... Ich sage es noch einmal: Der einzig denkbare Weg ist die Mäßigung.«

Die Mäßigung? Die interessiert Serafino nicht. Seine Träume, seine Sehnsüchte drängen hin zu einer großen Tat, die aus einer großen Idee heraus entsteht. Eine wahre Tat. Und während er seinen Blick über die Runde schweifen läßt, denkt er, daß diese Tat nicht notwendigerweise Unterstützung finden muß. Im Gegenteil, die Tat eines einzelnen ist viel mehr wert. »Brüder, wenn das enge Band zwischen uns einen Sinn haben soll, dann muß auch die Tat eines einzelnen ...«

Guaitas ungutes Gefühl verstärkt sich: »Was für eine Tat, Ampurias, wovon sprechen Sie?«

Serafino ist ganz ruhig. Seine Ruhe erinnert an eine Pistole, deren Lauf zum Zielen ausgerichtet wird. »Wenn ich eine Tat zum Vorteil der Bruderschaft ausführte, wenn von einem einzelnen Mitglied dieser Loge etwas konkret umgesetzt würde und dieses Etwas ins Herz der Bruderschaft zielte, nach Turin ... Wenn irgendwelche unbedeutenden Menschen bei dieser Tat Leid erführen und sie Opfer erbringen müßten ... Wenn dieser einzelne Bruder allein handelte ... Wenn dieser einzelne Bruder sein Leben allein aufs Spiel setzte ... Was würdet ihr, ihr alle, dazu sagen?«

Guaita nimmt seine Kapuze ab: »Serafino Ampurias, wir alle engagieren uns hier für dieselbe Sache, und wir alle sind Menschen, wenn auch mit unterschiedlichen Ideen. Was wollen Sie uns damit sagen? Daß Sie in der Lage sind, allein für das Wohl der Bruderschaft zu kämpfen? Und daß Sie auf jeden Fall im Interesse der Söhne der Witwe handeln würden? Wollten Sie das sagen? Wollen Sie, daß wir schweigend dabei zuschauen? Ist es das?«

Er schaut sich um.

Nonnis verläßt rasch den Raum, Lattuca ist schon draußen, Copez, Urpis, Olivares und Scano gehen ebenfalls. Pomata flieht geradezu.

Serafino wartet ab; er wirft nicht einen Blick über die Schulter, um zu sehen, wer den Raum verläßt. Auch Notar Senet zieht sich zurück; sein mickriger Körper hat bereits genug an Ideen und Knochen zu tragen, als daß er noch über eine gewisse Tat sprechen könnte; alle stehlen sie sich davon, und als letzter geht langsam Notar Corvetto, in Gedanken ganz bei den leckeren Zutaten, die er jeden Tag auf dem Markt einkauft und nach Hause trägt zu seiner Küchengattin.

Nur einige wenige sind zurückgeblieben. Guaita geht auf Ampurias zu, er flüstert beinah: »Wenn Sie dazu in der Lage sind, Ampurias, dann machen Sie, tun Sie es ... Wenn Sie sich geschickt anstellen, wird nie jemand etwas davon erfahren, nicht einmal die Brüder. Wahre Kunst ist, was keine Spuren, Schatten noch sonstige Überbleibsel erkennen läßt. Der eigentliche Mann der Tat ist derjenige, der über seine Taten nicht spricht. Niemals.«

Efisio betrachtet seine winzige Ausbeute: lauter Fossilien. Kleine Tierchen und Blätter, die von der Kieselerde in Formen gebracht wurden, die er als perfekt erachtet, denn er kann sich keinen Zustand vorstellen, der noch geordneter und noch weniger veränderlich wäre als dieser. Heute hat er mit Hilfe des Skalpells einen kleinen Fisch aus dem weißen Mergel gegraben.

Er versucht sich den Übergang vorzustellen zwischen dem pulsierenden Leben und jener Art regloser Existenz. Ja, er betrachtet diesen Zustand als Existenz – warum, weiß er nicht genau –, unbeweglich, fest, aber es bleibt eine Form von Existenz. Dieses Fischlein hat alles, um immer noch als Fischlein bezeichnet zu werden, niemand würde auf die Idee kommen, es anders zu benennen, denn es hat alle Eigenschaften eines Fischleins behalten. Und er hat es gerettet.

Und doch – dies passiert ihm jedesmal –, wenn er an dem Punkt seiner Überlegungen angelangt ist, erscheint ihm das Denken plötzlich unendlich mühsam.

Denn in seinem Kopf entstehen Fragen, die so gewaltig sind, daß sie keinen Platz mehr dort finden.

Aber dann fällt ihm wieder der Tote ein, der kein Fossil war.

Er braucht etwas, an das er glauben kann, etwas Großes; er weiß, es muß größer sein als all die Dinge, die zu lernen er im Begriff ist. Doch er muß von hier ausgehen. Und er nimmt sich seine Schätze, die ihm die Natur überlassen hat, zusammen mit einer neuen tiefen Verstörung.

9

Jedesmal eine Mahlzeit für zehn Personen zuzubereiten erfordert Phantasie und Geschick. Hinzu kommt ein konstantes, nicht eben überwältigendes, aber eben doch beständiges Vermögen, die gleichen Produkte und Geschmäcke herzustellen wie Generationen zuvor. Fedela hat diese Fähigkeit geerbt und sie schweigend – ja, wieder einmal schweigend – schon so oft unter Beweis gestellt.

Für Efisio, der ihr Talent anerkennt, aber nicht das wahre Ausmaß dahinter erahnt, hat die Nahrungsaufnahme als solche auch mit Formen zu tun: der des Brotes, des Fisches, der Auberginen, der Sonntagstorte oder der im September für den Winter eingeweckten Herztomaten – und er hat Angst, daß all diese Dinge ihm in Pisa fehlen könnten.

Die heimatlichen Gerüche. Die Nase war das erste Organ, das ihn mit seinem Zuhause verbunden hat. Andere Speisen, andere Mahlzeiten, eine andere Küche kann er sich gar nicht vorstellen. Er weiß es noch nicht, aber das Orangenwasser, das Fedela in die Karnevalsküchlein untermengt, wird *die* olfaktorische Erinnerung seiner Jugend werden. Er wird sie sein ganzes Leben an anderen Orten seiner Existenz suchen. Vergeblich. Vielleicht, weil die Mutter heimlich einen Tropfen Aquavit untergemischt hat, vielleicht weil seine Nase mit der Zeit weniger empfindsam geworden ist oder vielleicht weil dieser Geruch selbst eines Tages aufhören mußte zu existieren – jedenfalls sollte er jenen Duft nie wieder riechen.

Jeder in der Familie hat seine Vorlieben, doch Fedela trifft die Entscheidungen, und Memène greift ihr unter die Arme.

Eine Suppenschüssel Minestrone und eine Platte mit zehn lorbeerblattbedeckten Meeräschen, eine pro Person, stellen das Mittagessen an diesem Freitag dar.

Der Großvater ist gereizt; er wird rot wie eine Languste, es ist heiß, und seine Stirnader schwillt an. Efisio betrachtet ihn.

»Ein Franzose in der Stadt, der Photos machen will? Einer von denen, die uns '93 bombardiert haben? Ich war fünfzehn Jahre alt, und die Kanonen sind schuld, daß ich auf einem Ohr immer noch nichts höre. Wenn ich ihn sehe, diesen Messié Dessert, dann kommen mir aber ganz schnell diese Schiffe wieder in den Sinn, mit ihren Kanonen – und dann schieß ich ihm ins Gesicht! Laß dir bloß nicht einfallen, ihn zum Mittagessen einzuladen!«

Esterina kann Antonios Greisengezeter nicht ertragen – als junge Frau konnte sie das, aber jetzt nicht mehr –, und sie sieht, wie er bebt und knirscht... Wut ist etwas für starke, gesunde Leute. »Auf wen willst du schießen? Auf wen? 1793, das ist lange her, Antonio ... Du kannst doch die Pistole gar nicht mehr halten; nachher schießt du dir noch ins Knie oder wer weiß wohin!«

Antonio bleibt stumm, denn Esterina – die von ihrer redseligen Familie das Talent geerbt hat, mit Worten zu strafen, was ihm Fedelas Schweigen einmal mehr rätselhaft macht – hat ihm in Erinnerung gerufen, daß seine Zeit gekommen ist. Ein Nichts genügt, ihn daran zu erinnern, und die sinnlose Ader an seiner Stirn schwillt wieder ab; der Alte senkt den Kopf und sagt kein Wort mehr.

»Delessert, Babbo, er heißt De-le-ssert. Mir kam er vor wie ein Ehrenmann, und außerdem: Schauen Sie sich diese Photographie doch erst mal an – ein wahres Meisterwerk!

Ich habe hier in der Stadt noch nie so etwas gesehen. Unglaublich!«

Antonio gönnt der Photographie nicht einen Blick; er sieht sowieso so schlecht, daß er gar nichts vorzutäuschen braucht. Er sieht schlecht, er hört schlecht, alles läuft schlecht – und Esterina hat ihn auch noch daran erinnert. Das macht sie jedesmal, wenn er den Kamm aufstellt wie ein junger Gockel und große Töne spuckt.

Das Photo wird von einer Hand zur nächsten gereicht und gelangt schließlich zu Efisio, der auf seinem Stuhl herumhampelt wie einer, den die Läuse gebissen haben, doch er bleibt sitzen. »Babbo, hier hinten, auf dieser Lichtung, mitten zwischen den Gräbern, da stehen Männer um einen Sarg herum! Wenn das Photo schon ein paar Tage alt ist, kann es sich nur um die Exhumierung des armen Tatàno handeln … Alle in der Stadt wußten, daß sie ihn wieder ausbuddeln würden … Ich hole nur rasch die Lupe aus meinem Zimmer …«

Er steht auf, kommt dem Tadel zuvor – Aufstehen während des Mittagessens ist ein Verstoß gegen die Regeln, und ein solches Vergehen erfordert eine Rechtfertigung – und kehrt mit der Lupe zurück. »Schaut nur – man kann zwar keine Gesichter erkennen, das nicht, aber dieser Bauch, der könnte doch von Chillotti sein! Ich weiß, daß er dabei war, und auch, daß er den Ring erkannt hat; und der mit den weißen Haaren wird Pelo d'Oro sein und der in der Uniform Canelles und dieser offene Sarg …«

Girolamo hört auf, seinen Fisch zu entgräten, er knallt das Besteck auf den Teller, und der ganze Tisch hallt wider von der männlichen Kraft des Vaters. »Efisio, fängst du schon wieder damit an? Du hast recht gehabt, du bist ein aufgeweckter Junge, der Ring befand sich tatsächlich im Bauch dieses Unglücksvogels … Aber jetzt reicht es, ein für alle Mal! Es reicht!«

Ein starker Widerwille regt sich in Efisio gegenüber Girolamo, und er hat das Gefühl, sich verteidigen zu müssen. »Aber, Babbo, schauen Sie sich das Photo doch mal genau an: Wer ist dieser Mann da hinter dem Felsen, wer ist das? Der versteckt sich doch da! Das ist ein Spion!«

»Ich weiß nicht, wer das ist, und das geht uns auch gar nichts an, uns, die wir hier um diesen Tisch versammelt sind! Und jetzt setz dich endlich auf deinen Platz! Der Richter hat Chillotti den Ring zur Aufbewahrung gegeben, denn der hat einen Tresor, den man nicht aufbrechen kann. Und irgendwann werden sie ihn versteigern ... Efisio, diese Geschichte ist zu Ende – fertig! Laß uns nicht mehr daran rühren! Laß uns endlich essen! Essen ist eine ernsthafte Angelegenheit. Fedela, der Fisch schmeckt nach Salzseemoder – wo hast du ihn gekauft?«

Fedela antwortet nicht, und Girolamo wiederholt seine Frage nicht. Sie antwortet fast nie, und doch hört sie zu. Girolamo ärgert sich, wenn sie nicht antwortet, aber er sagt es nicht.

Tatsache ist: Fedela und Girolamo sprechen nicht miteinander, niemand hat sie je gehört, außer gelegentlich in einem unerwarteten Moment. Für alle, auch für die Kinder – selbst für Efisio – ist das normal so. Niemand denkt, daß dieses fast körperliche Nichtvorhandensein Fedelas das eigentliche Mysterium des Hauses sei, viel mysteriöser als der Ring.

In einer Ecke der Kirche, immer derselben, geht Fedela jede Woche zur Beichte.

Ihre Beichte ist ein einziges Murmeln, das jedoch hin und wieder zur Klage anschwillt. Sie beichtet imaginäre Revolten und verdammt zugleich ihr reges Vorstellungsvermögen. Don Bardanzellu hat sie beruhigt, ihre Sünden seien nur Phantasiesünden, kontrollierte Phantasien. Und doch: Fedela steigt bereits als Büßerin die Stufen zur Kirche hinauf, also ist sie schon vor der Beichte von ihrer Schuld freigesprochen.

Aber der Priester ist sicher, daß Fedela nicht all das sagt, was sie zu sagen hätte, während sie vermutlich all das denkt, was sie denken könnte. Und somit hat er keine Macht über den Geist Fedelas, der vielleicht ein rebellischer ist – ohne Worte, aber mit Gedanken.

Dabei will sie gar nicht von ihrer Phantasie aufgerüttelt werden, denn sie glaubt fest, daß Ideen und Gedanken immer mit Gift durchsetzt sind.

Und trotzdem macht diese begrenzte Aktivität ihres Vorstellungsvermögens sie nicht zu einer stumpfsinnigen Frau. Sie ist aus tiefstem Herzen überzeugt – und das ist ihre größte Gewißheit –, daß ein allzu intensives Denken nur Unheil mit sich bringt und am Ende alles verdirbt.

Folglich macht sie nur kleine Schritte, vollbringt nur kleine Handlungen und Taten, denn so will sie es haben. Sie leidet zwar immer noch, aber sie denkt, sie litte weniger.

Efisio, der sich der Welt der Ideen so nahe fühlt und der das Minimum nicht ertragen kann – das Minimum, das sie, Fedela, hingegen ständig sucht –, dieser Sohn flößt ihr eine solche Angst ein, daß ihr panischer Blick sich auf alle anderen Familienangehörigen überträgt – zumal ja auch dies ein Weg ist, ein Erbe weiterzutragen.

Seit zwei Tagen lastet eine unnatürliche Hitze auf der Stadt, und alles geht noch viel langsamer voran als sonst. Aus den Querrinnen steigen alle möglichen üblen Gerüche empor. Und dabei ist erst Ende Mai. Was für ein Sommer soll das noch werden? Einer wie alle anderen. Die Mücken werden alles beherrschen, und dank der Südwinde werden sie ihr Reich über den Salzsee hinaus ausdehnen und bis in die hochgelegene Altstadt drängen: So geschieht es jedes Jahr, seit es die Salzseen, die Altstadt und die Mücken gibt.

Doch plötzlich kommt Bewegung in die dichte, träge Luft.

Die Nachricht läßt sie am Montag alle aufspringen – als ob ein Peitschenknall über den Schlafenden ergangen wäre. Der Goldschmied Mondo Chillotti ist in seinem eigenen Geschäft ermordet worden, durch Schläge mit einem Stock! Sein Sohn hat ihn gefunden, als er nachschauen wollte, warum der Vater sich verspätet hatte.

Die verängstigte Seele hat sich aus den Trümmern des Schädels davongemacht; einen kurzen Moment hat sie hinter der Ladentheke innegehalten, um einen letzten wehmütigen Blick auf die kleine Goldwaage zu werfen und mit einem herzzerreißenden Schluchzen endgültig dahinzuscheiden.

Auch der Ring ist aus dem Tresor verschwunden, den man aufgebrochen vorgefunden hat. Die Kettchen und Medaillons sind an ihrem angestammten Platz liegengeblieben.

Nach dem glorreichen Fund des Brillanten in Tatànos Bauch ist Major Canelles auch in diesem Fall mit den Ermittlungen betraut worden.

Die *Gazzetta* widmet der Nachricht vom Verschwinden des Ringes und dem Mord an Chillotti einen ausführlichen Artikel auf der Titelseite, denn alle in der Stadt kannten sie den Juwelier, weil jeder – sei es bei einer Geburt oder einer Eheschließung – schon mal ein Schmuckstück bei ihm gekauft hat: ein Einwohnerverzeichnis mit dem goldenen Glanz freudiger Ereignisse.

Nun liegt er da in seinem Sarg, den Kopf bandagiert, den die Stockschläge des Mörders zertrümmert haben, und die Mücken quälen ihn nicht mehr; hin und wieder zieht noch eine ihre Kreise über ihm, bemerkt aber schnell ihren Irrtum und fliegt sofort weiter. Der Sohn, bleich wie der Vater, weint, und manchmal faßt er von ihm zur Wand und wieder zurück: Die gleiche Temperatur – das kann doch nicht sein …

Girolamo Marini findet keinen Frieden; sein Magen zwickt, seit diese üble Geschichte begonnen hat, und sowohl zum Mittag- als auch zum Abendessen bringen sie ihm sein Bikarbonat an den Tisch.

»Was geht da vor? Zwei Tote – wegen eines Ringes? Und dieser Teufelskerl von meinem Sohn stellt eine Hypothese nach der anderen auf, bringt Dinge in eine Ordnung, stellt Überlegungen an … Gewiß, die Langeweile in der Stadt, diesem stinkenden Moloch … Die Sümpfe und die Malaria fressen einem noch das Hirn auf … Efisio muß weg von hier – bevor die Hitze und das Viertagefieber ihm seine ganze Energie geraubt haben.«

In der Nacht lassen ihn die schwüle Luft, die Malariamücke und seine Gedanken keine Ruhe finden.

Der Sarg ist im Geschäft aufgebahrt.

Das Verbot, sich den Toten zu nähern, und überhaupt das distanzierte Verhältnis seines Elternhauses gegenüber dem Tod haben Efisio hierhergeführt. Aufmerksam betrachtet er den Leichnam Chillottis.

Er hat Zeit genug gehabt, ihn aus verschiedenen Entfernungen anzuschauen, während er, eingereiht in die Warteschlange, in den Raum trat. Er hat das Profil wiedererkannt und gesehen, daß aus dem fahlen Weiß des ermordeten Goldschmieds ein Grau geworden ist.

Immer näher ist er gekommen, Schritt für Schritt, im Gefolge der Schlange, die langsam und schweigsam vorwärtskroch.

Der Kopf Chillottis, zertrümmert und in weiße Bandagen

gewickelt, wird zum einzigen Gegenstand, für den Efisio sich interessiert. Zum einzigen Gegenstand? Diesen Schädel bezeichnet er als einen *Gegenstand*?

Was für eine Stille und was für ein Lärm in der Welt der Toten! Dieses Scharren der Schuhsohlen auf dem Boden, aufgereiht wie bei einer Prozession. So etwas vergißt man nicht mehr, und für Efisio wird es von nun an das typische Beerdigungsgeräusch sein.

Er ist völlig fasziniert, und sie schieben ihn voran, weil seine Zeit zu kondolieren nun abgelaufen ist.

Er läßt sich voranschieben und betrachtet immer noch das Gesicht Chillottis, der mehr und mehr in die Ferne entrückt.

Er folgt der Schlange und findet sich dem Sohn des Juweliers gegenüber. Eine Kopie, der Sohn ist die Kopie des Vaters ...

Efisio erschrickt; er nimmt seinen Körper mit plötzlicher Heftigkeit wahr; hat die Gewißheit, ihn zu besitzen, und weiß doch, daß er ihn wieder verliert ... Er drückt die Hand des Verwaisten, fühlt ein Schluchzen, das aus seinem tiefsten Inneren hervorquillt ... Er verläßt den Raum, schubst die Leute vor sich auseinander, um Platz zu finden, bekommt kaum Luft ... bekommt noch weniger Luft ... Bis er aus dem Laden raus ist und ans Licht gelangt – eine weite, warme Helligkeit.

Es ist so heiß, daß die Bäume ihre vergilbten Blätter verlieren; in den Speisekammern wird die Milch sauer, und das Brot wird hart, noch bevor es auf dem Tisch steht.

Die Hundstage dauern immer noch an – sie haben den Sarg von Chillotti, der mit seiner kleinen Goldwaage in den Händen beerdigt wurde, rasch schließen müssen –, und in der staubtrockenen Stadt gibt es nicht einen Winkel, in dem es angenehm luftig wäre.

Efisio zieht sich jeden Tag ans Kap zurück und verbringt ganze Vormittage im seichten Wasser, um leise mit sich selbst zu sprechen und Gedanken darüber anzustellen, daß jeder Mensch Raum um sich herum braucht, aber statt dessen alle dicht aufeinander hocken und jeder den Gestank des anderen ertragen muß ... Dieses Wasser heilt jeden Schmerz, es ist wie eine Medizin, ein salzhaltiges Schmerzmittel – und nicht wie Ameisen, die auf deinem Körper entlangspazieren ... Alles ist perfekt und wie stehengeblieben in der Zeit.

Doch die Ereignisse sind ins Rollen gekommen, und sie haben – wie die Hitze – den Rhythmus des Unausweichlichen angenommen.

In seinem Büro am Hafen wartet Girolamo Marini auf das Schiff aus Tunesien, das ihm Kleie bringt – zu Preisen, die er in ganz Latium und Kampanien nicht bekäme. Kapitän Chionetto, der das Schiff führt, ist seit über zehn Jahren sein Freund. Ein Genueser, Seemann seit Generationen und verheiratet mit einer Sarazenin, die in der Stadt lebt. Seit ein paar Stunden ist das Schiff bereits in Sicht, und als die Dämmerung hereinbricht und ihren dunklen Schleier auf den Hafen und die Molen legt, tritt der Kapitän über die Schwelle von Girolamo Marinis Büro. Dieser ist vorbereitet auf ein Verhandlungsgespräch nach orientalischer Art.

»Der Schoner ist voll bis oben hin, mein lieber Marini, wie eine Schwangere kurz vor der Niederkunft.«

»Dann lassen wir sie mal gebären, Capitano.«

»Mit einer Hebamme wie Ihnen: Nichts leichter als das! Aber zuerst muß ich Ihnen erzählen, was uns Schreckliches passiert ist ... Kaum waren wir am Ufer angelangt, ist unser Bootsmaat zur Madonna der Seeleute gerannt, um ihren Segen für Schiff und Besatzung zu erflehen. Und die Matrosen sind in der Kirche, weil sie Kerzen anzünden wollen.«

Chionetto spricht nicht über Geld, also muß ihm etwas wirklich Bedeutsames widerfahren sein, etwas Schlimmes. Girolamo begreift. »Etwas Schreckliches, Capitano? Was ist bloß los in dieser Stadt? Ist das der Wind, der diesen Wahnsinn mit sich bringt? Einer nach dem anderen scheinen sie hier verrückt zu spielen.« Und er setzt sich hin, um dem Bericht seines Freundes zu lauschen.

»Gestern – ein hübscher Südwind blies – waren wir draußen beim Capo Carbonara; der Mond war gerade aufgegangen und leuchtete weiß, das Pfeifchen war angesteckt … Plötzlich schreit unser Wachposten im Vorschiff, er habe steuerbord einen Fischkutter gesichtet, mit eingerollten Segeln und ohne Anzeichen von Leben an Bord. Was macht eine Fregatte mitten in der Nacht auf hoher See? Sie wissen, ich bin ein neugieriger Mensch und kümmere mich selten nur um meine eigenen Angelegenheiten …«

»Ich weiß, ich weiß.«

»Wir sind also los in seine Richtung, und je näher wir kommen, um so klarer wird uns, daß wir hier geradewegs auf etwas sehr Unschönes zusteuern … Der ganze Hafen spricht schon davon; das Schiff liegt an der Mole, bewacht von einer Handvoll Gendarmen.«

»Was um Gottes willen ist denn passiert?«

»Wissen Sie, wann mir alles klargeworden ist? Als ich die Möwen auf dem Schiff entdeckt habe! Ich habe mich gefragt: Was machen die denn da? Kein Fischer dieser Welt läßt sich seinen Fang doch so einfach von den Möwen klauen! Uns sind die Schauer nur so über den Rücken gelaufen …«

»Capitano, was wollen Sie mir sagen? Nun erzählen Sie doch endlich, was passiert ist!«

»Domenico hat ein paarmal in die Luft geschossen, und erst da haben sich diese Unglücksvögel verzogen – *kao kao, kao kao,* dieses Gekreisch verfolgt mich geradezu! Ich kriege schon wieder eine Gänsehaut ... Und das, was wir da gesehen haben, das werde ich wohl mein Lebtag nicht mehr vergessen ... Wenn man es so erzählt, wirkt es gar nicht so grauenhaft, aber um diese Uhrzeit da, mitten auf dem schwarzen Meer, unter einem Himmel, der nur vom Mondlicht beleuchtet war ...«

»Was haben Sie denn gesehen, Himmel Herrgott noch mal! Die Statue des Komturs?«

»Was denn – Statue? Doch keine Statue! Zwei ermordete Menschen haben wir gesehen, zwei Fischer mit je einer Kugel im Kopf! Einen gewissen Istèvini Bisesti, den Besitzer des Kutters, und seinen Gehilfen.«

»Istèvini Bisesti? Kenne ich nicht.«

»Die anderen Fischer unten an der Mole haben ihn identifiziert. Und dieser Istèvini – was für eine schreckliche Geschichte, so eine schreckliche Geschichte! – na, diesem Istèvini haben sie doch tatsächlich einen Finger von der linken Hand abgetrennt, den Ringfinger. Ich habe schon einiges gesehen in meinem Leben, Signor Girolamo, schon einiges, aber ich muß nur daran denken, und mich überläuft es eiskalt. Ein böses Omen! Und dieser Finger – kein Mensch hat ihn mehr gefunden ... Haben Sie vielleicht einen Schluck Aquavit für mich?«

Die Verhandlung über die Kleiefracht wird auf den nächsten Tag verschoben.

Chionetto trinkt sein Schnapsglas leer, verabschiedet sich und geht. Girolamo Marini bleibt allein und nachdenklich zurück.

Efisio ... Efisio muß fort, aber von jetzt bis Oktober sind es noch so viele Monate, und ich habe Angst ... Wenn ich ihn nur vorher wegschicken könnte ... Wenn ich ihn nur vorher wegschicken könnte ... Der abgetrennte Finger ... der Ring ... Ich habe Angst.

Und er schenkt auch sich einen Schluck Aquavit ein.

10

Freundschaft stellt für Efisio keine Notwendigkeit dar, und Einsamkeit als Strafe kennt er nicht. Er hat seine Familie, er hat Carmina und einen geheimen Zufluchtsort am Kap, ein Tabernakel, wo er niemand anderen sehen möchte. Er hat Kameraden im Kolleg, aber sie nicht zu sehen und nicht mit ihnen zu sprechen ist auch kein Drama. Diese Jungen interessieren ihn nicht: Flaumbärte, Raubtiergeruch, Stimmbruchkrächzen, ungehobelt und ohne Schamgefühl.

Wenn der Sommer kommt, wird bei den Piaristen nur noch wenig studiert, aber Efisio geht weiterhin einmal pro Woche ins Kolleg, um seinen Geist Turnübungen machen zu lassen, denn ein Geist, der nicht trainiert wird, so sagt Venanzio, wird schwach wie die Muskeln eines Bettlägerigen. Manchmal verlangt der Piarist von Efisio sogar, nicht nur zu denken, sondern zu wiederholen und noch mal zu wiederholen. Nach dem Motto: Wenn er ein fleißiger Schüler ist, wird sein Geist wahre Wunder vollbringen. Das soll er ihm ruhig glauben.

Heute – ein Tag, der die Stadt auseinanderbröckeln läßt – setzen sich die Reime, Konkordanzen, Verse und sonstige Wortarten in Efisios Kopf völlig neu zusammen. Auch dies ist eine Folge von Venanzios Übungen.

Selbst bei der größten Hitze poliert Efisio sein Talent, ohne wirklich zu wissen, welche Form er ihm verleihen soll.

Doch diese erzwungene Untätigkeit läßt einen ätzend scharfen Unmut in ihm entstehen. Er weiß es noch nicht, aber seine Gedanken und heimlichen Sehnsüchte drängen ihn hin zur Tat, auch wenn die Hitze und die schwüle Luft in der Stadt ihn lähmen.

Aufgeladen wie eine Batterie – er hat ihren Aufbau und ihre Funktion im Physikunterricht durchgenommen: Licht tanken und die so gewonnene Energie weitergeben in Form eines ungezügelten Tatendrangs –, versteht er nicht, daß diese seine Kraft durch den Willen zum Handeln begründet ist.

»Efisio, du legst zuviel von dir selbst in die Dinge, die ich dir zum Lernen aufgebe, zuviel Eigenes ... Du sollst nur deinen Geist trainieren, habe ich dir gesagt ...«

Canelles ist bei Marianna Arthemal zu Hause, nah beim Bollwerk von Santa Croce.

Hier oben bewegt sich die Luft an diesem Abend, und sie scheint sogar frisch und klar. Das Hafenviertel, die Salzseen und der schwere Dunst sind weit weg, und von den gefährlich weit geöffneten Fenstern Mariannas aus kann man sogar die Nachtleuchten der Fischer erkennen.

»Knöpf dir die Jacke auf, Reginaldo, zieh sie aus. Du siehst immer noch gut aus, auch wenn du nicht mehr so funkelst. Ich decke den Tisch. Heute gibt's Essigfisch.«

Reginaldo zieht seine Uniformjacke aus und wirft einen achtlosen Blick in den Spiegel. Sie berührt ihn leicht an der Schulter, wie einen wertvollen Gegenstand, als wollte sie ein paar Staubkörner wegfegen, die seinen Anblick entstellen.

»Marianna, dieser Efisio Marini ist wirklich ein schlaues Bürschchen ... Ein wacher Verstand, junges Blut, aber von einer Penetranz wie eine vergessene Stecknadel im Wams ...«

»Neidisch?«

»Hast du den Essigfisch extra für mich zubereitet?«

»Was denkst du denn, für wen ich koche?«

Marianna ist eine Frau mit einem aufopferungsvollen Herzen. Sie lebt allein; sie zehrt vom Erbe ihres Vaters, eines halben Adeligen, der vor lauter gutem Essen einen Schlaganfall erlitten hat. Sein Porträt hängt im Salon; das Gesicht ist oval wie der Bilderrahmen und schaut voller Bedauern auf den üppig gedeckten Tisch hinunter, mit all den Köstlichkeiten, die er verpassen wird. Essigfisch mochte er besonders gern. Marianna hat das Rezept von ihrer Mutter übernommen, die zwei Monate nach ihrem Mann an der entgegengesetzten Krankheit gestorben ist – ein letztes Aufbegehren; die Ärzte haben es als Verschleiß bezeichnet. Auch ihr Porträt hängt im Salon, aber ihr Blick geht ins Leere.

Marianna ähnelt mehr dem Vater, doch die Verliebtheit hat ein Glimmen hinter ihrer dunklen Haut zum Vorschein gebracht, das an Konvaleszenten erinnert: eine Ahnung von vergangenem Leid, eine Schönheit, die an Opfer und bedingungslose Hingabe denken läßt.

»Marianna, hier oben sind wir weit weg von der Hitze, hier ist die Luft frisch ... Fühlst du sie? Wir sind allein. Und ich soll neidisch sein? Hier oben sind wir auch weit weg von jeder Art Verleumdung – und wenn doch mal eine den steilen Weg hier rauf schafft, eine, die noch übler ist als alle anderen, dann beschütze ich dich vor ihr ... Du weißt, daß ich dich beschütze, oder? All diese Lästermäuler, sie werden sich bei mir die Zunge verbrennen!«

Sie lächelt und fühlt ein Beben im Leib, doch dies behält sie für sich, hebt es für später auf und geht in die Küche.

Wenn Marianna einen anderen liebte, der nicht Reginaldo Canelles wäre, hätte die Verleumdung sich wohl schon längst an ihre Fersen geheftet. Eine junge Frau kann in dieser Stadt nicht allein leben. Doch im Falle Mariannas ist das etwas anderes; sie hat eine Form von Legalität erreicht, die niemand mehr in Frage zu stellen wagt. Reginaldo weiß, daß sie sich ihm vollends anvertraut hat, bis hin zu dem Punkt, ihm ihren Körper und ihren guten Ruf auszuliefern. Er betrachtet ihre Willigkeit als einen Akt höchster Bewunderung und Liebe zugleich; er kann beides nicht mehr auseinanderhalten.

Marianna kehrt aus der Küche zurück und stellt die Schüssel auf den Tisch. Die Augen des Vaters im Bilderrahmen werden feucht. Reginaldo legt die Nase an ihre nackte Schulter und schnuppert. Sie fühlt sich aufgesogen und hinweggeführt in andere unbekannte Sphären, und ihr Verlangen danach ist so stark, daß sie nicht weiß, wie sie es auf später aufschieben soll.

Plötzlich weiten sich Reginaldos Nüstern: Der Duft nach rotem Tomatensugo, nach Essig und gebackenem Fisch ist ihm in die Nase gestiegen. Er riecht auch Lorbeer und erkennt den Fisch: »Meerbarbe?«

Marianna ist von ihrem fliegenden Teppich herabgestiegen, auf dem sie den Flug mit Reginaldo antreten wollte. »Meerbarbe, richtig geraten, das ist Meerbarbe.«

Seine Aufmerksamkeit bedeutet für Marianna ein Kompliment – nicht so romantisch wie beschnuppert werden, aber immerhin ein Kompliment. Am Vortag bereits hat sie mit den Vorbereitungen begonnen, und für den nächsten Tag ist auch noch etwas übrig. Und außerdem – davon ist Marianna fest überzeugt – ist es gut, wenn man die Liebe nicht von den Dingen trennt. Sie kann Reginaldos Appetit nicht von ihren Gefühlen für ihn loslösen.

Auch wenn er sie in Sphären geführt hat, die ihr bis dahin völlig unbekannt waren, beherrscht sie sich: Sie behält das Beben für sich und schiebt es ein weiteres Mal hinaus.

Sie wird ganz langsam essen, sie wird alles ganz langsam tun und versuchen, auch Reginaldos Tempo zu drosseln, der sich bereits hingesetzt hat, mit zufriedenem Gesichtsausdruck, und den Essensduft mit weit geöffneten Nasenflügeln aufsaugt.

Reginaldo vermengt die Dinge ebenfalls miteinander. Und er verbindet den Geruch nach Essig, der aus der Schüssel dringt, mit dem, der von Marianna kommt.

Sie hat einen ganz eigenen Geruch, den sie jedoch nicht immer verströmt. An diesem Abend entläßt Marianna ihren Duft in die Freiheit, und Reginaldo spürt ihn plötzlich viel stärker als alles andere.

Seine sämtlichen Sinne sind hellwach, und nicht einen einzigen wollen sie vernachlässigen. Mariannas Haut hat einen Klang, der einzigartig ist. Sie zögern den Moment so lange hinaus, wie sie können. Marianna, die all ihre Kräfte zusammennimmt, entscheidet über die Dimensionen eines jeden Augenblicks.

Kein anderer Ort und auch kein anderer Moment. Marianna tritt näher, sie beugt sich zu ihm hinunter, er betrachtet ihren Hals, sie füllt ihm den Teller, schenkt ihm mit einer geradezu feierlichen Geste den Wein ein. Dann beginnen sie.

Die Abwesenheit Girolamos in der Familie, oft künstlich verlängert und selten gerechtfertigt, ist genauso von Bedeutung wie es seine Anwesenheit in genau definierten Momenten und an bestimmten Orten ist.

Wenn Girolamo nach Hause kommt, bewegt er sich immer in denselben Bahnen, so daß ihm ein Teil des Hauses beinah unbekannt bleibt: der, in dem die Kinder wohnen und in den sich jeden Morgen noch vor dem ersten Kaffee Fedela begibt. Mit einem Klopfen, das die Geschwister sofort erkennen, gelingt es ihr, sie aus dem Tiefschlaf zu holen; sie gehorchen der mütterlichen Hand unbedingt und kehren ohne einen Anflug von schlechter Laune gern zurück unter die Wachenden.

An diesem Nachmittag ist Efisio nicht da, als der Vater sein Zimmer betritt. Das tut Girolamo sonst nie. Doch da ist etwas – er weiß nicht, was es ist –, das er wissen möchte, und er hofft, das Rätsel zu lösen, indem er heute einen anderen Weg nimmt als sonst. Er spürt ein Unbehagen und geht nur langsam voran. Schnuppernd hält er die Nase in die Luft: ein starker Geruch nach jungen Männern. Der kleine Tisch vor Efisios Fenster steht mitten im Licht, und das Holz ist ausgebleicht.

Er betrachtet die Bücher: *Gedichte von Berchet! Politik! Er beschäftigt sich auch mit Politik? Ein 1848er ... Was bringt dieser Venanzio De Melas seinen Schülern bloß bei?*

Doch er beruhigt sich sofort wieder, als er sieht, wie ordentlich die Hefte aufgereiht sind; er entdeckt die Lateinbücher und nimmt die aufgeschlagen auf dem Tisch liegenden *Metamorphosen* in die Hand: Jede Seite ist voll von kleinen Bleistiftnotizen.

Zu lange ist es her, daß ich auf dem Lyzeum war ... Im Zimmer hängt ein Spiegel, und er betrachtet sich für einen Moment darin.

Dann beginnt er mit der Lektüre, wobei er sich mit Efisios Übersetzung behilft.

Aus dem Buch fällt ein Blatt Papier.

Er hebt es auf, beginnt zu lesen, zuckt zusammen, schwankt: *Ah, ben io t'invenni, o fatal scritto ... Es ist alles umsonst, alles umsonst ... Sein Geist brennt, und er kann nicht widerstehen, er kann einfach nicht widerstehen ... Er wußte vom Tod dieses Istèvini Bisesti! Er wußte es!*

Er setzt sich hin und liest die Worte, die sein Sohn in sauberen, klaren, ja männlichen Lettern notiert hat. Jetzt, da er sie vor sich sieht, »das fatale Stück Papier« vor Augen hat, wird ihm bewußt, daß er nicht mal die Handschrift Efisios kannte:

Meine Überlegungen über den Ring in den Eingeweiden haben sich als richtig herausgestellt.

Was für eine Befriedigung!

Jetzt müssen wir uns dem Spion auf dem Friedhof widmen.

Ich glaube, daß der Spion auf dem Photo der Mörder Chillottis ist. Wenn nicht, was wollte er dann sonst da, so versteckt? Der Spion hat beobachtet, wie der Ring aus dem Bauch des Toten geholt wurde.

Aber woher wußte er von der Exhumierung Tatànos?

Ich habe darüber nachgedacht.

Gut, Canelles ist ein Schwätzer, und vielleicht hat er die ganze Stadt mit seinem Geschwätz überzogen – ja, das wird's gewesen sein. Seine Eitelkeit ist an allem schuld.

Der Spion, der Chillotti umgebracht hat, könnte der tote Fischer gewesen sein, der ohne Finger. Dann ist er selbst von irgend jemandem umgebracht worden.

Mit anderen Worten, es ist folgendermaßen gelaufen: Dieser Istèvini Bisesti hat ein Auge auf Tatàno geworfen ... Tatàno hat ihm erzählt, daß er den Ring im Bauch aufbewahrt ... Und Istèvini hat seinen Bauch aufgeschlitzt, ohne jedoch den Diamant zu finden, weil er keine Ahnung hatte, wie man mit menschlichen Innereien umgeht ... Er konnte nur Fische ausnehmen, keine Menschen ... Und dann hat er sich wie ein Herrscher gefühlt, den man um seinen Schatz betrogen hat.

Also hat er Chillotti umgebracht, ein Toter mehr oder weniger hat für ihn auch keine Rolle mehr gespielt ...

Und dann hat jemand Istèvini umgebracht. Und derjenige, der ihn umgebracht hat, war auch derjenige, der seinen Finger abgeschnitten hat, weil der Ring nicht abging.

Wird das denn gar kein Ende mehr finden?

Ich brauche Zeit zum Nachdenken. Folge der Spur des Ringes, Efisio, folge der Spur des Ringes!

Ordnung, wie Babbo immer sagt, Ordnung ist das halbe Leben.

Ein weiteres Rätsel: dieses B!

Das in den Ring eingravierte B? Nun, was das angeht, so sehe ich mittlerweile klarer! Ich glaube nicht, daß es sich um den Anfangsbuchstaben eines Vornamens handelt (wer graviert schon den Anfangsbuchstaben eines Vornamens, Bastiano oder Bruno, in einen solchen Ring ein?), sondern eher der eines Nachnamens.

Welcher Nachname?

Eine adelige Familie, keine bürgerliche, soviel ist sicher. Der Ring ist alt und die Familie auch. Aber welche Familie? Welche? Pater Venanzio hat mir das Adelsverzeichnis der Insel gegeben. Mit B gibt es nur eine einzige Familie: Boyl.

Weiter nachdenken, immerzu nachdenken, wie Babbo zu sagen pflegt!

Girolamo legt das Blatt an seinen Platz zurück und geht ein paar Schritte im Zimmer umher. Er weiß, daß er mit seiner Angst den Sohn nicht vom Nachdenken abhalten kann. Efisio hat sich verändert, und diese Wandlung ist nicht rückgängig zu machen, weil sie natürlich ist. Er befindet sich einem ausgewachsenen jungen Mann gegenüber, der mit einem gewaltigen Satz die Jahre überspringt, sich aber noch mitten in der Luft befindet. Girolamo befürchtet, daß er am Ende der Parabel stürzen und sich verletzen könnte. Warum das so ist, versteht er nicht genau, aber er weiß, daß er ihn vor gefährlichen Stürzen bewahren muß.

Er denkt nach ... Er besteht nur aus Hirn und Knochen, dieser Junge ... Aber es stimmt nicht, daß er nur nachdenkt und sonst nichts ... In der Tat, dieses B auf dem Ring ... Das B von Boyl ... Es könnte sein … Eine Idee, die Hand und Fuß hat. Nun, vielleicht – nach allem, was passiert ist – muß ich mich einfach daran gewöhnen: Er ist ein freier Geist … Zu viel Geist, zu viele Knochen …

Er preßt sich die Hände gegen die Schläfen, weil er das Blut darunter pochen fühlt.

Dann setzt er sich an den kleinen Tisch des Sohnes, nimmt die Feder, taucht sie in Tinte und schreibt, schreibt weiter, zerreißt das Blatt, setzt erneut an zu schreiben, und am Ende steht auf dem Papier dieselbe Reihenfolge: Tatàno, Chillotti und Istèvini. Und auch das B von Boyl.

Sie kehren zurück, die Dinge sind ins Rollen gekommen und kehren nun auch zu ihm zurück, wie bei einem Doppel.

11

Efisio geht mit dem Kopf stets ein wenig vorgereckt, denn – so interpretiert Venanzio das – er will die Dinge schnellstmöglich erfassen, und wenn der Kopf dem Körper ein Stück vorauseilt, sieht, fühlt und versteht er sie eher.

Heute macht er Station bei Tanìno auf dem Markt am Bollwerk, dem Köderverkäufer, denn während der Überfahrt von einem Riff zum anderen, wenn er nach Fossilien sucht, angelt er gern zwischendurch.

Tanìno ist schwarz wie ein Skarabäus, aber nicht von der Sonne: Er verbringt seine Nachmittage eingetaucht in den dunklen Schlamm des Salzsees, um nach Würmern zu graben, die er am nächsten Morgen verkauft, und etwas Morast bleibt immer an ihm haften, an seinen Gesten, seinem Blick. »Efis, hast du den Steinhaufen schon gesehen, den sie am Strand aufgeschüttet haben? An der Stelle, wo du Tatàno abgelegt hast ...«

»Ja, *greve mora* nennt man das; der Nonno hat es mir erklärt, das ist zum Gedenken, ein alter Brauch.«

»Das Gedenken wird nicht lange anhalten ... Der hat doch nichts getan, an das man gern zurückdenken würde. Almosen hat der gefressen, nichts als Almosen – sogar die Würmer, die ich ihm zum Angeln geschenkt habe, hat der verputzt.«

Efisio erinnert sich an den offenen Bauch Tatànos; plötzlich schwankt alles um ihn herum, doch dieser Moment ist so schnell wieder vorbei, daß er sich nicht einmal fragt, was dieser kurze Aussetzer zu bedeuten hat. »Gib mir zehn dicke Würmer.«

Tanìno beginnt, die Würmer für ihn auszuwählen, einen nach dem anderen, rot sind sie, mit grausamen Mäulern. »Mein Babbo meint, der Tod ist gekommen, ohne das Klopfen von San Pasquale Baylon abzuwarten, das uns vorwarnt, damit wir bereit sind und noch Ordnung in unsere Seelen bringen können ... Hör mal, ich gebe dir einen Wurm mehr ...«

»Und gib mir auch ein paar Miesmuscheln für die Goldbrassen mit. Sie haben ihn umgebracht, Tanìno, umgebracht ... Ohne Vorwarnung von San Pasquale ...«

Dann macht Efisio noch einen Rundgang über den Markt, zwischen den Körben und den marktschreierischen Fischern hindurch. Zuviel Sonne. Mit der Mutter ist er als Kind oft einkaufen gegangen; er mochte den Markt, weil sogar Fedela dort eine andere wurde, viel lebhafter ... Manchmal wurde sie ganz rot im Gesicht vor lauter Reden, und sie schien gar nicht mehr sie selbst zu sein. Heute haben jede Menge Fische trübe Augen. Er tritt an einen der Verkaufsstände heran, schnuppert und zieht eine Grimasse. Der Fischer jagt ihn davon. Ein paar Taschenkrebse krabbeln benommen aus ihrem Korb; Efisio hebt einen von ihnen auf und setzt ihn zurück zu den anderen. Die Langusten können nicht weglaufen, weil sie festgebunden sind; sie zucken nur hin und wieder mit ihren großen Scheren. Die kleine Judaskrake hält nicht mehr lange durch, noch lebt sie, aber nicht mehr lange. Am lebendigsten sind die Fliegen. Auch die Aale versuchen zu flüchten wie die Taschenkrebse, doch da ist ein Kind mit einer Rotznase, das sie immer wieder zurück an ihren Platz legt, wo sie sich ineinander verknoten. Normalerweise hat Efisio hier seinen Spaß, doch bei dieser alles abtötenden Hitze erscheint ihm der Markt nur noch wie ein Fischfriedhof.

Und dann die Sprache in der Stadt, in diesem Viertel! Dieser langsame, unendlich langsame, schmierige Dialekt!

Er bindet den Maulesel los, um zum Strand zu reiten.

Der Maulesel ist müde und sehnt sich nach Schatten und Wasser, doch er ist stolz, und so trottet er bis hinunter zum Kap. Er sucht sich einen Platz unter einer Pinie und bleibt stehen. Efisio steigt ab; er klettert den erstbesten Felsvorsprung hinauf, von dem aus er Meer, Strand und Salzsee auf einmal sehen kann.

Er betrachtet die stehende Luft und das stehende Wasser und hat das Gefühl, als gäbe es überhaupt kein Leben mehr: Keine Vögel sind am Himmel, keine Fische im Wasser, keine Tiere am Kap. Sein eigenes Leben ist das einzige, was hier und jetzt vorhanden ist. Und für einen Moment unterscheidet er das Endliche nicht mehr vom Unendlichen; er begreift nicht, wieso er ein Gefühl der Leere hat, er weiß noch nicht einmal, ob es wirklich Leere oder etwas anderes ist.

Dann vergeht diese merkwürdige Stimmung wieder, und er bereitet die Köder vor.

Carmina wohnt in der hochgelegenen Altstadt, vor der Casa Brondo in der Piazzetta delle Grazie, wo die Sonne nur eine Stunde am Tag hinkommt, wenn sie an ihrem höchsten Punkt angelangt ist. Die Bewohner in dieser Stadt verbringen ihr Leben dicht an dicht, und doch sind sie durch unüberwindliche Grenzen voneinander getrennt. Die Gemeinde ist so beschaffen: Es gibt nicht *eine* Bevölkerung, sondern neben den salzwassergewöhnten Phöniziern wohnen hier noch zahlreiche andere Rassen, die von weither stammen. Selbst sie beide, Efisio und Carmina, sind beinah Fremde füreinander. So ist es seit Jahrhunderten: Jeden Tag bei Sonnenuntergang werden die Tore zu den benachbarten Vierteln geschlossen, was die jungen Leute davon abhält, Bekanntschaften zu schließen und zarte Bande zu knüpfen. Es gibt sogar eine Art Stadtteilendogamie, die zu Eheschließungen in der unmittelbaren Nachbarschaft verpflichtet, so daß ganze Straßenzüge angefangen haben, einander zu gleichen wie ein Ei dem anderen. Somit unterscheiden sich die Physiognomien und Angewohnheiten der Bewohner der Altstadt von denen der Leute aus den übrigen Vierteln, die der Hügelanrainer von denen aus der Hafengegend.

Efisio hat Carmina kennengelernt, weil er als Piaristenschüler das Haupthaus in der Via San Giuseppe aufsuchen mußte und ihn sein Weg unter den Fenstern des Mädchens vorbeiführte. Mit einer orientalisch anmutenden Geduld wieder und wieder diesen Weg nehmend, hat er eine heimliche Verlobung bewirkt, destilliert vom Balkon, der wie viele Balkone die mikroskopisch kleinen Signale des allerersten Anbeginns hat durchsickern lassen.

Sie, die über alle seine Gänge aufmerksam wachte, war ihm wegen ihrer Ähnlichkeit mit einer dieser aragonesischen Madonnenstatuen aufgefallen, die er aus der Kathedrale kannte: bleich, doch mit kirschroten Lippen, den Blick nach oben gewandt, so daß man das strahlende Weiß des Auges sieht, genau wie bei einer beseelten Jungfrau Maria.

Nun treffen sie sich in der Nische einer hohen Mauer, verborgen von einem großen Kapernstrauch.

»Du möchtest mit dem Marchese sprechen? Das ist alles andere als einfach, Efisio, auch wenn er nur zwei Schritte von hier entfernt wohnt. Doch ich kann dir sagen, wann er in seinem Palazzo ist, und du könntest um eine Audienz bitten; er macht so etwas. Es sieht so aus, als würde er in fünf Tagen wieder hier sein. Er ist schon eine ganze Weile in Milis, weil seine Geliebte dort entbunden hat und das Grab einer Wöchnerin vierzig Tage offen bleibt, wie man weiß ... Er läßt sie nicht allein ...«

»Wer hat dir denn das erzählt?«

Er wartet die Antwort nicht ab. »Carminetta, uns so zu treffen, hinter diesen Blättern ... Es muß eine andere Möglichkeit geben, es muß ...«

»Bedank dich lieber bei diesem Kapernstrauch, daß er mit uns zusammen wächst.«

Sie ist für ihn entweder strahlender Glanz oder verhangenes Dunkel. Gerade hat er einen verhangenen Moment erwischt, und Efisio, geschützt vom Kapernstrauch, kann nicht widerstehen. Dann kehrt das Strahlen zurück, und Carminetta streicht seine Haartolle glatt. »Ich werde beim Marchese um eine Audienz für dich bitten, aber ich weiß, du wirst trotzdem fahren.«

»Das eine hat mit dem anderen nichts zu tun.«

»Auf jeden Fall verkünde ich dir schon jetzt, daß ich, eine Signorina vom Kolleg, die Flucht ergreifen und das Meer überqueren werde, auf die Gefahr hin, daß mich die Fische fressen wie diesen Tatàno. Morgen wird Schwester Bibiana unsere Hefte kontrollieren. Die Nonnen sind sehr mißtrauisch, aber es wird nicht ein Blatt fehlen ... Meine Briefe schreibe ich dir auf Babbos Briefpapier ... Sinforòsa übergibt sie dir ... Morgen wirst du einen bekommen, den ich dir gestern geschrieben habe ... Antworte mir, mein Ein und Alles ... Du müßtest Schwester Bibiana mal sehen, sie hat einen Gang wie eine betrunkene Kakerlake. Mafald Trogu sagt, sie kann sogar die Wände hochsteigen ...«

»Kann man dieser Sinforòsa vertrauen?«

»Sie hat geholfen, mich auf die Welt zu holen, weißt du ... Sie hat meinen Nabel gepudert, als die Nabelschnur durchtrennt wurde ...«

Beim Gedanken an die neugeborene Carmina, die für ihn auf die Welt gekommen ist, vergeht Efisio mit einem Mal jede Schamhaftigkeit; er fühlt sein Herz schlagen wie ein Echo, und die Haartolle springt wie eine Feder hervor. »Pater Venanzio kann nicht alles verstehen ... Carmina, schau mal diese Wolke: Da möchte ich mit dir sein ... Vom Tal bis zum Gipfel und vom Gipfel bis zum Tal, für immer!«

Auch Carminetta fühlt die Erregung am ganzen Körper.

Es ist spät. Die Mauern bekommen einen goldenen Schimmer.

Sinforòsa nähert sich dem Kapernstrauch, das Gesicht abgewandt. »Carmina, es ist Zeit zu gehen.«

An einem Junisonntag – der Scirocco pfeift, die Hitze legt alles lahm – hat Efisio die weißen Sanddünen überquert, die das Meer von der Lagune trennen. Er läuft quer durch das Schilf, erreicht den unbeweglichen, metallisch glänzenden Salzsee und setzt sich hin, um die Botanik- und Geologieaufgaben von Pater Venanzio zu erledigen:

> Kalkstein und Mergel. Flache Ebenen und Zistrosen. Malven- und Sumachgewächse, Rohrkolbenschilf, alles nach dem Wind ausgerichtet. Erdbeerbaum, Kreuzdorn, Stechpalme. Heidekraut. Garrigue ohne Humus. Früher gab es hier hauptsächlich Wasser, und die Erde wurde von der Sonne des Miozäns erwärmt ... Und dann hat alles aufgehört ...

Er ist sicher, daß er diese Landschaft nie mehr vergessen wird. Und doch bewirkt das trübe Wasser der Salinen, daß ihn – ausgelöst durch den immerwährenden Verwesungsgeruch des Salzsees – nach wie vor diese neuen Schwindelgefühle überkommen, und die drei Toten fallen ihm wieder ein. Plötzlich erscheint ihm der Himmel zu hoch, der Raum um ihn herum zu groß ... Er schließt die Augen und denkt an die Mauern seines Elternhauses, an die Regeln und Gepflogenheiten. Und seine Angst verfliegt wieder, doch er empfindet einen starken Drang nach Bewegung.

Er beginnt nach Fossilien zu suchen; die Arbeit und seine Gedanken bringen ihn ins Schwitzen.

Kapitän Chionetto findet zwei Leichen auf einem verlassenen Kutter. Der Tod stinkt, doch er bringt einen zum Nachdenken … Dieser abgehackte Finger! Warum hackt jemand einem anderen den Finger ab? Der Fischer trug den tödlichen Ring, und der Ringfinger, schwielig geworden von der harten Arbeit an den Netzen, wurde ihm abgeschnitten, um den Brillanten zu rauben, der anders nicht abging … Der Mörder hat den Ring in Besitz genommen und den Finger ins Wasser geworfen. Vielleicht trug dieser Istèvini den Ring ja nur auf seinem Boot … Eitel wie er war und weit weg von anderen Menschen auf hoher See, hat er vor seinem Gehilfen mit dem Diamanten angegeben … Vielleicht haben sie getanzt, vor dem Stein, der das Mondlicht reflektierte …

Er ordnet seine Ausbeute von diesem Tag: fast nur Muscheln. Die Natur ist so weit, wenn man sie von Nahem beschaut – wie er mit seinen winzigen Funden; das hat ihm Venanzio erklärt, der ihm auf die erste Seite seines Heftes geschrieben hat: *Natura maxima miranda in minimis* … Der Piarist hat ihm diese Worte oft genug auch gesagt, und er seinerseits hat sie anderen gegenüber wiederholt, wenn er gefragt wurde, warum er soviel Zeit fern der Freunde mit Steinemeißeln und Fossiliensuchen verbringt. Das liegt daran, daß er beim Steinemeißeln jedesmal, selbst wenn der Fund noch so klein ist, ein wenig mehr begreift.

Als die Sonne an ihrem höchsten Punkt steht, hört Efisio auf zu graben, kehrt zum Ufer zurück, taucht hinein in die Fluten und klettert dann auf sein Boot. Er rudert ein Stück, wirft die Angel aus und läßt sich mit geschlossenen Augen von der Sonne trocknen.

Also, Istèvini tötet Chillotti, und dann ist er selbst an der Reihe: Er verliert einen Finger und das Leben. Wer konnte wissen, daß Istèvini den Ring hatte? Jemand, der Istèvini gut kannte, mit dem dieser so vertraut war, daß er ihn auf sein Schiff ließ … Ja, jemand, der ihn gut kannte ... Diese Sonne bringt meine Haut zum Jucken ... Oder aber die beiden Toten auf dem Kutter hatten mit dem Ring nichts zu tun ... Aber der Finger? Und dann, wem konnte Istèvini vertrauen, wem? So sehr vertrauen, daß er ihn auf sein Boot ließ ...

Die Angelschnur zittert, und Efisio – wie immer, wenn ein Fisch anbeißt – wird ganz aufgeregt. Er zieht die Angel hoch und spürt die Wut des Fisches, der sich von dem Wurm täuschen ließ. Er zieht noch einmal und sieht, daß er silbrig glänzt und flackert wie Quecksilber; er hat eine Goldbrasse gefangen.

Er gibt sich selbst eine Backpfeife. *Das ist ein Zeichen! Denk nach, Efisio! Wie viele Goldbrassen mögen wohl einen Ring verschluckt haben? Vielleicht gibt es in diesem Meer Dutzende von ihnen mit einem Diamanten im Bauch ... Oder aber ... ja, genau: Oder aber es gibt Dutzende von Diamanten, die darauf warten, verschluckt und geangelt zu werden ... Ein Schatz ... ein Schatz! Aber wo? Wo leben die Goldbrassen? Sie haben keinen Stadtteil, keine Piazza, auf der sie sich treffen, kein Haustor, an dem man anklopfen könnte ... Ein Unterwasserschatz, der von Goldbrassen bewacht wird!*

Diesen Abend verbringt er unter dem hohen Haus von Marianna Arthemal. Er sucht das beleuchtete Fenster.

Er will wissen, ob aus diesem Fenster etwas heraustritt und bis zu ihm hinunter auf die Straße gelangt. *Reginaldo ist da oben, soviel ist sicher ... Eine Liebe in der Höhe ... Das muß noch schöner sein als sonst ... Liebe und Höhe ... Weit weg von der Erde ...*

Marianna hat alle Lampen angezündet, um Reginaldo besser sehen zu können, der an diesem Abend in ihren Augen mehr Licht ausstrahlt als der Kandelaber.

Efisio schaut nach oben; das Haus scheint in der Luft zu schweben wie der Falke am Kap. In der Luft schwebend stellt er sich auch Canelles und Marianna vor. Er stellt sie sich wirklich so vor: schwebend.

Die gleiche Energie, die er in sich selbst verspürt, bringt das Haus von Marianna Arthemal zum Leuchten und steigt bis in die enge Straße hinab. Es war eine gute Idee von ihm, hier heraufzukommen, denn er hat das Gefühl, etwas Neues habe sich in seinem Kopf festgesetzt.

Die Sonne ist untergegangen, und Efisio steht immer noch still da und schaut nach oben.

Doch er versteht absolut nicht – und das macht ihn wütend –, warum zusammen mit dieser großen Energie und diesen großen Gedanken eine angemessene – so erscheint sie ihm –, noch viel größere Trauer in ihm hochsteigt. Und keine Ordnung will sich in seinem Kopf einstellen.

In dieser Nacht träumt er von den goldenen Bändern, die die Astronomen auserwählt haben, die Erde zu halten, die dies allein nicht vermag; und er fliegt auf halber Höhe und durch Wände hindurch. Er sieht Zimmer: Wohnräume mit Menschen darin, Kirchen, Theater, ein Zimmer, in dem er Carminas Geruch erkennt, ein anderes weißes Zimmer, in dem er Minna Olivares sieht, wach und unverhüllt, und ihr Innerstes im Kerzenschein. Und er flieht nicht, sondern hält inne, um zu bleiben.

12

Venanzio zufolge gibt es bei manchen Menschen einen Widerspruch zwischen Körper und Intellekt, dem auch die Vernunft nicht beikommen kann; dieser Gedanke wird so beherrschend, daß er die ganze Existenz aufzehrt und zum Zersplittern bringt, aber zugleich erfüllt er sie und wird eine Erklärung der Existenz selbst für die beiden Gegensätze, die alles andere um sich herum vergessen – auch die eigene Beschaffenheit – und nur noch der eine an den anderen denken.

Serafino Ampurias unterbricht seine Arbeit immer wieder, um sich mit einem Taschentuch die schwarze Tinte von den Händen zu reiben, doch die Farbe geht nicht mehr ab.

Dieser Ring wird meiner werden, ganz egal, in wessen Besitz er sich gerade befindet, er wird meiner werden. Ein perfektes Material, das nicht vergeht, das nicht das Licht aufhält, das sich durch Kälte oder Hitze nicht verändert, das sogar die schwächsten Lichtstrahlen noch auffängt und wiedergibt! Wenn ich mir vorstelle, daß dieser Aasfresser ihn in der Düsternis seiner Eingeweide aufbewahrt hat ... Dann hat dieser Istèvini den Juwelier umgebracht, um ihm den Ring zu stehlen ... Und dann hat noch jemand Istèvini umgebracht, aus dem gleichen Grund ... Jemand, der ihn gut kannte, weil Istèvini ihm genug vertraut hat, um ihn auf sein Boot zu lassen ... Vielleicht ein anderer Fischer ...

Er betrachtet die Bollwerke der Stadt, die sich aus Angst vor dem Meer hinter den Festungsmauern verkrochen hat.

Lauter dunkle Buden und Spelunken, in denen sie auf schmutzigen Papierfetzen irgendwelche Zahlen aufkritzeln, die sie nicht einmal in der Schule gelernt haben, und ihre billige Ware bieten sie feil wie manche Frauen ihre Körper... Und sie verkaufen sie, fett wie sie sind, zahnlos, hinter ihren Tresen geklemmt, der ihren Tod bedeutet, ihren Sarg... Läden und Ladenbesitzer...

Er setzt seinen Abstieg Richtung Hafenviertel fort, die Hände in den Taschen vergraben. In einer der beiden steckt der Brief aus Turin, den er heute erhalten hat. Heute abend zu Hause wird er ihn beantworten, aber er weiß noch nicht, wie.

Wer ist auf Istèvinis Kutter geklettert, ohne daß dieser es mit der Angst zu tun bekam? Jemand, der ihn gut kannte, soviel ist klar, aber wer?

Er begegnet Leuten, die ihn anschauen und grußlos vorübergehen, sich dann aber besinnen und umdrehen, um ihn zu begrüßen, als hätten sie ihn weder wahrgenommen noch erkannt, als sie auf ihn zuliefen. Er ist an diese verspäteten Begrüßungen gewöhnt und begegnet ihnen nur durch ein Winken mit der Hand, ohne sich seinerseits umzudrehen. Er könnte irgendwer sein.

Dieses Sklavenleben Venanzios in klösterlicher Abgeschiedenheit, von dem Efisio glaubt, es würde bei ständig gleichbleibender Temperatur gelebt, bei Benutzung nur weniger notwendiger Organe und längst nicht all der Sinne, mit denen Venanzio auf die Welt gekommen ist, dieses Leben ohne Weiterentwicklung ist ein Leben, das der junge Mann – seit er all jene Veränderungen an sich selbst spürt – für geheimnisvoller hält als seine Fossilien.

Venanzio ist kein Mystiker, der nach grenzenlosen Höhen strebt, doch er ist auch niemand, der lediglich mit beiden Beinen auf dem Boden steht.

Das Gewicht der Worte Venanzios ist ihm wohl bewußt, und diese Worte haben schon so manches Mal eine Wandlung in ihm bewirkt.

»Pater Venanzio, was geschieht hier eigentlich?«

»Du hast entdeckt, was Leid bedeutet, und bist mit einem brutalen Tod konfrontiert worden. Das, was geschieht, ist, daß du darüber nachdenkst und daß du leidest.«

»Und ich …«

»Was du jetzt tun sollst? Erwartest du vielleicht von deinem Erzieher, daß er dir sagt, du sollst nicht mehr darüber nachdenken? Daß du statt dessen an etwas anderes denken sollst, weil die Schöpfung voll von Dingen ist, denen man sich widmen könnte? Das wäre sinnlos, dumm und sogar gemein …«

»Es ist bloß so, daß ich den ganzen Tag …«

»Jede Handlung führt zum Tod, Efisio. Das ist so. Es gibt keine Betäubung, es gibt nur Ablenkung, manchmal … Man vergißt alles um sich herum … Man findet ein Spiel … Und je vergnüglicher das Spiel ist, um so weniger spürt man den Schmerz. Aber was für ein Spiel willst du in dieser Stadt spielen? In dieser Stadt werden wir ständig an das Nichts erinnert, das wir vor Augen haben. Aus dem Grund gehen am Sonntag alle Leute in die Kirche, mit diesen ihren Gesichtern, die noch weniger Leben zeigen als meins – der ich wirklich vom Tod gezeichnet bin.«

Er hat seinen Fluch gesprochen und schweigt.

Venanzio bewegt sich mit seinen Sinnen und seinem Kopf auf eine verzweifelte Weise außerhalb der Regeln, doch er ruft sich in Erinnerung, daß die Genügsamkeit eine Pflicht ist und keine natürliche Haltung. Der Instinkt würde ihn dazu bringen, sich aufzuzehren, daher hat er statt dessen die Genügsamkeit zu seinem Heil, seiner Ordnung gemacht.

Und sein vergnüglichstes Spiel ist die Bekämpfung desjenigen geworden, den er für seinen Widerpart hält.

»Was schreiben Sie da auf?«

»Namen, Efisio, ich schreibe Namen auf, und unter

ihnen werde ich mit Sicherheit auf den Namen stoßen, den ich brauche ... Ein Name, ein Mensch ... Jeder Mensch begeht die Taten, die seiner Person am meisten entsprechen ... Sei vorsichtig, Efisio ... Ich schreibe die Namen derer auf, die in dieser Stadt wohnen, als lebte ich in einem Nest, von dem aus ich hinunterschauen, spionieren und mir meine Gedanken machen könnte ... Und unter all diesen Namen werden wir einen finden, der mehr Unheil als alle anderen mit sich bringt ...«

13

Das Fischerdorf befindet sich jenseits der großen Mole nach Westen hin, in einem schlammigen Randgebiet, das weder Meer noch Salzsee ist: eine Art natürliches Nichts, bestehend aus angefaulten Pfahlbauten, unter denen die Boote mit ihren schmutzigen Segeln und wurmstichigen Planken im Schatten vor sich hindümpeln. Ein paar rostbraune Kinder spielen auf dem schmutzigen Sand. Nicht eine Blumenvase, nicht einmal ein Vogelkäfig ist zu sehen, kein frischer Lack an der Tür und erst recht keine Frau, die singt, kocht und Leben in die Holzhütten bringt. Diejenigen, die draußen an der frischen Luft sitzen, sind schwärzer und dreckiger noch als ihre Boote und erinnern an Fleisch, das zum Trocknen in die Sonne gelegt wurde.

Die Stille wird nicht bewirkt durch die Einfachheit des Ortes, sondern durch die völlige Abwesenheit von Dingen oder Menschen, die Lärm erzeugen, die sprechen, singen, fluchen, schreien. Kein Wagenrad hat je dieses Dorf gesehen, der Schlamm läßt es nicht zu; kein Feuer prasselt im Ofen, keine Teller, keine Tassen klappern; die mageren Kinder spielen allein, sie wachsen allein auf, sie hassen sich wortlos wie ihre Familien, denn wer Sardinen fängt, fängt keinen Seebarsch, und wer Pikarellen zum Markt bringt, bringt keine Zahnbrasse dorthin. Der ein oder andere hat aus diesem Schlamm herausgefunden und es bis in ein Kellerloch im Hafenviertel geschafft, den Fischgestank noch immer am Leib, den Blick verzückt nach oben zur Altstadt hin gerichtet.

Eine Alte mit weißen Pupillen und einem Gesicht wie eine Muräne hört Efisio kommen. »Was willst du hier?«

»Ich heiße Efisio …«

»Du bist ja noch ein Milchgesicht.«

»Ich bin im April achtzehn geworden.«

»Das ist egal …«

»Also … ich habe das ja auch nicht gesagt, um mich vor einer alten Dame zu brüsten. Ich werde auch älter, eines Tages bin ich genauso alt wie Sie.«

Die Alte kaut und spuckt auf die Erde aus. »Priestergeschwätz … so redet nur ein Pfaffe! Du gehst in eine Klosterschule! Einer von denen, die den ganzen Tag nichts Gescheites tun! Was willst du hier?«

»Ich suche den Bruder von Istèvini Bisesti.«

Sie spuckt wieder aus. »Jaccu schläft. Er geht mit dem Mond aus dem Haus. In einer Stunde kannst du ihn wekken … Du mußt bloß ›Jaccu, Jaccu‹ rufen. Falls das nichts nutzt, findest du ihn morgen auf dem Markt am Bollwerk. Und jetzt, was machst du jetzt? Gehst wohl in die Schule? Einer, der den ganzen Tag nichts Gescheites tut …«

»Ich warte.«

Efisio setzt sich auf die Kaimauer und läßt die Beine baumeln; er hört, wie die Alte vor sich hinmurmelt: »Sie haben nichts zu tun, nichts …« Sogar diese blinde Alte hat nicht nichts zu tun, sogar sie; wie viele Jahre sie wohl schon so vor sich hinbrabbelt …

Er beobachtet die Kaulquappen, die um die Pfähle herumjagen.

Ringe, Ketten, Münzen unter Wasser … Und eine junge Goldbrasse, die vor den anderen glänzen möchte; sie schluckt etwas, das funkelt … Vielleicht ein Männchen ohne Erfahrung, ohne Vater … Dann hat sie einen Wurm entdeckt, hinter dem sich ein Angelhaken verbarg, und ist hängengeblieben. Also ist sie auf dem Grillrost von Pelo d'Oro gelandet und von da aus in Tatànos

Bauch … Und ich bin bei dem Bruder des letzten Toten gelandet … Dieser Jaccu hatte auf jeden Fall die Möglichkeit, auf Istévinis Kutter zu kommen.

Nach einer Stunde des Schweigens verkündet ihm die Alte: »Da kommt Jaccu!«

Jaccu ist ein Mann mit niedriger Stirn, schwarzen Haaren, einer einzigen Augenbraue, die von einer Schläfe zur anderen reicht, und sehr kurzen Beinen.

»Was willst du?«

»Ich heiße …«

»Ist mir egal, wie du heißt, was suchst du hier? Willst du Fisch? Willst du Fisch?«

»Ich will wissen, wo Ihr Bruder Istèvini gefischt hat.«

»Warum?«

»Ich will wissen, was er gemacht hat, als er …«

Jaccu geht ganz dicht an ihn heran. »Istèvini ist tot … Es ist vorbei mit ihm, vorbei. Und jetzt verschwinde!«

Efisio tritt von der Mole zurück und denkt, daß er sehr dumm und verrückt gewesen ist, und auch, daß er wie alle Dummköpfe und Verrückten dies erst bemerkt hat, als es zu spät war. Jaccu hebt den Arm, um ihn zu schlagen, doch der Junge entwischt ihm. Die kurzen Beine von Jaccu sind nützlich, um bei stürmischer See im Boot nicht das Gleichgewicht zu verlieren, doch an Land sind es kaum mehr als zwei Stummel, nicht dafür gemacht, einem kleinen Verrückten hinterherzulaufen, der mit wehender Haartolle das Weite sucht.

Ein paar Tage lang steht Efisio jeden Morgen früh auf, verläßt das Haus und durchstreift die Gegend. Er verspürt eine neue, nicht zu deutende Sehnsucht und bleibt ratlos. Also streift er weiter umher.

Er ist vor Jaccu geflohen, und dieses Gefühl von Befreiung, das ihn überkommen hat, kaum war er zu Hause, in seinem Zimmer, seinem Bett, das hat er noch nie zuvor verspürt.

Abgesehen von Venanzio erzählt er niemandem von seiner Unvorsichtigkeit, von dieser Anmaßung, zu der Girolamo zufolge nur Dummköpfe fähig sind.

Inmitten all der Bücher der Klosterbibliothek hat der Piarist seinem Bericht gelauscht, und mit seiner Fistelstimme, die sich immer so anhört, als käme sie aus einem anderen Zimmer, erklärt er ihm: »Efisio, ich habe in anderen Städten gelebt – wir Piaristen sind angehalten, uns von der Stelle zu bewegen –, und ich weiß, wie die Menschen handeln. Sie sind nicht alle gleich, aber bei bestimmten Herausforderungen reagieren sie alle auf die gleiche Weise, mit mehr oder weniger Verstand, aber auf die gleiche Weise. Mit den Frauen, dem Ehrgeiz und dem Gold verfahren die meisten gleichermaßen. Das steht längst geschrieben … Hier geht es nun darum zu sehen, ob sich hinter dieser Geschichte noch eine andere verbirgt. Vieles wirst du auf diesen Seiten wiederfinden, die im Schutz der Klostermauern ruhen! Du mußt sie nur gründlich lesen … Und denk daran, daß Ereignisse niemals geradlinig verlaufen, sondern im Kreis, eines mit dem anderen verzahnt. Denk daran!«

Efisio träumt jede Nacht … Zu viele Dinge sind ihm widerfahren … Und jeden Abend, kaum daß er die Augen geschlossen hat, ertappt er sich selbst dabei, wie er tut und tut.

Diese Verunstaltung seiner Träume gefällt ihm gar nicht, aber seit vielen Nächten bereits träumt er von jenem zweiten Ich, das er auch am Tag zu fühlen glaubt. Während die Sonne langsam aufgeht, träumt er, daß er flieht, daß er vom Kap aus flieht, doch am sandigen Ufer hält er inne, und als die Gefahr näher kommt, als sie ihn fast schon berührt, wacht er schlagartig auf.

»Warum es mich immer zum Ufer zieht, weiß ich nicht ... Alles Wichtige in meinem Leben hat bisher an einem Ufer stattgefunden, Pater Venanzio ...«

»Alle Menschen leben nah am Ufer, wenn sie können, Efisio.«

»Und diejenigen, die in den Bergen leben?«

»Auch die suchen sich einen Fluß, und wenn es keinen Fluß gibt, dann begnügen sie sich mit einer Quelle.«

Efisio denkt, daß dies von nun an immer so sein wird, und er stellt sich vor, wie er den Rest seines Lebens die Uferlinie verfolgen wird, ohne je auf die andere Seite übersetzen zu können. Traurigkeit überkommt ihn; er senkt den Kopf, hält sich die Stirn, um die Gedanken zu stoppen, und er beginnt, sich in die Lektüre zu vertiefen, während Venanzio im Zimmer auf und ab geht. Auch er liest. Hin und wieder bleibt er hinter Efisio stehen, überprüft seine Notizen und nimmt dann seine ewigen Gänge durch den Raum wieder auf.

Carminetta ist ein tüchtiges junges Mädchen, und sie hat es geschafft – innerhalb der engen Altstadtmauern, wo die Stimmen sich schnell Gehör verschaffen –, für Efisio ein Gespräch mit dem Sekretär des Marchese Boyl zu arrangieren.

Der Sekretär mit dem säuerlichen Gesichtsausdruck, den sie im Viertel alle den »Halbsamtigen« nennen, wegen seiner unbefriedigten Sehnsucht nach dem Status eines Adeligen, dieser Sezzè Lunis lebt, ißt und schläft im Palazzo.

Und heute steigt Efisio die schwindelerregend steilen Gassen zu dem adeligen Haus empor.

Der Marchese ist Herr über einen großen Tuffsteinpalast, den ein begnadeter Architekt am Südhang des Felsens erbaut hat. An den höchsten Bergwänden klebend, sieht man ihn emporragen wie einen Leuchtturm, und wenn die Seeleute ihn aus der Ferne erblicken, wissen sie, daß sie bald in der Stadt angekommen sind.

Das Arbeitszimmer des Sekretärs befindet sich so weit oben, daß es Efisio wie ein Refugium aus lauter Licht erscheint. Sezzè Lunis, dessen Züge auf maurisches Blut schließen lassen, hört sich an, was er zu sagen hat, und abgesehen von seiner Flucht aus dem Fischerdorf schildert Efisio so knapp wie möglich alle seine Erlebnisse und Überlegungen der letzten Zeit.

Doch als der junge Mann zu seiner Schlußfolgerung kommt – »Aus diesem Grunde glaube ich, daß der Buchstabe B auf dem Ring für den Namen Boyl steht ...« –, springt Sezzè von seinem Stuhl auf und verschwindet.

Nach ein paar Minuten kehrt er zurück. »Der Marchese will mit dir sprechen, Marini. Und vergiß nicht die Demut.«

In dem großen Salon, bei gedämpftem Licht hinter weißen Vorhängen, befindet sich der Marchese Boyl in Gesellschaft eines französischen Gastes, der als erster spricht: »Ah, der Sohn von Messié Girolamo Marini, den ich im Theater kennengelernt habe ... Das gleiche intelligente, sensible Gesicht! Komm, komm näher, du mußt keine Angst haben, eine wichtige Unterredung zu unterbrechen: Ich sagte gerade zum Marchese, daß ich auf der Straße hoch zum Bàlice, auf meinem Weg hierhin, das gleiche Patschuli-Kraut im Fenster gesehen habe, das sie auf der Rue Saint-Honoré in Paris verkaufen. Bis hierhin haben sie es geschafft! Aber Zivilisation im eigentlichen Sinne ist etwas anderes ... Das hier ist eine Kleinkrämerzivilisation! Das hier ist Korruption! Hier müßt ihr bleiben, wie ihr seid! In alle Ewigkeit! Veränderungen? Niemals!«

Der Marchese, ein ebenso stattlicher Mann wie sein Haus, das nach seinem Entwurf erbaut wurde, beeindruckt Efisio, weil er jünger ist, als er angenommen hatte, weil er mit seinem kupferroten Haar, der blassen Haut, den statuenhaften Händen und dem klaren Gesicht einer anderen Rasse anzugehören scheint. Und weil er wunderschöne Stiefel hat.

»Auch ich kenne deinen Vater! Und ich glaube nicht, daß er froh darüber ist, einen derart neugierigen Sohn zu haben, dem noch dazu der Sinn für das richtige Maß und vor allem eine natürliche Demut fehlt.«

Warum sprechen in diesem Haus bloß alle von Demut, ausgerechnet hier? denkt Efisio, und ohne den Blick zu erheben, streicht er sich die Tolle zurück, die jedoch wieder in sein Gesicht fällt.

»Signor Marchese, ich möchte Ihnen lediglich die Geschichte zu Ende erzählen, die ich Ihrem Sekretär zu erzählen begonnen habe. Dann, wenn Sie wollen, können Sie mich gern höchstpersönlich bestrafen.«

»Ich verteile keine Bestrafungen. Auch für solche Dinge hast du deinen Vater.«

Efisio Marini bleibt stehen, während Delessert und der Marchese sich setzen. Er hebt den Kopf. »Sie kennen die Geschichte von Tatàno, wie sie den Ring wiedergefunden haben, die Morde an Chillotti und dem Fischer mit dem abgeschnittenen Finger, nicht wahr?«

»Ja, und auch Messier Delessert hat sich wegen seines Reiseberichts dafür interessiert, wenngleich solcherart Begebenheiten in einem Führer nicht gerade eine Ermutigung für potentielle Inselbesucher darstellen.«

»Und wußten Sie auch, daß wegen meines Verdachts, den ich meinem Vater mitgeteilt hatte, Tatànos Bauch erneut geöffnet wurde …?«

»Ich weiß, junger Mann, ich weiß, kein Grund, damit hausieren zu gehen …«

»Die Demut ... Ich weiß, was Demut ist, Signor Marchese. Mein Lehrer ist Piarist und erinnert mich jeden Tag daran ... Auf jeden Fall, was ich damit sagen wollte: Auch die Fischer haben ihre Geheimnisse ...«

Die Demut ist für ihn etwas Auferlegtes und Erlerntes, etwas, das er so verinnerlicht hat, daß er irgendwann anfing zu glauben, demütig auf die Welt gekommen und aufgewachsen zu sein.

Der Marchese wird ungeduldig: »Die Fischer?«

»... sie haben mir berichtet, daß Istèvini, der ermordete Fischer, in seinen Körben lebendige Goldbrassen auf den Markt am Bollwerk trug. Die Frauen aus Stampaccio kannten ihn alle, das hat mir meine Mutter erzählt. Also hat er die Goldbrassen hier in der Nähe gefischt, wie hätten sie sonst noch am Leben sein können?«

»Und?«

»Also ist der Ring hier ganz in der Nähe von jener unglückseligen Goldbrasse verschluckt worden! Und wo findet man hier viele Goldbrassen? Istèvini wußte, wo sie sich aufhalten ... Nun, dort, wo die Goldbrassen sich tummeln, dort scheint es zu unserer und – mit Verlaub – auch zu Ihrer bisherigen Unkenntnis eine Art Juwelendepot zu geben, lauter Ringe, Edelsteine, Gold ... Und vielleicht hatte Istèvini das herausgefunden!«

»Ein Juwelendepot mit Ringen? Bist du übergeschnappt, Efisio Marini?«

»Ja, mit anderen Worten: ein Schatz. Denn, wenn eine Goldbrasse, respektlos wie Fische so sind, einen dieser Ringe geschluckt hat, dann ...«

»Dann, mein junger Freund«, unterbricht ihn Delessert, »dann schwimmt dieser Schatz jetzt im Mittelmeer herum, gleichmäßig verteilt auf lauter Fischbäuche? Ist es das, was du uns sagen willst?«

Efisio spürt die Ironie; sie versetzt ihm einen Stich, und

weil er ein Trotzkopf ist – seit frühester Kindheit ist er ein Trotzkopf –, vergißt er nun völlig die Demut. »Signore, im Bauch einer Goldbrasse – nicht zu verwechseln mit Jonas Walfisch! – finden nur allerkleinste Edelsteine Platz. So ein Fisch kann keine Kette, keinen Armreif oder eine Dublone ... oder gar eine ganze Schatzkiste verschlucken ...«

Er fährt fort, und zusammen mit der Demut kommt ihm nun auch die Vorsicht abhanden: »Istèvini haben sie in den Nacken geschossen, und der Prosektor hat gesagt, daß er möglicherweise kniete. Vielleicht hat der Mörder ihn eines Verhörs unterzogen, weil er wissen wollte, wo er seine Fische fing. Doch für einen Fischer ist sein Fangplatz ein Geheimnis, erst recht, wenn er begreift, daß der Mann mit der Pistole dort nach etwas sucht, das viel wertvoller ist als ein einzelner Diamant ...«

Der Marchese zeigt mit der Hand zur Tür und weist Efisio hinaus. »Alles Hirngespinste, Ausgeburten einer krankhaften Phantasie! Ich fürchte, hier ist eine Bestrafung wohl doch kaum zu vermeiden ... Sezzè, Sezzè!«

Und Delessert fügt hinzu: »Die Wahrheit ist gefährlicher, als es die Lügen sind!«

Der starrköpfige Jüngling – Sezzè hat bereits den Raum betreten, um ihn hinauszuführen –, fügt hinzu: »Ich finde schon noch heraus, wo sich die Goldbrassen tummeln, Signor Marchese, selbst wenn mir dafür die Peitsche droht. Und dann ... Lassen Sie mich noch einen letzten Satz sagen ...«

»Bist du immer noch nicht fertig? Was sagen Sie dazu, Delessert?«, fragt der Marchese.

»Ich sage, dieses Alter ist einfach wunderbar!«

Efisio zieht ein dünnes Büchlein aus der Tasche, und die Demut schlägt nun einen Purzelbaum: »Dies ist die *Historia General de la Ciudad insigne y del grande castillo de Caller*, also die Geschichte Ihres Hauses und Geschlechts, Signor Marchese.

Ihr Verfasser hat sich ausgiebig mit Ihrer Familie beschäftigt. Besonders angetan hatte es ihm ein in der Tat sehr trauriger Brief, den er in einem Kloster fand, wo man ihn aufbewahrte. Hören Sie sich das an: ›... sie kommt nicht, niemals wird sie hier nach Barcelona kommen. Meine Gemahlin María Cruz wird nie das sehen können, das sie auszog, sich anzueignen. Das Schiff hat die Insel im Oktober verlassen, und heute ist der 13. Januar des Jahres 1701 ... Das wütende Meer hat sie genommen ... Es heißt, sie war gar nicht weit entfernt von der Insel, vielleicht konnte sie sogar noch den Felsen von Castello sehen ... Meine geliebte Gemahlin, ich werde Dich nie wiedersehen ... Nie mehr werde ich den Anblick Deiner Haut genießen können, die auch im nächtlichen Schein der Lampen noch leuchtete, Deine Lippen, Deinen Hals ... Nichts, nichts mehr von Dir ... Sie wird nach mir gerufen haben, bevor sie starb, sie wird meine Hilfe erfleht haben ... Und ich habe sie nicht gehört ...‹«

Der Marchese schiebt den Vorhang zur Seite und blickt zum Fenster hinaus.

Delessert ist ernst geworden. Efisio fährt fort, ohne Luft zu holen: »Es handelt sich um das Tagebuch Estebans, Signore di Boyl im Jahr 1701. Doch er hat nicht nur auf seine Frau gewartet, meine Herren: ›All unser Hab und Gut, unsere Reichtümer, das Gold und die Edelsteine der Familie, sind mit ihr in den Tiefen verschwunden ... Mein Gold und meine treue Gemahlin habe ich verloren ... Sie wird auf dem Grund des Meeres über den Schatz wachen, doch wer wacht über sie? ... Ich bin vielleicht Herr über dieses karge Land, aber nun bin ich abhängig vom Himmel, vom Regen und von der Sonne – wie diese verlausten Bauern hier ...‹«

Delessert hebt die Stimme: »Gold und Land! Das Gold endet im Wasser, und das Land bekommt kein Wasser ab – was für eine Pointe, mein Freund!«

Der Marchese ist nachdenklich geworden; in seinem Kopf hat sich die gleiche Idee breitgemacht und ein kleines Feuerchen entfacht, die auch Efisio umtreibt: Ein Schatz der Familie Boyl! Reichtümer, die ganz in der Nähe liegen müssen, wenn eine Goldbrasse auf sie gestoßen ist ... *In einem Schiff, das der Südwestwind auf Grund laufen ließ ... Und seit anderthalb Jahrhunderten versuchen wir Boyls, durch unser Land an Reichtümer zu gelangen, und dabei könnten wir ausgestreckt auf unseren Kanapees liegen und uns von diesen Nichtsnutzen hier bedienen lassen.*

Dann tritt er auf Efisio zu – dem dieser Mann in seinen lichten Farben wie ein Riese erscheint –, blickt ihm in die Augen, und hinter diesen schwarzen Wimpern erkennt er etwas Trauriges. »Ich werde mit deinem Vater sprechen. Dein Gehirn wird dir noch Strafe genug sein, so obergärig wie es ist. Paß bloß auf: Manchmal bringt zuviel Denken auch Schmerzen mit sich.«

Delessert hingegen ist jovial wie immer. »Kann man nur hoffen, daß aus dem Most, den dieses Gehirn zum Gären bringt, ein guter Wein wird!«

»Danke.«

Sezzè Lunis begleitet Efisio auf seinem Weg hinaus aus dem Palazzo.

Von ihrem Balkon aus hat Carminetta alles überwacht. Sie sieht, wie Efisio auf sie zukommt, den Kopf gesenkt.

14

Für eine Woche eingesperrt in sein Zimmer, erhält der blaß gewordene Efisio über Sinforòsa Carminettas Briefchen; sie sind angesengt von der Entfernung und die Speisen kalt, die ihm die Mama, die Nonna und Memèna entgegen der strikten Anordnung »Nichts als Wasser und Brot« heimlich zukommen lassen.

»Mama, morgen bin ich aus der Gefangenschaft entlassen. Ich weiß, ich habe übertrieben ... Machen Sie sich keine Sorgen. Im September gehe ich weg von hier und werde mich nur noch meinen Studien der Medizin und Naturwissenschaft widmen, ganz wie Babbo es gern hätte.«

Fedela klagt: »Du weißt doch, all diese Toten ... Hast du gar keine Angst? Fühlst du nicht die Gefahr, siehst du nicht, wie sie uns umlagert?«

Die Mama verwendet jedes nur erdenkliche mütterliche Argument, und jedes beantwortet Efisio lediglich mit einem stummen Blick, ohne ihr wirklich zuzuhören. Fedela verliert mit jedem Tag mehr an Farbe. Efisio sieht, wie sie immer weniger wird, nicht weil sie krank wäre, sondern auf eine stille, sanfte Weise. Sie verblaßt, sie wird dünner und dünner und beschränkt ihr Tun auf ihre alltäglichen Pflichten.

Daß die emotionale Energie der Mutter auf die einfache materielle Tätigkeit der Küchenarbeit, des Aufräumens und Putzens heruntergedämpft sein könnte, jenseits vom Leben, befindet sich außerhalb des Vorstellungsvermögens von Efisio – noch zumindest. Er begreift nicht, welchen Wert die monotone, jeden Tag erneut ausgeführte Arbeit für Fedela hat, diese immer gleiche, niemals herausragende Art von Arbeit.

Er versucht sich einzureden, daß auch sie ihre Phantasien haben wird. »Haben Sie das mumifizierte Bleßhuhn schon gesehen, das ich im Schlamm des Salzsees gefunden habe?«

Fedela krümmt sich, sie verspürt Schmerzen, weiß jedoch nicht, an welcher Stelle. »Ein mumifiziertes Bleßhuhn?« Sie wünscht sich diesen Sohn so wie die anderen, doch statt dessen spricht er jene Seite von ihr an, die sie unter großen Mühen amputiert hat.

Efisio klappt den Deckel einer Holzkiste hoch, die randvoll ist mit schwarzem Morast, und entnimmt ihr ein schlaffes, von Nässe durchtränktes Bleßhuhn. »Es ist fast noch intakt, schauen Sie nur! Seit zwei Wochen bewahre ich es in dieser Kiste hier auf: Auch die Federn sind ganz weich ... Fassen Sie es mal an, Mama ... Und schauen Sie sich die Augen an, sie glänzen, als wenn es noch lebte ... Eine absolute Ausnahme, völlig gegen die Gesetze der Natur ... Und es stinkt nicht ... es duftet höchstens ...«

Gewisse Fragen drängen aus der Unendlichkeit hoch in Efisios Kopf. Doch sie kehren in die Unendlichkeit zurück. Im Moment will er nur schauen, die Ordnung wird später kommen. Er kann sich noch nicht vorstellen, daß er sich mit den Ideen, die er jetzt hat, immer wieder beschäftigen, daß er stets die gleichen Ideen erneut und von allen Seiten betrachten wird. Um seinen jugendlichen Geist werden sich mit der Zeit weitere Schichten legen wie bei einer Zwiebel. Seine Stimme ist schon jetzt eine andere geworden; sie wird sich noch einmal verändern, bis sie eines Tages verrostet klingt. Seine kindliche Naivität wird jedoch tief in seinem Inneren erhalten bleiben. Man wird nur ein wenig an ihm kratzen müssen, und schon wird sie zum Vorschein kommen, und sie wird immer stärker sein als alles andere.

In dem Moment betritt der Vater das Zimmer, der das tote Bleßhuhn nicht bemerkt, sondern nur die betrübte Ehefrau sieht. *»Oh, chi piange? Di femmine imbelli chi solleva lamenti all'Eterno?«* Immer dieser wehleidige Gesichtsausdruck, denkt er. Und an seinen Sohn gewandt, fügt er hinzu: »Efisio, deine Strafe ist fast zu Ende. Sie hat nur eine Woche angedauert, dem Marchese sei Dank. Er hat mir extra gesagt: ›Seien Sie nicht zu streng mit Ihrem Sohn, sein Hirn neigt ein wenig zur Übertreibung, aber es funktioniert.‹ Nun, mein lieber Sohn, dafür haben wir hier unsere Ruhe verloren ... Wir leben jeden Tag in der Angst, was du wohl als nächstes anstellen wirst ...«

Er setzt sich hin und richtet den Blick zum Himmel. »In diesem Haus gab es mal so etwas wie Harmonie ...«

Efisio versucht sich zu rechtfertigen: »Babbo, es ist wie eine Inspiration, die mich überkommt ...«

Girolamo springt auf. »Deine Inspiration kann mir gestohlen bleiben, Efisio! Ich halte nichts von inspirierten Geistern ... Diese Leute sind verrückt! Die Tüchtigen sind nicht inspiriert, sie sind allenfalls von ihrer Arbeit beseelt, Leute, die sich anstrengen, die alle ihre Sinne beieinander haben! Wenn ein Komponist ...«

»Ein Komponist?« fragt Fedela leise.

Girolamo würdigt sie keines Blickes. »... wenn ein Komponist eine Oper komponiert, ist er nicht inspiriert, nein und nochmals nein! Er ist jemand, der harte Arbeit tut, der seinen Beruf kennt ... Er ist ein großer Mann, aber er ist nicht inspiriert ... Der Himmel bewahre ihn davor. Er denkt nach; er denkt und trifft dann seine Entscheidungen!«

Efisio spricht mit leiser Stimme; er mustert eingehend die Fliesen, und seine Haartolle hängt nach unten. »Nun, in jedem Fall denkt er nach, oder etwa nicht? Wie ich, Babbo, auch ich habe nur nachgedacht, im kleinen, aber ich habe nachgedacht ... Und wissen Sie, was ich diese ganze Woche lang gemacht habe? Ich habe weiter nachgedacht … Und zwar mit System.«

Salvatore ist drei Jahre älter als Efisio, und er ist der einzige, mit dem dieser sich wirklich unterhalten kann, denn sein unruhiger Geist wird von dem bedächtigen Wesen des großen Bruders in Schach gehalten. Doch der Einfluß verläuft auch in umgekehrter Richtung, und so ist der materialistische ältere Marini immer wieder beeindruckt von der Immaterialität des jüngeren, wodurch sie alle beide ihre jeweilige Legierung verbessern.

»Du bist der einzige, der von mir und Carminetta weiß, Salvatore …«

»Na ja, du weißt, was ich über den Sektor Liebe denke.«

»Du nennst die Liebe einen *Sektor?* Wir beide sind wirklich grundverschieden; es ist schon richtig, daß Babbos Geschäft an dich übergehen wird … Der Sektor Liebe, der Sektor Liebe …«

»Nenn es, wie du willst, auf jeden Fall ist es sinnlos, der Liebe mit Vernunft begegnen zu wollen. Was Carmina betrifft, so bist du völlig vernagelt, und deine Gehirnzellen sind nur noch Mehlstaub. Sicher, ihr habt Mut bewiesen, als ihr euch letztes Jahr in dieser Steingrotte versteckt habt … Das Licht … Das Wasser … Carmina, die ›Strahlen ausgesendet‹ hat … Ja, so hast du es mir beschrieben: daß dieses Mädchen Strahlen ausgesendet hätte … Schön war das, schön …«

»Ich war völlig sprachlos, Salvatore … Das Licht kam von unter Wasser, ich weiß … Doch in dem Moment erschien es mir als etwas anderes … Und dann frage ich mich immer wieder, warum sie ausgerechnet mich ausgewählt hat? Warum ausgerechnet mich?«

»Du bist in dieser Gegend ein ziemlicher Sonderfall, und die Frauen mögen Dinge, die den Rahmen sprengen. Aus genau dem Grund wollen sie unbedingt ein Kleid haben, das anders ist als die anderen, oder Ohrringe, die anders sind …«

»Du vergleichst mich mit einem Kleid? Ich soll für Carmina eine Art Kleid darstellen? Einen Ohrring?«

Efisio interessiert sich sehr für die Betrachtungen des Bruders, die immer einen Sinn ergeben, auch wenn er nicht der gleichen Meinung ist, doch er hört sich seine Ansichten immer ganz genau an.

»Die Frauen wickeln die Männer genauso ein wie ihre Kleider.«

»Ich lasse mich nicht einwickeln, Salvatore … Und außerdem: Du immer mit deinen Vergleichen aus der Geschäftswelt ….«

»Man merkt das noch nicht mal! Sie tun das ganz behutsam – darin liegt ihre Kunst! Als würden sie seit Kindertagen eine Schachtel mit sich herumtragen, in die sie dich dann seelenruhig verfrachten, und dir einreden, daß du es dort doch sehr bequem hättest und diese Schachtel genau auf deine Größe zugeschnitten wäre. Am Ende bist du darin gefangen, kannst dich kaum noch bewegen, hast deine Freiheit verloren und bist überzeugt, daß alles, was sich außerhalb der Schachtel befindet, entweder verboten ist oder gar nicht existiert.«

»Aber die Frauen sind nicht alle so.«

»Es gibt auch da noch die andere Sorte: Frauen, die immer nur Opfer sind. Aber ich glaube nicht, daß Carminetta so ein Fall ist. Und dann gibt es natürlich noch die Kannibalinnen, Frauen, die dich bei lebendigem Leib verspeisen; aber von denen heißt es, es gebe sie nur auf dem Festland, hier bei uns würde man nicht auf sie stoßen.«

»Was erzählst du denn da für Sachen? Ich fühle mich glücklich mit ihr und frei! Und der Körper ist ein Pfand für uns, ein Versprechen … Das weißt du doch. Er ist etwas sehr Wichtiges.«

»Und welcher Körper spukt dir noch im Kopf herum?«

»Natürlich sehe ich andere Mädchen, Salvatore, ich sehe sie durchaus, ich schaue sie mir an … Aber Carmina habe ich mein Versprechen gegeben.«

»Warte nur, bis ihr wirklich zusammenlebt, und vom Himmel fällst du hinein in eine Schachtel …«

»Lebendig begraben – und in Erwartung, tot begraben zu werden?«

»Mehr oder weniger.«

Sie denken nicht an Girolamo und Fedela.

Efisio findet mit Salvatore kein Einvernehmen über die Liebe, also sprechen sie von anderen Dingen. »Hör mal, kommst du mit zum Salzsee? Pater Venanzio interessiert sich für das einbalsamierte Bleßhuhn, das ich im Schlamm gefunden habe; ich soll ihm ein wenig von diesem Morast mitbringen.«

»Tja, dieses Bleßhuhn … Wer weiß, wie zum Teufel es erhalten geblieben ist.«

»Genau so, wie die Fossilien erhalten bleiben.«

»Aber Fossilien sind hart.«

»Nun, sie werden auch eine Phase durchgemacht haben, in der sie weich waren … Oder meinst du, sie werden schlagartig hart?«

»Mit anderen Worten: In Tausenden von Jahren wird jemand ein versteinertes Bleßhuhn finden?«

»Kann schon sein.«

Dann hat Salvatore einen Gedanken, der auf den Einfluß Efisios zurückgeht. »Das Bleßhuhn hat es geschafft, der Zeit ein Schnippchen zu schlagen … Ob das mit Menschen wohl auch möglich ist? Ich meine, daß sie intakt bleiben … völlig intakt?«

Ohne dem Bruder ins Gesicht zu schauen, zieht Efisio

ein Blatt Papier aus der Tasche. »Salvatore, ich habe ein Gedicht über das Bleßhuhn geschrieben … Willst du es lesen? Es ist sicher ziemlich kindisch …«

»Ein Gedicht über ein Bleßhuhn? Du bist wirklich anders als alle, die ich kenne. Gib schon her!«

Und lächelnd beginnt er zu lesen. Doch schon bald verschwindet das Lächeln von seinen Lippen.

Was, unseliger Vogel, ging dir verlor'n?
Das Sein? Die Wärme? Das, was dich nährt?
Den Kopf geneigt, sagst du zu mir:
»Jeder Atem ist dem Leben entfloh'n.«
Durchschnitten hat der eisige Tod deinen Flug;
Fordernd der Wind, der trägt deinen Schmerz.
Siehst aus wie immer und hast den Maden getrotzt,
Dem grausamen Mord und zynischer Umarmung.
Warum sehen meine Augen dein Geheimnis nicht,
Und dichter Ruß verdeckt den Blick aufs Wahre?

Efisio und Salvatore haben den gleichen Gedanken, der ihre Köpfe plötzlich mit Dunkel erfüllt. Doch Salvatore hält sich damit nicht auf; er denkt, reden führt sowieso zu nichts, zu gar nichts. Ihm genügt es, sich mit der Hand über die Stirn zu fahren, um auf andere Gedanken zu kommen und die Schatten zu vertreiben.

»Na, was hältst du davon?«

»Ich weiß nicht, Efisio … Es ist ein bißchen holprig, so ganz ohne Reime, aber irgendwie hat es mich trotzdem berührt … Wie wirst du es nennen?«

»Hm … Vielleicht *Die Mumie schauend*, was meinst du?«

»Ich meine, ich muß dringend an die frische Luft. Komm, laß uns gehen …«

Sie steigen zusammen auf den Maulesel und reiten in der sengenden Sonne Richtung Klippen und Salzsee.

Mit den aufgeknöpften Hemden, den hochgekrempelten Hosenbeinen und den Strohhüten sehen sie aus wie zwei junge Muschelfänger.

Carminetta bedeutet für Efisio auch Schmerz – wenngleich nur einen leichten Schmerz –, denn sie versetzt einen Teil von ihm in Aufruhr, der nicht Familie ist, aber dennoch auf gewisse Weise mit Familie zu tun hat. Der Teil Efisios, der Carminas wegen unruhig ist, der Teil, der sich Fragen stellt, auf die es keine Antworten gibt, der sich bewegt mit unvorhersehbaren Beschleunigungen, Zusammenstößen und Sprüngen, ist genau der Teil, den Efisio am wenigsten von sich kennt. Er hat etwas von Carmina gesehen, und das, was er da gesehen hat, kann er weder richtig benennen noch beschreiben. Die Begegnung in der Meeresgrotte hat nie eine Wiederholung gefunden. Doch seit damals verspürt er während ihrer kurzen Treffen unter dem Kapernstrauch eine neue Heftigkeit, die sie beide betrifft und hin und wieder sogar Spuren auf Carminas Haut hinterläßt, so daß sie ihre blauen Flecken verbergen und sich vor den Ihren irgendwelche Entschuldigungen ausdenken muß. Er hat nicht die leiseste Ahnung, wo dieser Furor hinführen soll, den er in seinen ganzen Verzeichnissen nicht unterzubringen vermag.

»In unserer Sprache heißt es ›sich verheiraten‹, das heißt, ich heirate dich und du heiratest mich.«

»Das stimmt, Efisio.«

»Aber statt dessen höre ich immer wieder ›ich heirate sie‹, ›er hat geheiratet‹, ›der Sowieso hat eine Frau geheiratet‹... Was ich damit sagen will: So betrachtet, gibt es immer einen, der die Entscheidung trifft, und der andere muß sehen, wie er mit den Folgen klarkommt... Verstehst du, was ich meine?«

»Den Folgen? Natürlich hat das seine Folgen ... Folgen

sind notwendig, man braucht sie … Der eine heiratet die andere, und die andere heiratet den einen … Und alles läuft auf gleicher Ebene ab, die Verben und alles andere auch, Efisio.«

»Nein, nein … Wenn man es so ausdrückt, bedeutet es, daß nur einer auswählt und entscheidet – wie wenn man eine Ziege kauft. Es heißt ja auch, ›er hat gut geheiratet‹ oder ›er hat schlecht geheiratet‹, und niemand sagt es so, wie man eigentlich müßte; sogar meine Mutter macht diesen Fehler …«

»Und wie müßte man es sagen?«

»›Sie haben sich verheiratet‹ – so wäre es richtig: ›Sie haben sich verheiratet‹ oder meinetwegen auch: ›Sie haben sich vermählt‹ … Vielleicht hat auch meine Mutter das Gefühl, zwangsweise verheiratet worden zu sein … Meiner Meinung nach haben sie sie verheiratet.«

Und er denkt an Fedela: Mama … Irgend etwas scheint ihr zu fehlen …

Der Kapernstrauch ist melancholisch geworden. Sie sehen sich immer nur bei Sonnenuntergang. Die Farben am Himmel sind grausam, nichts für kluge Gespräche, und Efisio hört mit dem ewigen Reden auf. Heute sind die Wolken noch dazu größer als die Stadt, die sie auszuspukken scheint wie ein riesiger, heißer Schornstein, und sie legen sich über den Salzsee, den Felsen, und es ist, als könnte es gar nicht anders sein.

Efisio verdrängt, was er verdrängen kann, und für einen Moment – nur für einen winzigen Moment; die Zeit ist zu kurz, um es wirklich zu begreifen – hat er das Gefühl, ohne daß er es beabsichtigt hätte, an Carminas verborgenen Kern gelangt zu sein.

15

Von seinem Bett aus sieht Efisio den Mond und hört den Karren von Fabiano Paella, der noch vor Morgengrauen aus dem Haus geht, um sein Gemüse zum Markt zu bringen.

Rasch kleidet er sich an, und die beiden Brüder, die mit ihm das Zimmer teilen, tun so, als bemerkten sie es nicht. Das Fenster geht auf die Via San Francesco del Molo hinaus, und mit einem federnden Sprung – elastisch wie ein Gummiband – hüpft er hinunter auf die Straße.

Er will Jaccu, den Fischer, ausspionieren. Auch das verlangt Tatkraft.

Efisio bewegt sich zügig voran, dicht an den Mauern entlang und das Licht der Laternen meidend. Er überquert die Mole und erreicht das Fischerdorf.

Die Kutter sind noch nicht wieder zurückgekehrt, nur zwei Boote schaukeln einsam auf dem dunklen Wasser.

Ohne die Sonne ist es noch kühl, oder vielleicht ist es auch bloß die Angst. Er muß warten, daß Jaccu zurückkommt, damit er ihn ausspionieren kann. Er will mit eigenen Augen sehen.

Efisio ist nicht an die Nacht, nicht an das Dunkel und nicht an diese leblose Stille gewöhnt.

Plötzlich sind um ihn herum Hunderte von Glühwürmchen; manche fliegen, andere scheinen auf dem Boden zu kriechen. Ein Funkenschwarm, der ihn umgibt, der auf ihn aufmerksam macht, ihn verfolgt und sich erneut auf ihn stürzt. Efisio strahlt am ganzen Körper.

Die Glühwürmchen verfolgen ihn, und er rudert mit den

Armen in der Luft, um sie zu vertreiben. Er weiß, daß Glühwürmchen Raubtiere sind und sich durch Lichtsignale aufeinander aufmerksam machen, die Männchen und die Weibchen. Er rennt davon, doch er zieht die Aureole des Erwählten hinter sich her.

Er rennt immer noch, die Glühwürmchen lassen von ihm ab, und Efisio taucht wieder ein in die Dunkelheit an den Pfahlbauten.

Er schaut und schaut.

Er sieht ein schwaches Licht, ein menschliches Licht, das ausgerechnet aus der Hütte dringt, vor der Jaccu ihn ein paar Tage zuvor zur Flucht gezwungen hatte. Etwas Gewaltsames scheint durch die Tür zu dringen, als schwitzte sie es aus. Das, was ihm jener uralte, verschüttete Part des Gehirns, der unsichtbare Gefahren ausmacht, nun signalisieren will, gefällt ihm gar nicht; er rät ihm, diesen Weg nicht weiterzuverfolgen und sich schnell ein Versteck zu suchen. Efisio fühlt plötzlich eine böse Energie, die auf der ganzen Umgebung lastet und ein schmerzhaftes Kribbeln in seinen Händen auslöst.

Er erreicht den Pfahlbau und versteckt sich darunter.

Der schwarze Himmel wird blau. Er muß sich beeilen.

Er zwängt sich direkt unter die Fußbodenbretter; zwischen den Ritzen kann er in die Hütte hineinschauen.

Er sieht drei Männer.

Der eine sitzt auf einem Stuhl und trägt eine schwarze, kegelförmige Kapuze über dem Kopf. Der zweite steht und hat eine Maske vor dem Gesicht. Und der dritte liegt gefesselt und geknebelt auf dem Fußboden: Jaccu Bisesti.

Alle schweigen, bis der Mann mit der Maske die rotglühende Holzkohle in dem Becken neben sich schürt und fragt: »Wo ist der Schatz, Jaccu?« Seine Stimme klingt fast wie die einer Signora aus dem Castello-Viertel.

»Mein Bruder hat es mir nicht gesagt«, murmelt Jaccu, der von dem Knebel halb erstickt wird.

»Hast du ihn deshalb umgebracht?« fragt der andere ruhig, während er über dem Kohlebecken ein Messer erhitzt.

Efisio begreift schlagartig.

Das Schweigen und die heitere Ruhe des Mannes verstärken Jaccus Angst. Sein Atem wird heftiger, und seine Wirbelsäule krümmt sich; er begreift, daß er vor sich einen Henker hat, für den der Schmerz eines anderen Körpers nichts als Neugier hervorruft, die je nach Reaktion und Ergebnis noch ansteigen kann.

Wieder herrscht Stille.

Zwischen Jaccu und dem anderen entwickelt sich nun die typische Intimität von Scharfrichter und Opfer; letzteres ist bereit, in Verhandlung zu treten, es weiß, was ein winziger Hauch weniger Schmerz ausmacht und wie der andere das Leiden verlängern oder verkürzen kann. Der Haß ist für Jaccu ein kompliziertes Gefühl geworden – er fühlt Dankbarkeit und eine Abhängigkeit, die größer ist als die eines Sohnes –, denn er ist gerührt wegen alldem, was ihm erspart bleibt.

Jaccu wird gezwungen, sich auf den Bauch zu legen. Mit dem Messer reißt ihm sein Peiniger die Hose auf und entblößt die behaarten Hinterbacken. Jaccu stößt hinter seinem Knebel flehentliche Bitten aus, aber er ist schüchtern wie ein Kind, weil er denkt, daß der andere wütend werden und seinen Schmerz verlängern könnte.

Der andere legt ohne Vorwarnung die glühende Klinge auf eine Hinterbacke und läßt sie ein paar Sekunden dort liegen: Die Haare verbrennen, die Haut, und man kann sehen, wie darunter das Fleisch verbrutzelt.

Der Schmerz ist so stark, daß der Fischer keine Möglichkeit findet, ihn auszudrücken. Erst danach beginnt er zu weinen, ohne Haß, allein wegen des Schmerzes. Als die Schluchzer ihren Höhepunkt erreichen, legt der Henker das glühende Messer auf die andere Hinterbacke, und Jacco bäumt sich auf.

Durch den Knebel hindurch keucht er: »Wie heißt du – du, der du mir diese Dinge antust?«

»Tidòri ist mein Name, und ich arbeite für diesen Herrn hier ... Ich kenne ihn nicht, doch er bezahlt mich, und ich nehme seine Befehle entgegen, nur Befehle ...«, antwortet der Henker freundlich und legt die Klinge zurück ins Kohlebecken.

Jaccu denkt, daß er ihn jetzt vielleicht eine Weile in Ruhe lassen wird. Seine Wut ist groß, und für einen Moment vergißt er den Schmerz. Doch dann wird die Angst erneut zur Herrin über Jaccu. »Ich hasse dich nicht, Tidòri, das solltest du wissen ...«

Und wieder weint er.

Tidòri hat sich den erschreckten Körper Jaccus zum Untertan gemacht, und er geht davon aus, sich innerhalb gewisser Grenzen bewegen zu müssen, die von strengen Regeln festgelegt werden. Gewiß, er könnte ihm die Augen ausbrennen, ihm die Zähne einschlagen, ihn in Stücke reißen, ohne ihn sofort zu töten, aber das ist nicht gestattet. Er ist ein Ehrenmann, und es ist nicht seine Schuld, daß er ihm antut, was er ihm antun muß: Das ist ein Befehl, eine beinah natürliche Regel, der Fischer muß das verstehen und ihm sogar dankbar sein.

»Also, Jaccu, wo ist der Schatz?«

Jaccu weiß nicht, wie weit dieser ruhige, bedachte Mann gehen wird, und das verstärkt seine Panik. Er hat auch keine Vorstellung, was man mit seinem untersetzten, behaarten Körper noch alles anstellen kann. Er vermag es sich nicht auszumalen, denn die Möglichkeiten, Schmerz hervorzurufen, sind einfach zu viele, und plötzlich kommen ihm einige in den Sinn, die ihn vor Angst kotzen lassen. Er spürt, daß er nicht mehr sich selbst gehört, sondern seinem Peiniger, wie ein Kind, das sich seiner Mutter angehörig fühlt und sie liebt, auch wenn sie es bestraft.

Er übergibt sich erneut.

Tidòri wartet, bis es vorbeigeht, und dieses Mal warnt er ihn vor: »Jaccu, es ist wieder soweit ... So, dreh dich mal auf die Seite, ja, so.«

Gehorsam verändert Jaccu seine Haltung. Mit einer Zange zwirbelt der Henker ein Stück Fleisch aus seinem Schenkel, als hätte er es mit einem jungen elastischen Pflanzenstengel zu tun, den man erst in die eine, dann in die andere Richtung drehen muß, damit er sich abtrennen läßt. Jaccu windet sich, um den Bewegungen der Zange zu folgen, er schlägt mit dem Kopf auf dem Holzboden auf, rechts, links, bis das Eisen sein Fleisch endlich gelöst hat.

Nach einer halben Stunde Martyrium, während der er mehrmals in Ohnmacht gefallen und wieder aufgewacht ist, hat er seine Gefühle für seinen Folterknecht vergessen; er vergißt den Schmerz, er vergißt alles und geht vollständig in den Besitz Tidòris über, der dies bemerkt und den Knebel lockert. Halb erstickt ruft er: »Mein Bruder Istèvini hat mir gesagt: ›Die Pestkranken essen Goldbrassen‹ – das war sein Geheimnis. Dann hat er noch gesagt: ›Bring mich um, Jaccu, denn sonst bringe ich dich um. Mehr sage ich dir nicht‹, und dann habe ich ihm in den Kopf schießen müssen ... Wegen eines Rings, wegen eines Rings ... Den Ring könnt Ihr behalten, aber bitte tut mir kein Leid mehr an ...«

Tidòri dreht sich zu dem Kapuzenträger um: »Er sagt die Wahrheit.«

Jaccu begreift, was da vor sich geht, und versucht es mit Sanftheit. »Ich mag dich gern, Tidòri, denk daran.«

Während Tidòri ihn erneut knebelt, verkündet er ihm,

daß er ihn strangulieren müsse, daß er keinen Schmerz empfinden würde und sich wie ein Mann benehmen und in einem letzten Gebet Gott um Verzeihung bitten solle, weil er seinen Bruder getötet habe. Jaccu gehorcht; rücklings legt er sich auf den Boden, er liegt in seinem Schweiß und seinem Urin; er versucht so viel Licht wie möglich mit seinen Blicken, so viel Luft wie möglich mit seinen Lungen aufzunehmen. Der Henker nimmt ein Seil und knüpft es um den Hals des Opfers, das flüstert: »Mamma mia, mamma mia … Eine Minute noch, eine Minute«; er setzt sich rittlings auf Jaccu und zieht kräftig zu, bis der Fischer mit blauem Gesicht und riesigen, hervortretenden Augen aufhört zu strampeln.

Die Sonne geht auf.

Die Abwesenheit der Glühwürmchen und das Gurren der Tauben zeigen Efisio, daß der Tag beginnt – trotz all dieser Qualen.

Die Angst hat ihn nicht zum Erstarren gebracht. Verzweifelt schaut er sich um; er sucht Trost im klarer werdenden Morgenlicht, im Ruckediku-Ruckediku der Tauben und dem Wissen, daß der Schmerz nun aufgehört hat. Er nimmt seine ganzen Kräfte zusammen, die Jaccus Leiden zum Verschwinden gebracht haben, gleitet unter dem Pfahlbau hervor, umgeht den offiziellen Weg, erreicht die Straße, das Haus, sein Zuhause, das Fenster und flüchtet sich unter die Bettlaken. Nach einer Weile merkt er, daß er noch immer den Geruch von Jaccus verbranntem Fleisch in der Nase hat und erlebt eine verspätete Reaktion auf das, was er gesehen hat.

16

Venanzios Augen sind hell und wässerig.

»Nun wissen Sie alles und können mir raten, was ich tun soll, Pater Venanzio. Aber zuerst müssen Sie mir sagen, wie ein Mensch so etwas tun kann wie das, was ich mitangesehen habe. Wie kann jemand so etwas tun?«

Der Erzieher – seine Gestalt ist zart, seine Hände wie die eines Geckos – schließt sein Buch und macht eine abwehrende Geste. »Enthäutet, gepfählt, verbrannt, ertränkt, gevierteilt, den Muränen oder den Tigern zum Fraß vorgeworfen, gerädert ... Ich könnte noch mehr Foltermethoden aufzählen ... Weder die Opfer noch die Henker sind so viel anders als du oder ich ... Sie sind aus demselben Holz geschnitzt wie wir, mit genau so vielen Organen, Efisio.«

Der Junge stellt sich ans Fenster der Klosterzelle, um nach Luft zu schnappen.

Der Piarist fährt fort: »Die meisten von uns haben freilich einen guten Charakter. Du und ich, dein Vater, deine Brüder und viele andere sind wir Teil einer Gruppe von Menschen, die niemandem etwas Böses antun, sondern, im Gegenteil, sich mit vereinten Kräften dafür einsetzen, daß niemandem ein Leid geschieht. Du mußt dich also nicht grämen und sämtliche Farbe aus dem Gesicht verlieren. Aber du solltest immer daran denken, daß es auch böse Menschen auf der Welt gibt – und du selbst sie erlebt hast! Laß uns zusammen nachdenken ... Dir ist klar: Wenn du irgend jemandem von Jaccu erzählst, begibst du dich in Lebensgefahr ...«

Ja, Efisio muß schweigen, er muß es um jeden Preis.

»Also, wir haben zwei Möglichkeiten: entweder alles vergessen oder handeln, aber sich jederzeit des Risikos bewußt sein, das wir eingehen. Denn diejenigen, die du da gesehen hast, würden dich umbringen, falls nötig, und du weißt weder, wer sie sind, noch, ob nicht auch in ihnen irgendwo Gutes steckt … *Sensum animi certa non esse in parte locatum.* Du weißt, was das bedeutet, stimmt's? Übersetz mal.«

Efisio schließt die Augen und denkt nach. »›Die Empfindsamkeit der Seele hat keinen festen Platz‹, das bedeutet es. Von wem stammt dieser Satz?«

»Von Lucretius … Ich darf dir eigentlich nicht mal sagen, daß er existiert hat … Ein Epikuräer, ein Atheist … Aber so schlimm wird es schon nicht sein. Ich will damit sagen, daß du dich niemals vollkommen auf einen Menschen verlassen kannst, denn in seiner Seele kann sich alles mögliche verbergen. Wir sollten uns also an die objektiven Fakten halten, denn bei unseren Nachforschungen gehen wir weder von der Essenz eines Wesens noch von religiösen Fragen aus, sondern von Fakten, Ereignissen, Dingen: Und nur an die Wahrheit dürfen wir uns halten, mein Sohn … Anderenfalls machen sie uns einen Kopf kürzer! Mißtraue dem, der dir predigt, es gäbe keine Wahrheit, der dir einreden will, es gäbe nicht *eine* Wahrheit … Und auch solchen, die behaupten, es gäbe zwei, drei, zehn Wahrheiten, eine für jeden … Sie wollen dich nur verwirren … Und achte auf die Details, denn in ihnen verbirgt sich das Gift der Dinge.«

Der Alte hält Efisio ein Blatt vor die Nase. »Auf jeden Fall hast du hier das, was du brauchst und wonach du suchst.«

»Ich suche nach etwas?

»Ich kenne dich doch … Hier ist die Liste all der Kapuzenträger dieser Stadt. Ich habe gehungert, um sie für dich aufzustellen, ich habe mein Mittagessen ausfallen lassen … Das Opfer mag noch so klein sein, man fühlt sich gleich besser danach ... Aber das allein genügt nicht ... Schau dir die Liste genau an: Man könnte meinen, die ganze Stadt bestünde aus Kapuzenträgern. Das ist alles in den Dokumenten des Domkapitels zu finden. Und ich bin dein Erzieher ... Den Kopf vor allem möglichen zu beugen und im Angesicht der Tatsachen die Straßenseite zu wechseln, wie sie es hier alle machen, ist kein Zeichen für eine gute Erziehung ... Ich bin zwar kein junger Mann mehr, aber was Resignation ist, kann ich dir nicht beibringen ... Schau dir die Liste genau an!«

Schon wieder diese Unruhe, die Kummer und Traurigkeit verjagt, die ganze Melancholie ist wie verflogen. Es gibt einen Weg, die Dinge zu verstehen, und in jedem Fall muß man, um zu begreifen, weiter suchen und suchen. Er selbst hatte auch schon daran gedacht, als er den Weg zum Kolleg hinaufgegangen war. Im Schatten des Turms war er stehengeblieben, um nachzudenken. Und Venanzio erwartete ihn mit der Liste – er legt immer Listen an. Die Liste der Kapuzenträger.

Efisio überfliegt das Blatt: Die Liste ist unendlich lang. Die Erzbruderschaften und Kapuzenträgerkongregationen sind zahlreich: Sant'Eulalia, Santissimo Crocefisso, Sangue del Gòlgata, Giuramento Santo, Costalto Sanguinante und viele andere. Alle sind sie nach kanonischem Recht gewählt und vom Heiligen Schmerz getragen.

»Pater Venanzio, vielen Dank ... Aber was ich nicht verstehe ... Ich kann verstehen, daß sie alle eine Kapuze tragen, daß all diese Leute ihre Gesichter unter einer Kapuze verbergen ... Ich werde darüber nachdenken ... Aber ich habe noch ein anderes Problem, das mich seit heute nacht quält. Ich habe Ihnen doch den Satz von Jaccus Bruder gesagt: ›Die Pestkranken essen Goldbrassen‹ – das muß eine Art Schlüssel sein, etwas, das Licht auf die Ereignisse wirft ... Vielleicht der Schlüssel, der diese schrecklichen

Ereignisse miteinander in Zusammenhang bringt … ›Die Pestkranken essen Goldbrassen‹ …«

»Efisio, diese ganze Hitze bringt deinen Körper zum Glühen … Mir, der ich hier eingeschlossen hinter dicken Mauern sitze, bis zu mir kommt die Sonne nicht. Ich kenne die Jugend: Die Unbeweglichkeit eines müden Alten, das, was andere Leute als Weisheit bezeichnen, kann sie von nichts abhalten.«

Er senkt den Kopf. »… sie sagen Weisheit dazu, aber ich glaube, das ist nur ein Anzeichen für den nahenden Tod.«

Efisios Haartolle ist sein Stimmungsbarometer, wie ein Wetterfrosch, und er regt sich auf: »Sagen Sie das nicht, Pater Venanzio, Sie werden nicht sterben.«

Von seiner Zelle aus schaut Venanzio in den Himmel, der gerade die Farben wechselt. Er zieht die Kutte aus und hängt sich eine lange, dornige Kette um den Hals. Auf seiner Haut erscheinen dunkelrote Perlen aus Blut, und der Alte zieht eine Grimasse, die ein halbes Lächeln ist.

Er selbst hat sich diese Art von Bestrafung auferlegt, daher entzündet sie keine Wut in ihm.

Der Gedanke an seinen Widersacher, an den Mann, den er sich zum Feind erwählt hat, verdient Blut … Und außerdem, wenn du deinen Gegenpart kennst, ihn durchschaust und seine Taten begreifst – auch wenn du sie nicht vorhersehen kannst –, dann ist ein wenig Schmerz fast ein Nichts … Ein Nichts … Und er verhilft dir, die Gedanken frisch zu halten … Nicht mehr lange, und alle werden sich in dieselbe Richtung bewegen und das vorgegebene Ziel erreichen … Wie bei Efisios Hausaufgaben … Ein vorgegebenes Ziel …

Marianna Arthemal steht auf dem Balkon ihres Hauses über dem Bollwerk. Sie wartet auf frischen Wind und sagt ihre Zauberformeln auf, aber mehr als auf den frischen Wind wartet sie auf Reginaldo.

Das Licht am Himmel verändert sich, und er nimmt eine orangene Färbung an. Sie denkt an den Ring, und sie denkt, daß jemand einen riesigen Edelstein vor die rote Sonne rollen würde, und ihr scheint, als strahlte jede Facette des Diamanten ein anderes Licht zurück. Dann schaut sie nach unten und sieht Reginaldo Canelles, der die schmale Gasse emporsteigt und seinen Hut abnimmt, um ihr zuzuwinken.

Wie schön!

Alles, was an einem Mann schön sein kann, ist für Marianna in Canelles vereint. Auch das Essen, das er ißt, und der Wein, den er trinkt, alles, was durch ihn hindurchgeht.

Sie schwitzt, sie ist aufgeregt, und der frische Wind kommt nicht, im Gegenteil, eine Hitzewelle überschwemmt sie, und sie muß sich krümmen und sich den Bauch halten, um den Schmerz zu lindern.

Sie läuft vor, ihm die Tür zu öffnen.

Marianna hat die Energie, die Bewegungen und sogar den Gesichtsausdruck einer Elster, die den Verstand verloren hat und anstatt wegzufliegen sich noch enger in Reginaldos Hand schmiegt.

Eine dressierte Elster, von der Schönheit angezogen, die ihr über Hypnose den Fluchtimpuls genommen und den gegenteiligen Wunsch eingeimpft hat: zu bleiben wie ein gezähmtes, kleines Tier.

Reginaldo, der nie Liebesschwüre äußert, ist überzeugt, daß gerade die Liebe nicht für Adjektive geeignet ist, denn Worte sind in seinen Augen allein dazu da, Tatsachen auszudrücken; ihre praktische Vulgarität hält er für hilfreich, wenn man Morde, Geschäfte oder sonstige Dinge beschreiben will, aber doch nicht, um das zu erklären, was zwischen ihm und Marianna vorgeht. Oder zumindest er selbst ist nicht in der Lage dazu.

So fahren sie fort, einander ohne irgendwelche Definitionen zu begegnen, während Efisio sich bemüht, die eigenen Handlungen zu erklären, zu klassifizieren und in eine Ordnung zu bringen, auch das, was hinter dem Kapernstrauch geschieht.

Unter dem Federbett läßt Marianna sich kräftig umarmen. »Reginaldo, heute habe ich Efisio gesehen; er wirkte wie ein kleiner Kobold auf mich.«

»Hier gibt es keine Kobolde ... Kobolde leben tief im Wald ... Hier ist doch alles staubtrocken ...«

Die Pestkranken essen Goldbrassen.

Diesen Satz hat Istèvini zu seinem Bruder Jaccu gesagt, bevor er umgebracht wurde ... Die Pestkranken essen Goldbrassen ... Und Jaccu hat auf Istèvini und seinen Gehilfen geschossen ... Dann ist das abgetriebene Schiff mit den beiden halb von Möwen aufgefressenen Toten gefunden worden.

Seit drei Tagen konserviert Efisio sich selbst, inmitten der schweigenden Buchseiten in der Bibliothek – hier bleibt die Temperatur immer die gleiche –, zu deren Hüter Venanzio so sehr geworden ist, daß er die Konsistenz und die Farbe des Papiers angenommen hat.

Er ist bereits beim elften Buch über die Pest angelangt und denkt darüber nach, daß die Malaria, nach Jahrhunderten tödlich verlaufender Pestepidemien, bei genauer Betrachtung eigentlich ein erträgliches Übel darstellt und kein auswegloses Unglück.

Er liest den spanischen Titel eines schmalen Büchleins:

Información y curación de la peste de Caller y preservación contra la peste en general

Juan Tomás Porcell
Doctor en Medicina
Caller, 1565

Das Bändchen handelt von der Pestepidemie, die Cagliari im Jahre 1564 befallen hat. Ein spanischer Arzt, eben jener Tomás Porcell, beschreibt darin seine eigenen Erfahrungen. Er muß ein mutiger Mann gewesen sein, denkt Efisio, mutig und an den Tod gewöhnt. An den Tod gewöhnt?

> ... *yo determiné de abrir algunos cuerpos de los que morían de dicha enfermedad pestilencial y en ellos hazer hanatomías, para ver y conocer el umor malo no obstante que era enfermedad contagiosa y de gran pelygro* ... Kein Kranker durfte die Stadt betreten ... Einige starben nicht an dem Übel an sich, sondern am Hunger ... Das Lazarett, das von den Soldaten vom Kirchturm von Sant'Ignazio aus überwacht wurde, war ein Gefängnis mit einem einzigen Fluchtweg: dem Meer, denn das Land war diesen armen Menschen ja verwehrt ... Seine Majestät Ferdinand II. von Aragón hat mir die Aufgabe übertragen, die ich schon in Zaragoza erfüllt habe ...

Er ist erschöpft, doch seine Augen blicken immer schärfer, je weiter die Lektüre voranschreitet. Er vergißt seinen Schrecken über die Ereignisse bei den Pfahlbauten von vor vier Tagen, er vergißt seinen Ekel vor den Menschen, seine Angst, vergißt sogar die Morde und lädt sich selbst wieder mit einer Energie auf, die so mächtig ist, daß er beinah befürchtet, sie gar nicht ganz fassen zu können. Die Abendessenszeit vergißt er dennoch nicht. Die Sonne steht tief, und die ganze Stadt ist eingehüllt in eine große, wild orangefarbene Flamme. Die Uhrzeiten zu achten gehört im Hause Marini zu den wichtigsten Familienregeln, und die Familie erscheint ihm nun, da er die Gefahr so drängend heranahen fühlt, einmal mehr wie ein heiliger Schild und Schutz vor dem Unheil.

Er hat verstanden.

Er hat verstanden und spürt eine große heitere Macht in sich, eine Macht, die weit über ihn hinausragt. Er selbst, denkt er, ist aus Fleisch und Blut, ihn können sie umbringen, ihn können sie rösten wie Jaccu, mit ihm können sie anstellen, was sie wollen ... Doch bis dahin ist er hier und hat Arme, Beine und all den Rest – wie die beiden Kapuzenträger ... Und außerdem hat er verstanden ... Er hat verstanden.

Er schaut aus dem Zellenfenster.

Wie sehr ihm die Schöpfung gefällt ... Und alle Sinne gehorchen einer Ordnung ... Und dieses Sich-Herr-Seiner-Selbst-Fühlen, nur seiner selbst ... Ja, das, was er empfindet, muß eine Form von Lust sein ... Ein Gleichgewicht, ein Schweben zwischen Angst und Schmerz ... Harmonie, überlegt er, ist zuviel, vielleicht ... Aber dieser kräftige Atem, von dem er sich umhüllt spürt, jetzt, da er die Dinge in eine Folge gebracht hat, vielleicht ist genau das Harmonie ...

Nach Hause, schnell nach Hause ...

Er hat verstanden: Die Goldbrassen sind der Schlüssel zu allem anderen, und er hat ihn gefunden ... Die Pestkranken und die Goldbrassen ... Alles ist so einfach. Auf der Straße umfängt ihn die Hitze, die von den Steinen zurück in den Himmel geworfen wird; er knöpft seinen Hemdkragen auf und lächelt ... Er ist vollkommen sicher: Er hat verstanden.

Während er zum Ausgang des Castello-Viertels eilt, sieht er, wie zwischen den Lamellen der herabgelassenen Rolläden eines Balkons hindurch eine wunderschöne rote Nelke hinunter auf die Gasse geworfen wird, ganz langsam, wie ihm scheint.

Zu Hause angelangt, geht Efisio gleich in die Küche. Während er ein Glas Brunnenwasser trinkt, schaut er Fedela zu, die das Abendessen vorbereitet und die Frühstückstassen für den nächsten Morgen bereitstellt. Von irgendwo her überkommt ihn die Erinnerung an die Geburten der jüngeren Brüder. Plötzlich waren sie da, einer nach dem anderen, und so waren sie schließlich zu sechst, wie die weißen Tassen auf der Anrichte.

Als Fedela ihre Kinder zur Welt brachte – sie hat siebenmal geboren: ein Brüderchen war eine Totgeburt, doch niemand sprach je darüber –, hatte es jedesmal kaum merkliche Veränderungen im Hause Marini gegeben. Die Söhne hatten zwei fremde Frauen im Flur umherhuschen sehen. Die großen und kleineren Geschwister waren für einen Tag auf die Verwandtschaft aufgeteilt worden. Dann kehrten sie nach Hause zurück und sahen den neuen Bruder im Arm Fedelas, die seltsamerweise im Bett lag, gekämmt und schweigsam wie immer, aber – was noch seltsamer war – unverkennbar zufrieden. Als letzter kam immer Girolamo, der den Ereignissen ferngeblieben war, im Getreidelager, um zu wiegen und abzuzählen. Das Gebären wurde bei den Marinis geduldet, weil man es als Notwendigkeit ansah. Eine andere Möglichkeit gab es nun einmal nicht, also wurde der übliche Ablauf für zwei, drei Tage unterbrochen, und nur die beiden Großeltern aßen zusammen zu Mittag und zu Abend und gingen um dieselbe Uhrzeit ins Bett.

Regeln und Sicherheiten. An diesem Abend dürstet Efisio danach wie nach Wasser.

Carmina hat dem Schweigen Fedelas einen Stoß versetzt. Carminas Stimme, Carminas Energie.

Aber diese ständige Wiederholung in Fedelas Wirken und Tun ist vielleicht das eigentliche Heil – um nicht zu sagen: Fundament – im Hause Marini. Und in dem Moment, während er ihr zuschaut, beginnt Efisio nach dem Mysterium der Goldbrassen auch das Rätsel der Familie zu verstehen, wobei ihm jedoch noch nicht alles wirklich klar ist.

Auch an diesem Abend ist er auf seinem Heimweg von der Setzerei wieder zahllosen Leuten begegnet – sogar Efisio –, und sie haben ihn nicht weiter angeschaut, denn nichts Außergewöhnliches wäre an ihm zu bemerken, außer den farbverschmierten Händen.

Serafino ist lange an der Mole geblieben und hat sich von dem afrikanischen Wind die wenigen Ecken und Kanten in seinem Gesicht abschmirgeln lassen.

Er lebt allein, und jetzt, da er die Treppen zu seinem Haus hinaufgeht, malt er sich genüßlich aus, was er an diesem Abend alles tun wird, seine Berechnungen, das Lesen und Schreiben von Briefen. »Boyl? Ein Kaktusfeigen-Marquis! Schwängert die Bauernweiber und läßt lauter haarige, blaublütige Bastarde auf die Welt bringen!«

Er schließt die Eingangstür hinter sich zu, zündet die Lampe im Arbeitszimmer an und setzt sich auf den Sessel, auf dessen Sitzkissen der intensive Gebrauch seinen Gesäßabdruck hinterlassen hat.

Woran sie kranken, diese Ladenbesitzer und Nichtsnutze? Sie stopfen sich mit Essen voll, pflanzen sich fort, und dann sterben sie verängstigt an der Seite ihrer Ehefrau, die ihnen die Hand hält. Ohne Ideen im Kopf kann man nicht existieren, und sie habe keine einzige Idee.

Dieses tägliche Ritual wiederholt sich jedesmal, wenn er die Haustür hinter sich schließt und seine Jacke auszieht.

In der Abgeschiedenheit nimmt er ganz allmählich wieder sein altes Aussehen an; jedesmal ist es ein anderes Detail: Ein bestimmter Ausdruck zeigt sich, seine Züge festigen sich, eine Physiognomie entsteht, ein Gesicht bildet sich heraus, und sogar sein Teint verändert sich. Genau das Gegenteil passiert am Morgen, wenn er die Tür öffnet, um das Haus zu verlassen: Sein Gesicht löst sich auf, als würde es von Säure zerfressen, die alles einebnet, bevor er auf der Straße anderen Gesichtern begegnet.

Seine beiden Katzen, die das Haus bewachen, wenn er fort ist, sind bei diesen Mutationen dabei, doch sie verändern weder ihre Haltung noch erschrecken sie sich; sie wissen, daß ihr Herrchen sein Hausgesicht nur trägt, wenn er allein ist, und es ablegt, wenn er aus der Tür geht, daher lächeln sie gelassen.

17

Venanzio hat recht: Es ist eine Kapuzenträgerstadt. Nach den Berechnungen des Piaristen gibt es in jeder Familie jemanden, der sich mindestens einmal pro Jahr eine Kapuze überzieht. Andere tun es noch öfter. Aber warum ziehen sich all diese Menschen Kapuzen über? Efisio stellt sich Fragen über Fragen.

Die Kapuzenträger der verschiedenen Viertel betrinken sich bei den Prozessionen und nutzen den dunklen Wein, um ihre Köpfe zu leeren und näher am Himmel und der gepeinigten Statue mit den blutigen Wunden zu sein, die sie auf den Schultern durch die Gassen tragen ... Die sieben Schmerzen ... Der Schmerz ist immer da, denkt er, immer ist da der Schmerz ... Also verbirgt die Kapuze die Sünden; sie läßt den rauhen Gesang alkoholgeschwängerter Reue durch ihren Stoff hindurchdringen und erinnert alle daran – die sie aus ihren Fenstern hängen, als beugten sie sich zum Jenseits herab –, daß man den Schrecken der Geburt allein durchlebt, von einem Schrecken zum nächsten jagend, bis zum letzten aller Schrecken. Ohne den Wein wäre diese Angst nicht zu ertragen – das ist der Grund, warum die Kapuzenträger trinken, denkt er.

Doch herauszufinden, zu welchem Geheimbund der schweigsame Mann gehört, der Jaccus Tod angeordnet hat, ist für Efisio ein unmögliches Unterfangen. Dieser Mann war nicht betrunken, und er schien auch nicht bereit zur Reue gewesen zu sein.

Unmöglich? fragt er sich wieder und wieder.

Unmöglich? Das kann ich mir nicht vorstellen.

Und er greift wieder nach der Liste, dem Verzeichnis von Venanzio.

Mittlerweile ist der Mord an Tatàno in der Stadt in Vergessenheit geraten. Keine Familie weint Istèvini, seinem Gehilfen und Jaccu hinterher; sie waren zu arm, um sich Frau und Kinder leisten zu können. An Chillotti, den Juwelier, erinnern sich einige wenige noch, wenn sie an dem Geschäft in der Via Barcellona vorbeikommen – wo hinter dem Tresen der Sohn Manuel steht, der immer noch vor Angst zittert und sein Beben auf die Waage überträgt –, und gedenken seiner mit höflichen Beileidsworten.

Die Hitze ist im Juli Siegerin über alles andere; das Wasser in den Salinen verdunstet, die Becken sind gelb und überall gesprungen, Salzsteine bedecken den Boden. Der Sand bleicht aus. Die Mücken, so groß wie Schmetterlinge, aber mit kräftigeren Flügeln, führen ihre nächtliche Folterei fort. Alle fügen sich in ihr Schicksal und warten auf den Nordwind, der die giftigen Insekten mit sich fortreißen soll.

Efisio hat durch sein ewiges Vagabundieren – schuld daran ist sein Wandertrieb, der ihm zusammen mit seinen dunklen Farben von irgendwo weither zugetragen wurde –, sein Umherstreifen zwischen Salzseen und Meer, jener von der Malariamücke begrenzten Unendlichkeit, ein hartnäckiges Fieber bekommen, Schüttelfrost, Temperaturrückgang und Schwitzanfälle.

Mit dem Ansteigen des Fiebers hat sein Gehirn sich aufgebläht.

Das dick gewordene Blut Efisios ist so zäh, daß es die Ideen aus seinem Gehirn herausschwemmt, und so ist er sich nicht einmal mehr sicher, Efisio zu sein.

Weißgekleidete fremde Frauen betreten sein Zimmer, waschen ihn mit Wasser, in das sie Pfefferminzblätter gelegt haben, und wechseln die Laken.

Sie geben ihm einen Brei, der ein Wunderbrei sein soll, doch er schmeckt weder bitter noch süß, und er empfindet nicht einmal Angst, denn seine Sinne sind verschwunden, im Schweiß verendet. Er hat keine Ahnung, in welchem Teil des Raumes um seinen Körper herum er sich befindet ... Er teilt sich in Stücke ... Und kein *Ich, Ich, Ich* will ihm mehr über die Lippen.

Der Aufguß mit dem kasteienden Kraut ist bitter, aber er schmeckt es nicht.

Er betrachtet seine Hände ... Er hatte so schöne Hände, afrikanisch dunkel und mit rosafarbenen Nägeln ... Jetzt sind sie grau, die wahre Farbe der Krankheit.

Die beiden Frauen fahren fort, ihn zu waschen. Was wissen sie denn schon vom Schmutz?

Als das Licht, das durch die halbgeschlossenen Rolläden dringt, etwas von seiner grellen Boshaftigkeit verliert, wird auch Efisios Kopf wieder klarer, kehren die kleinen elementaren Ideen wieder zurück, und die Schwitzanfälle werden weniger heftig. Das Fieber geht. Eine erschöpfte Traurigkeit umfängt ihn, aber zugleich das Gefühl, der eigene Körper sei nun mehr als sauber, mehr als frei.

Efisio, bleich wie ein junger Märtyrer, geheilt durch den Aufguß aus stacheligen Zauberkräutern, versucht die Gedanken zu sortieren, die ihm in der Stille des Collegio San Giuseppe kommen, sich davonstehlen und sich schließlich klären.

Genauso methodisch wie er seine Fossilien katalogisiert, hat er zu jeder Bruderschaft aus Venanzios Verzeichnis eine kleine Legende aufgestellt. Nur eine Gruppe entwischt seinen Klassifizierungen, und es will ihm nicht gelingen, ihr einen Namen, eine Bezeichnung zu geben: Sie ist Bestandteil des Verzeichnisses, ihre Mitglieder tragen Kapuze, aber er weiß weder, warum, noch wer sie sind.

Venanzio hat sie mit Schlangenlinien in lilafarbener Tinte unterstrichen.

Diese Verbindung nennt sich Loggia Arcadia. Venanzio hat sie markiert und auf seine Weise die Aufmerksamkeit auf sie gelenkt, mit seinem typischen Handzittern, zwischen den Dokumenten des Domkapitels. Mehr hat er nicht getan; er hat nichts für Efisio aufgeschrieben, hat ihm nichts erklärt ... Es scheint sich um eine Bruderschaft ohne Ursprung und Herkunft zu handeln: Sie steht da in dem Verzeichnis, und das war's.

Doch er weiß, daß Venanzio nicht einfach so irgend etwas unterstreicht.

Girolamo Marini ist bester Laune, auch wenn die Hitze ihn stört und seine Bewegungen lähmt. Doch er hat den Knoten seiner Krawatte nicht gelockert und spricht auch nicht vom Wetter. »Siehst du, Efisio, dieses Jahr haben sie die Klinik von Gaetano Cima eröffnet ... Endlich! Die ganze Stadt betrachtet dieses Krankenhaus als einen Ort der Heilung der Körper, während dein Pater Venanzio mehr für die Seelen zuständig ist. Eine Art Heiligtum also, und du kannst dort nach deinen vier Jahren Studium in Pisa arbeiten, wenn du willst ... Ein modernes Krankenhaus! Und ich wäre froh zu wissen, daß du die Qualen deiner Nächsten zu lindern vermöchtest. An die Seelen werden schon die anderen denken. Morgen gehst du zu Professor Nonnis, dem Frauenarzt, und läßt dir erklären, was es heißt, seinen Doktor der Medizin zu machen, statt Friseur bei der Armee zu werden ... Und streich dir bitte die Tolle aus dem Gesicht!«

»Ja, Babbo.«
» … morgen.«
»Ja.«

Das Treffen mit Eugenio Nonnis findet zu einer angenehmen Uhrzeit statt – angenehme Uhrzeiten sind in der Stadt immer die, wenn die Sonne nicht brennt –, in seinem Büro im neuen Krankenhaus von San Giovanni.

Um neun Uhr ist Efisio dort; er läuft durch den mächtigen Säulengang und fragt beim Portier, wo er Professor Nonnis finden kann.

Der Arzt, ein kleiner Mann mit einem riesigen Schädel, empfängt ihn mit einem Wortschwall. Während des Redens hält er sein Kinn in der Hand, als wollte er seinem Hals helfen, den Kopf zu tragen, der der Kopf eines viel größeren Mannes ist. »Schau her, junger Marini!« Er zeigt auf einen Fleischklumpen, der in einem großen Glaszylinder in einer transparenten Flüssigkeit schwimmt. »Ein Fibrom von gigantischen Ausmaßen! Sieben Kilo! Ein wahrer Elefant! Und die Frau, an deren Uterus es sich festgesetzt hatte, lebt noch immer und denkt gewiß jeden Tag an mich! Sie denkt an mich! Das ist unsere Kunst, das! Diese Frau erinnert sich ganz gewiß den Rest ihres Lebens noch an mich!«

Die Stapel ungeordneter Papiere auf dem Schreibtisch des Geburtshelfers dienen dazu, auf die zahllosen Aufgaben hinzuweisen, die darauf warten, von diesem Zwerg mit dem Riesenschädel bewältigt zu werden.

»Ich ziehe meine Energien aus meiner Mission, und zwar so viele, daß ich sie glatt verkaufen könnte, mein Junge … Man braucht Kraft und Entscheidungsfreude … Ich habe Jahre damit verbracht, meine Zeit allein den Kranken zu widmen … Und immer gelernt, gelernt, gelernt … Aber ich würde alles noch mal genauso machen … Eine Kraftanstrengung, das ganze Leben ist eine einzige Kraftanstrengung, es muß eine Kraftanstrengung sein; egal, was man tut: Man sollte eine Kraftanstrengung dabei vollbringen … Meine Philosophie ist die der Kraftanstrengung. Ich habe da so meine Theorien; auch du wirst sie noch verinnerlichen, mein Junge, da bin ich ganz sicher.«

Der Arzt spricht, und Efisio schaut sich um und fragt sich, was er an diesem Ort soll.

Er sieht das Regal, das vollgestopft ist mit Büchern zu Anatomie und Krankheitsbildern der Frau. Das ein oder andere liegt geöffnet da, und er erblickt Bilder, die ihm obszön erscheinen. Doch plötzlich entdeckt er, genau vor der Nase von Nonnis, einen schmalen Band, dessen Titel für ihn auf dem Kopf steht. *Die Loge von Neapel* buchstabiert er.

»Wir alle haben Hände! Doch das Studium und die Ausbildung machen die Hände einiger weniger besonders wertvoll … Wir alle haben ein Gehirn … Doch es gibt Hirne und Superhirne …«

Efisio hat es aufgegeben, die Worte des Professors über die jungen Leute, die keine Kraftanstrengungen mehr unternehmen wollen, auch nur zu hören, doch der Geburtshelfer scheint dies nicht zu bemerken.

Loge! Endlich jemand, der weiß …

Schon wieder seine universelle Neugier. »Was ist die Loge von Neapel, Professore?«

Nonnis hält in seinem Wortschwall inne, dreht den riesigen Schädel in Efisios Richtung, nimmt das Buch und legt es in eine Schublade.

Die Frage an den redseligen Gynäkologen ist Auslöser für eine schnelle Beendigung des Vorstellungsgespräches; die Verabschiedung fällt wortkarg aus, doch immerhin erinnert Nonnis den jungen Mann noch einmal an die Notwendigkeit der Kraftanstrengung um jeden Preis, daß er es auch ja nicht vergesse.

Efisio eilt im Laufschritt nach Hause; er sucht noch nicht

mal den Schatten und denkt, daß diese Loge, was auch immer das genau sein mag, keine Einzelerscheinung ist, sondern daß es in Neapel, in Cagliari und vielleicht in vielen anderen Städten welche gibt... Und daß niemand darüber spricht, niemand... Und daß er immer noch nicht weiß, wozu eine solche Loge gut ist und was dort gemacht wird ... Laufen sie dort mit Kapuzen herum, foltern andere Leute und suchen nach Schätzen? Werden sie von der Polizei in den verschiedenen italienischen Königreichen verfolgt? Und dann Nonnis, was hat er mit ihnen zu tun ...? Und was für eine Kapuze man wohl braucht für so einen riesigen Schädel ...?

Plötzlich hält er im Laufen inne ... *Warum renne ich so? Warum gehe ich nicht in meinem normalen Tempo nach Hause zurück, pflücke mir ein paar Feigen vom Baum, setze mich auf meinen Maulesel und reite zum Kap?*

Er bleibt im Schatten eines Baumes stehen, in dem die von der Hitze verrückt gewordenen Spatzen einen Lärm veranstalten, daß seine Gedanken ganz durcheinanderwirbeln, noch mehr ... Er schwitzt ... Er findet keine Ordnung, und aus einem ganzen Sammelsurium unmöglich zu sortierender Gedanken heraus erreicht ihn ein Gefühl wie das von einem unsicheren Leben, ohne jede Genauigkeit, Präzision ... Ihm wird schwindelig, er lehnt sich an den Baumstamm; er fühlt sich wie jemand, der fallen wird, aber nicht fällt, wie jemand, der die Besinnung verlieren soll, aber nicht verliert ...

Wieder der Wunsch zu laufen und zu laufen ... Er hat verstanden ... Er hat verstanden und behält das Geheimnis für sich. *Die Pestkranken essen Goldbrassen.*

Reginaldo ist verärgert und gebraucht die härteste und strengste Stimme, die er hat. »Die Loggia Arcadia? Was weißt du denn schon davon? Efisio, hör zu, ich habe immer ein offenes Ohr für dich gehabt und habe dir auch geholfen ... Aber jetzt bist du dabei, dir heftig die Finger zu verbrennen! Paß bloß auf!« Während seiner Standpauke hat Canelles Efisio nicht einmal ins Gesicht geschaut, sondern nur auf seine auf Hochglanz polierten Stiefel geblickt.

Efisio ist sich nicht bewußt, daß sein dringender Wunsch, zu handeln und sich zu äußern, eine betäubende Wirkung auf ihn ausübt. Seit ihm all diese seltsamen Dinge widerfahren sind, hat er – wie ein Gegengift – ein unwillkürliches, unaufhaltsames Bestreben entwickelt, ihnen auf den Grund zu gehen und sie in Zusammenhänge einzuordnen, und dieser Impuls ist so stark, daß er darüber jede Angst, jede Gefahr und jedes Leid vergißt. »Sie haben durchaus Ihre Vorteile daraus ziehen können, daß Sie mir zugehört haben, Signor Maggiore – verzeihen Sie, wenn ich Sie daran erinnere. Ich bin vielleicht noch ein Junge, aber ich habe Augen im Kopf, um zu sehen.«

»Mehr als das, du hast mehr als das getan! Du hast gehandelt ... Das war's doch, was du wolltest! Aber jetzt ist Schluß damit. Auf jeden Fall kann ich dir keine Informationen über die Loggia Arcadia geben! Da spielt Politik eine Rolle, das Parlament von Turin, der Minister Cavour ... Große Dinge, die sich weit über den Köpfen von uns armen Insulanern abspielen ... und natürlich erst recht über deinem Kopf, Efisio! Ich begnüge mich mit dem, was ich habe ... Das solltest du auch tun ... Widme dich deinem Studium, geh weg von hier ... Weit weg ... Was da bisher passiert ist, war bloß eine Art Vorübung, gewaltig, groß, aber eben nur eine Vorübung ... Diese Stadt ist eine Stadt der gesenkten Häupter ... Ein Volk der Unterdrückten ... Sie haben sogar Angst, sich umzuschauen ... Das ist hier kein Ort für Ausnahmen von der Regel ...«

Die Tolle hängt ihm über die Augen, während Efisio seinen Worten lauscht, doch innerlich hat er sich längst entschieden – vielleicht ist es genau diese Entschiedenheit, die Girolamo fürchtet. »In Ordnung, Maggiore. Ich bin kein Junge mehr, aber auch noch kein Mann, da haben Sie recht. Doch ich« – dieses *Ich* ist ihm herausgerutscht – »ich habe die Fakten in eine Ordnung gebracht ... Ich meine, ich habe gedacht, was mein Kopf mir zu denken vorgibt ... Das hat alles mein Kopf gemacht: Ich ...« – ein weiteres herausgerutschtes *Ich* – »ich weiß, wo sich der Schatz der Familie Boyl befindet!«

Der Maggiore springt von seinem Stuhl auf, läuft um den Schreibtisch herum und tritt ganz nah vor Efisio, so daß dieser sein Lavendelparfum riechen kann und an das erleuchtete Fenster und Marianna denken muß. Reginaldo lächelt, doch sein Lächeln zwingt zum Strammstehen, wie ein Kragenspiegel oder ein Offiziersabzeichen. »Und wo befindet sich dieser Schatz?«

»Im Meer.«

Canelles schaut ihn an, und er begreift, daß er vor sich einen erwachsenen Mann hat, der sich hinter der Maske eines Jungen verbirgt, und daß die Schlauheit Efisios genauso weit entwickelt ist wie sein sonstiges Innenleben. Und er versteht auch diese Antwort – »Im Meer« bedeutet: *Wenn Sie mir alles über die Loggia Arcadia erzählen – aber Vorsicht: wirklich alles! –, dann lasse ich Sie auch den Schatz finden, so wie ich sie den Ring in Tatànos Innereien habe finden lassen, den Sie ohne mich, lieber Maggiore, ganz gewiß nicht aufgespürt hätten.*

Dann denkt er an Marianna. Eine schwierige Angelegenheit ... Wie gern säße er neben ihr am Eßtisch ... würde ihr alles erzählen, und sie würde ihm zuhören, oben in der Altstadt ... Die frische Luft ... Aber plötzlich ist da der Geruch nach Blut, der sogar bis dort oben hin gelangt ... Schwindel ... Gefahr ... Gefahr ...

Und wieder heftet er seinen Blick auf Efisio.

Efisio denkt an seinen Vater ... Er denkt, daß der Vater Bündnisse und Vereinigungen nicht leiden kann. Sein Bund ist die Familie, sie ist genauso groß wie andere Vereinigungen, aber solider, sie ist Teil einer viel größeren Vereinigung. Und außerdem: Girolamo hat auch seine Ideen, aber er hat nicht das Bedürfnis, sie vor anderen auszubreiten, sie wie in einem gemeinsamen Gebet herunterzuleiern. Er denkt lieber für sich alleine so wie Efisio.

18

Serafino Ampurias ist Herr über die größte Setzerei der Stadt, und doch sind seine Hände immer farbverschmiert. Er ist vierzig Jahre alt und hat ein so nichtssagendes Gesicht, daß es selbst den Photoplatten von Delessert entwischt. Einem Zeichner, selbst einem sehr aufmerksamen Zeichner, würde es nicht gelingen, seine Züge zu skizzieren und sie festzuhalten; nicht ein Kopf und ein Gesicht würden auf dem Papier erscheinen, sondern lediglich eine Anhäufung von Einzelteilen, die man auf jeden beliebigen Körper setzen könnte, ohne daß der Körper dies bemerken oder sein Verhalten ändern würde. Die Kleider entsprechen dem Gesicht und auch die Stimme und die Gewohnheiten. Das einzige charakteristische Merkmal – von dem er sich nicht befreien kann – sind diese stets farbverschmierten Hände.

Was können wir über Ampurias in Erfahrung bringen, wenn seine inneren Eigenschaften sich nicht nach außen hin zeigen und sich nicht in einem Gesicht widerspiegeln, das zu seinem Charakter paßt, wie es bei anderen Leuten der Fall ist?

»Maggiore Canelles! Ich bin empört! Das ist jetzt schon die dritte verweste Goldbrasse, die mir hübsch verpackt zugestellt wird – die dritte in drei Tagen! Jedesmal habe ich sie vor der Tür der Setzerei gefunden; so wie die stanken, habe ich das schon von der Treppe aus gerochen. Das ist der Grund, warum ich heute hier bei Ihnen bin, zumal ich es für meine Pflicht halte, Sie zu informieren. Es könnte sich um eine Drohung handeln, in Zeiten wie diesen – man denke an den armen Tatàno und all das... Auch wenn ich da keinen Zusammenhang sehe.«

Der Major zupft seine Manschetten zurecht. »Das geht mir ähnlich, Ampurias. Natürlich könnte hier rein theoretisch ein Zusammenhang mit dem Mord an Tatàno vorliegen. Diese verdammten Goldbrassen: Seit eine von ihnen in dieser Hafenspelunke auf seinem Teller gelandet ist, hat das Fischzeug mehr Tote auf dem Gewissen als die Pest.«

»Aber warum schickt mir jemand diesen Fisch? Was habe ich mit Goldbrassen zu tun? Und dann schicken sie mir auch noch halbverwesten Fisch. Das soll doch nicht bedeuten, lieber Maggiore, daß mir jemand das gleiche Ende bereiten will wie diesem Tatàno und all den anderen?«

Canelles heftet seinen Blick auf Serafino und hat das unangenehme Gefühl, ins Leere zu schauen. »Die Loge, Ampurias, die Loge, deren Operhaupt Sie werden wollen: Sie unterstützt die Cavour-Anhänger in der Stadt, nicht wahr? Oder irre ich mich da?«

»Nein. Sie irren sich nur in dem Punkt, als Sie behaupten, ich wolle ihr *Oberhaupt* werden, wie Sie es nennen.«

»Die Loge befindet sich in großen finanziellen Schwierigkeiten, nicht wahr?«

»In diesem Fall irren Sie sich nicht.«

»Und ein Schatz könnte diese Probleme lösen ... Vielmehr: Ihre persönlichen Probleme, die Vorherrschaft über achtunddreißig Personen, die Sie oder sagen wir: Ihr Talent schätzen, enge Kontakte zum Kontinent herzustellen, aber ...«

»Aber?« Ampurias zeigt noch weniger Ausdruck als sonst. Er versteckt sich, wie der Tintenfisch, der zwischen den Felsen seine Farbe wechselt. Warum werden diese Fragen alle ihm gestellt, der er nicht das Oberhaupt der Loge ist? Sollen sie sich doch an Nonnis wenden!

Canelles fährt fort mit seinem Verhör. Er versucht Serafino mit seinen Blicken festzunageln, doch das stellt sich als schwierig heraus; er hat das Gefühl, in eine dunkle Zisterne hineinzuschauen. »Aber hier haben wir es mit zweierlei Problemen finanzieller Art zu tun, die kaum zu lösen sind durch Ihr Vermittlungsgeschick, das Ihnen, soviel ist sicher, gewiß manchen Kredit verschafft, aber eben keinen unbegrenzten Kredit. Außerdem drängt die Zeit. Der Abgeordnete Cavour braucht die Unterstützung des gesammelten Bürgertums des Königreiches. Auch auf dieser erbärmlichen Insel hat er die Seinen mobilisiert.«

Serafino hat alle seine Züge verwässert. »Und? Es scheint mir nichts Verwerfliches daran, den Abgeordneten Cavour zu unterstützen ... Und auch nicht daran, Gelder für seine Sache zu sammeln ... Jedenfalls ist das noch lange kein Grund, einem halbverweste Goldbrassen vor die Haustür zu legen ...«

»Ampurias, die Freimaurer sind ganz wild auf Gold- und Silbermünzen. Doch auf welchem unserer kargen Felder wachsen hier genug Reichtümer, um das Vorhaben des Abgeordneten Camillo Benso Conte di Cavour zu unterstützen? Und warum haben Sie mich rufen lassen? Nur um mir eine verweste Goldbrasse zu zeigen?«

Canelles, der kurz den Blick abgewendet hatte, meint vergessen zu haben, wie Serafino aussieht, und ihm bleibt nichts anderes übrig, als ihm erneut ins Gesicht zu schauen. Normalerweise ist die Stimme von Ampurias in Gesprächen genauso farblos wie sein Gesicht, aber nun entfährt ihm ein drohender Ton, und er zieht für einen Moment den Kopf aus dem Sack: »Maggiore, man kann nie wissen ... Bei all dem, was hier passiert, könnte doch durchaus der ein oder andere sein Vertrauen in den Staat verlieren ... Sogar jemand, der ihm bislang so treu gedient hat wie Sie.«

»Selbstverständlich. Immer, wenn es an der Spitze einen Machtwechsel gibt, werden auch solch unbedeutende Männer wie ich ausgewechselt. Doch wer weiß, wie viele Goldbrassen Sie bis dahin noch erhalten werden, mein lieber Ampurias ... Machen Sie es gut, und passen Sie auf sich auf!«

Serafino bleibt allein zurück, wie er es am liebsten mag, und tatsächlich verändert sich seine Physiognomie ein wenig, obwohl er keine hat.

Unter der heißen Sonne schwitzend kehrt Canelles zurück in sein Büro in der *Reale Udienza*; immer wieder wischt er sich mit einem Taschentuch Gesicht und Hals ab, ohne auch nur einen Knopf seiner Uniformjacke zu öffnen. Kaum hat er hinter seinem Schreibtisch Platz genommen, läßt er auch schon den Carabiniere Tandino kommen.

Marco Tullio Tandino ist der Sohn von Bauern aus einem Dorf nahe Cagliari, das berühmt ist für seine Artischocken. Ein magerer Jüngling mit vor Hunger eingefallenen Wangen; ein Hunger, der seit Generationen die ganze Familie peinigt und den die Artischocken nicht zu stillen vermögen. Marco Tullio leidet in der Kaserne zwar keinen Hunger mehr, doch die Male, die auch sein Sohn tragen wird, sind ihm geblieben, außerdem haßt er Artischocken.

»Tandino, du mußt dir deine Uniform ausziehen und heimlich Serafino Ampurias beschatten, den Typographen. Paß auf, daß er nicht Verdacht schöpft, er ist intelligent und schlau wie ein Fuchs ... Du mußt ihn überallhin verfolgen.«

»Keine Angst, ich werde ihm so eng auf die Pelle rücken wie eine Zecke bei einem Hund.«

»Nein, nein, das wäre zu eng.«

Tandino überlegt. »Dann wie ein Hund bei einer Herde Schafe.«

»Sehr gut, Marco Tullio, so ist es richtig.«

»Carminetta, jetzt weißt du alles, was ich auch weiß.«

Ihr ist der Schweiß ausgebrochen während Efisios Bericht.

Ihr Jungmädcheninstinkt, dem sie blindlings vertraut, hat es ihr schon immer gesagt: Dieser Jüngling, der stundenlang in den engen Gassen des eigenen Gehirns abtaucht, verfügt über eine Kraft, die ihn in die Dinge eintreten und sie auch gegen ihren Willen bewegen läßt. Ja, er bringt die Begebenheiten ins Wanken, die sich in dieser Gegend hier, wenn man sie nicht anstößt, niemals von der Stelle rühren. Die Überlegungen ihres Geliebten haben für sie noch den verborgensten Winkel dieser schrecklichen Geschichte erhellt, die so viel Unruhe über die Stadt gebracht hat. Ihr knochiger Verlobter erscheint ihr plötzlich wie ein Medium, das Sternbilder lesen und astronomische Phänomene deuten kann.

Der Kapernstrauch wächst und gedeiht; jeden Tag wird er üppiger und drängt mehr und mehr aus dem Mauerspalt heraus, weil die beiden jungen Leute ihm eine solche Energiequelle sind.

»Efisio!« Im Schatten des Kapernstrauchs staunt Carminetta: »Ich kann es nicht glauben! Du weißt, wo sich der Schatz befindet ... Du weißt sogar, wer Chillotti umgebracht hat, den armen Chillotti! Alle meine Marienmedaillons hat Mama bei ihm gekauft. Jetzt kann er nur noch den Engeln Medaillons verkaufen.«

»Babbo meint ja, er verkauft sie dem Teufel ... In seinen Augen war Chillotti ein Wucherer, der sogar den eigenen Sohn verkauft hätte ... Und er meint auch, daß in dieser Stadt nur Ladenbesitzer wohnen, die nichts von Politik und Poesie wissen wollen ... Und daß die Ereignisse von 1848 sowieso niemanden hier interessieren ... Canelles ist auf meiner Seite, weil er sich bereits in einer Oberstenuniform vor einem großen Spiegel wähnt. Meine Überlegungen zu dem Ring in Tatànos Bauch haben ihn wohl ziemlich beeindruckt ... Und jetzt lasse ich ihn am langen Arm verhungern: Ihm ist völlig klar, daß ich Dinge weiß, die er nicht weiß und an die er ohne mich nicht rankommt ... Canelles ist immer so elegant und poliert, vom Scheitel bis zur Sohle, und er muß sich ständig der Welt zeigen. Deshalb achtet er auch immer darauf, ein gutes Verhältnis zum Richter, zum Bischof und zu anderen Leuten zu haben, die er für wichtig hält. Doch sobald du ihm ein Indiz unter die Nase hältst, sagt ihm seine Intuition sofort, ob es von Bedeutung ist oder nicht – das muß man ihm lassen. Er wird uns noch eine wertvolle Hilfe sein, du wirst schon sehen. Und er ist ein Ehrenmann. Pater Venanzio hat mir beigebracht, wie man sich vorurteilsfrei seine eigene Meinung bildet, und ich bleibe dabei: Canelles ist ein Ehrenmann.«

Carminetta ist glücklich: »So einen Geist wie du hat hier niemand in dieser Gegend ... Ich kann ihn regelrecht vor mir sehen ...« Plötzlich unterbricht sie sich und fährt in einem anderen Ton fort: »Aber diese Freimaurer von der Geheimloge, das sind doch alles Männer, oder? Ich meine, Frauen dürfen da doch nicht Mitglied werden, oder?«

»Nicht, daß ich wüßte.«

»Keine Frauen?«

Der Kapernstrauch schwankt. Sie spüren die Gefahr nicht, die von allen Seiten droht – außer hier.

Ampurias bereitet sich einen beruhigenden Aufguß vor, denn ohne seinen Kräutertee würde er niemals Schlaf finden.

Doch kann dieser so süß und lindernd sein, wie er will, er vermag trotzdem nicht, ihm einen guten Gedanken zu bringen.

Die Bösartigkeit, jene verrückte und organisierte Bösartigkeit, ist für Serafino wie Teil des eigenen Körpers; sie befindet sich freilich nicht an einem bestimmten Ort, sondern wie das Blut zirkuliert sie überall.

Eine extreme Genügsamkeit ist nichts, dessen man sich rühmen könnte, doch er glaubt das schon.

Er glaubt, daß ein Ideal zu besitzen nicht zum Gutsein verpflichtet. Im Gegenteil, er ist davon überzeugt, daß nur Schmerz und Blut zu einem ehrenvollen und eindeutigen Ergebnis führen.

Daher erteilt er sich die Absolution, denn schließlich geht es ihm nicht um das eigene Wohl. Also keine Beichten, keine Engel, Heiligen, Statuen und nicht einmal der geheuchelte Großmut der Barmherzigen. Er ist unverwundbar, glatt wie Marmor. Er bringt seine Opfer nicht einfach um. Wie seine Hirtenvorfahren opfert er sie, weil dies eine Notwendigkeit darstellt. Das ist nicht das gleiche wie Töten, denkt er.

19

Schon den ganzen Tag bekommt Venanzio nur schlecht Luft, und die Spitzen der Dornenkette sind sein Geheimnis, das er wie ein Aufputschmittel einsetzt. Er hat den unbedingten Willen, sich gegen seinen Gegner aufzulehnen, den Mann, den er als seinen Widerpart ausgemacht hat, und die Vorstellung, ihn zu besiegen – wie ein Narkotikum wirkt sie gegen den schmerzhaften Druck des Bußgürtels und jedes andere Leid –, diese Vorstellung hat er so lange genährt, bis sie ihm so strahlend und ebenmäßig erschienen ist wie der weiße Turm, den er vom Kloster aus sehen kann.

»Die Loge ... Die Loge stellt keine Gefahr dar ... Alles völlig harmlose Namen ... Im Höchstfall nehmen sie den Leuten das Geld aus der Tasche, schikanieren sie, Anwälte, Ärzte, Richter ... Die üblichen Verdächtigen auf der ganzen Welt ... Aber einer ist dabei, der ...«

Efisio hat immer schon leicht um Venanzios schwerelose Stimme gefürchtet, denn er begreift nicht, woher sie kommt. »Pater Venanzio, geht es Ihnen nicht gut? Aber wenn es Ihnen so schlecht geht, warum lächeln Sie dann?«

Ja, bei der Vorstellung, seinen Gegner zu schlagen, lächelt Venanzio immer, auch wenn er allein ist. Mit dem wirren Haar, der gebeugten Haltung, dem halb belustigten, halb wütenden Blick kann er einem wirklich Angst einjagen. »Es gibt da einen Mann ... in dem Verzeichnis ...« Er unterbricht sich und faßt sich an die Brust. »... einen Mann, vor dem man sich in acht nehmen muß ... Wir tragen unsere Namen nicht von ungefähr, sie sind kein

Zufall ... Die Namen kommen von der Familie und bleiben in der Familie ... Die Namen bestimmen alles, weil sie andauern, sie werden nicht gebrechlich, sie altern nicht, sie bleiben immer dieselben ... Die Namen überdauern ... Und wenn jemand stirbt, stirbt der Name nicht mit ... Der Großvater dieses Mannes hieß genauso wie er ... Und er, der er keine Kinder hat, wird einen einzigen Sohn auf die Welt bringen, damit der Name weiterbesteht ... So etwas nennt man Fortpflanzung. Ihm genügt irgendeine Frau, die er sofort wieder vergessen wird, und die Mama, wenn sie den Sohn mit dem gleichen ausdruckslosen Gesicht wie das des Vaters sieht, wird sich erschrecken und ihn irgendwo aussetzen, wo der Vater ihn ausfindig machen und zu sich nehmen wird ... Und er wird ihn aufziehen, wie man einen Mörder aufzieht: mit fast nichts.«

Venanzio überreicht Efisio eine Dorne; sie ist groß und giftig.

»Sein Name, Pater Venanzio ...«

Efisio geht nach Hause zurück, doch sein Gang ist nicht der eines Mannes, der sich auf den Heimweg begibt, sondern der ziellose Gang von jemandem, der völlig in Gedanken versunken ist.

Mittlerweile ist er überzeugt, daß die Fakten – wie alle Dinge, die Venanzio ihn aufschreiben ließ – sich in die höhere Ordnung in seinem Heft eingliedern können, in dem er bereits Ereignisse und Geschichten von weit größerem Ausmaß als jene notiert, festgehalten und einsortiert hat. Ja, man muß die Handlungen nur rekonstruieren, dann finden sie schon ihre Ordnung.

Er hat lediglich das Bedürfnis weiterzulaufen, den ganzen Tag zu laufen, vielleicht zu Fuß bis zum Kap zu gehen – und jedes Ding wird, ohne Getöse zu verursachen, seinen ihm gebührenden Platz finden. Der Lärm, den ein skandalöses Ereignis verursacht, betäubt einen nur, wenn man nicht zu begreifen vermag.

Aber – Efisio hält im Gehen inne, ratlos und fragend – wenn alles verstanden und geordnet ist, warum hat er dann immer noch dieses Gefühl der Unsicherheit, auch was seine eigenen Sinne betrifft? … Diese Zweifel, dieses Sich-Nicht-Sicher-Sein über das eigene Vorgehen?

Er nimmt seinen Weg wieder auf.

20

Über die Usancen im Hause Marini gibt es keine Diskussionen. Nicht einmal die Bewohner des Hafenviertels haben jemals Anstalten in diese Richtung gemacht – über die Familie wird einfach nicht gelästert oder geklatscht.

Als Girolamo am Morgen zu Fuß durch die Gassen geht, die alle irgendwann am Hafenbecken enden, hält niemand seinen Redingote und seine Krawatte für überheblich: Seine ganze Persönlichkeit rechtfertigt diesen Aufzug. In den Augen der ausgemergelten Gepäckträger, der salzverkrusteten Fischer und sogar der fleischigen Büroangestellten ist er berechtigt, sie durch sein Vorbild zu erziehen, auch wenn sie längst erwachsen und keine unmündigen Kinder mehr sind.

Daher ist, wenn Girolamo abends das Büro verläßt und sie ihn nach Hause zurückkehren sehen, der Tag für sie alle auch beendet.

Doch in diese Geometrie hat sich seit einiger Zeit eine Abweichung eingeschlichen, die nicht mehr mit dem Rest harmoniert. Girolamo ist sich bewußt, daß Efisios Begabung die Proportionen dieses seines Systems aushebelt, und er hat eine dumpfe Vorahnung – heute geht er nicht ganz so aufrecht wie sonst –, daß der Sohn mit all seinem Suchen und Stöbern – gut, ja gewiß, auch edelmütig – am Ende auf eine einzige Schlußfolgerung stoßen wird, und diese Schlußfolgerung wird Trauer heißen.

Auf jeden Fall wird der Geruch nach Fäulnis, solange es ihn, Girolamo, gibt, nicht in ihr Haus eindringen, soviel ist sicher. Soll der Müll der Stadt doch weiterhin durch die stinkenden Querrinnen fließen, in denen manch einer nach Essensresten sucht und manch anderer schon mal einen Ring findet. Er hält sich diese Dinge und diese Leute vom Leib.

»Ja, Signor Marini, Ihr Sohn schlägt Funken ... Und diese Funken brennen und entzünden Feuer! Wir müssen aufpassen ... alle miteinander aufpassen.«

Girolamo gießt ein weiteres Gläschen Rosolio für Major Canelles ein. Er ist besorgt, unruhig und erschreckt über den Ungehorsam von Efisio, diesem Sturkopf, der die Begebenheiten in lauter kleine Teile seziert, sie wie unter der Lupe betrachtet und dann wieder zusammenfügt. Er fühlt ganz deutlich die Gefahr drohen und empfindet einen Schmerz, der ihn wütend werden läßt.

Der Moment, an dem die Familie, hochgepäppelt und erwachsen geworden, ihrer eigenen Wege gehen kann, ist noch lange nicht gekommen. Noch stellt er die Autorität im Hause dar, noch hat er das Sagen.

»Also, Maggiore, Efisio hat tatsächlich all diese Dinge getan? Er hat heimlich einen Mord beobachtet, hat das Rätsel mit den Pestkranken gelöst, die Goldbrassen essen, – und in der Zwischenzeit zermartern sich die Mörder noch immer den Kopf, was zum Teufel dieser Spruch bedeuten könnte. Und dann hat er Sie auch noch auf einen Mann aufmerksam gemacht, den er des Mordes an Jaccu Bisesti verdächtigt, und hat die Ehrenmänner der städtischen Loge in Aufruhr gebracht?«

»Ich werde Ihnen noch mehr erzählen: Er hat mich auch davon überzeugt, daß der Verdächtige in der Tat der wahre Schuldige ist ...«

»Und wie ist er darauf gekommen?«

»Ich weiß es nicht ... Ich weiß es nicht, aber er hat mich überzeugt ...«

»Was geschieht hier ... was geschieht hier bloß?«

»Wir wissen nicht, was sich dahinter verbirgt ... Ich glaube, Politik und ein paar persönliche Interessen. Das macht alles nur noch schwieriger.«

Girolamo hat plötzlich ein Bild von der ganzen Familie vor Augen, wie sie um den Eßtisch versammelt sitzt, und wer weiß, warum, plötzlich denkt er zum ersten Mal, daß ein Platz am Tisch frei bleiben könnte. »Ich habe Angst, Maggiore, ich habe Angst. Ich mache mir Sorgen um Efisio, um die Kinder, um Fedela ... Aber wie ist er bloß darauf gekommen?«

»Das hat er mir nicht gesagt. Aber denken Sie nur an seine Vermutung, daß Tatànos Bauch eine Schatzkiste sein könnte, und an all die anderen Dinge ... Alles hat gestimmt, alles war genau wie von ihm vorhergesehen. Er dürfte übrigens jeden Moment hier auftauchen. Er hat mich gebeten, mit Ihnen zu sprechen, weil er wohl Angst vor Ihren Bestrafungen hat: ein kleiner Junge mit den Ideen eines erwachsenen Mannes. Er hat versprochen, in Ihrem Beisein alles zu enthüllen, was er weiß, auch das, was er mir bisher nicht erzählen wollte.«

Efisio betritt pünktlich Girolamos Arbeitszimmer. Seine Haut ist von der Julisonne dunkler gebräunt als gewöhnlich, sein Haar ist gekämmt, sein Gesicht ernst. Unter dem Arm trägt er zwei Bücher.

Girolamo begrüßt ihn nicht, Canelles hingegen lächelt ihm zu.

Er fängt sofort an. »›Die Pestkranken essen Goldbrassen‹ – diesen Satz hat Istèvini seinem jüngeren Bruder Jaccu gesagt, als der dabei war, ihn wegen des verfluchten Diamanten umzubringen. Und wissen Sie, was das bedeutet? Er hat sich auf einen Ort bezogen, an dem es Goldbrassen im Überfluß gibt, einen geheimen Ort, den er von seinem Vater her kannte, und dieser kannte ihn wiederum von Istèvinis Großvater ... Dieses Geheimnis war der einzige Besitz des ältesten Sohnes der Familie Bisesti, sein Leben: ein Ort, an dem er Goldbrassen in Hülle und Fülle fangen konnte, die er anschließend in seinen Weidenkörben auf den Markt brachte. Doch Jaccu hat es nicht begriffen.«

Girolamo schaut ihn an und hört ihm zu, tatsächlich aber sieht er bloß einen winzigen, braungebrannten Rotzlümmel, der im Haus herumtollt und noch kaum ein Wort richtig aussprechen kann – er hat sehr spät mit dem Sprechen begonnen –, einen kleinen Jungen, der schwimmen lernt oder sein erstes Buch liest ... Er wirft einen flüchtigen Blick in den Spiegel, der an der gegenüberliegenden Wand im Arbeitszimmer hängt ... Und jetzt sitzt er hier, dieser Sohn, mir die Wahrheit zu verkünden. Er denkt, daß Efisio aus der Nähe betrachtet viel Ähnlichkeit mit Fedela aufweist, lauter Details, und ihm fällt ein, daß Fedela darüber gar nicht glücklich ist und noch schweigsamer wird als sonst, wenn jemand diese Übereinstimmung feststellt. Warum das so ist, versteht er nicht.

Efisio schlägt ein schmales Büchlein auf. »Es handelt sich um ein altes Sprichwort aus der Zeit, als die Pestepidemie in unserer Stadt ausgebrochen ist, im Jahr 1564. ›Die Pestkranken essen Goldbrassen‹ ... Damals wurden die Pestkranken in Lazarette verbannt, und wenn sie zu fliehen versuchten, wurden sie von den spanischen Soldaten getötet. Ein gewisser Dr. Tomás Porcell war für sie zuständig, einer, der eine Salbe gegen Pestbeulen auf der Haut erfunden hatte. Doch die inneren, jene tödlichen, konnte nicht mal er behandeln ...«

Irgend etwas braucht Girolamo, um deutlich zu machen, daß er das Sagen hat: »Nicht abschweifen, Efisio.«

Efisio zwirbelt seine Haartolle zwischen den Fingern. »Was taten die Pestkranken im Lazarett? Was tut ein

Mann, der seine Nahrung weder im Boden findet, noch aus der Luft nehmen kann? Nun, Babbo, er sucht sie im Meer, zudem er es genau vor sich hat, das Meer. Als einziges ist es ihm nicht verwehrt. Und was findet er im Wasser? Goldbrassen, Unmengen von Goldbrassen; alle Pestkranken haben sich davon ernährt. Hin und wieder überlebt einer, wird gesund und verbreitet den Satz: ›Die Pestkranken essen Goldbrassen‹.«

Girolamo springt auf. »Efisio, willst du mir damit etwa sagen, daß die tödliche Goldbrasse den Ring in dem Wasserstück vor dem Lazarett verschluckt hat? Und daß sich dort auch die anderen Juwelen befinden? Der Schatz der Familie Boyl? Ist es das, was du mir damit sagen willst?«

Efisio spricht wie beseelt, als wäre er tatsächlich ein Medium, und er hebt den Zeigefinger gen Himmel. Girolamo hat ihn dies noch nie tun sehen, und – ein völlig neues Gefühl – er verspürt plötzlich den Wunsch, einen Olivenzweig zu nehmen und auf diesen Finger zu schlagen. »Dort gibt es eine Untiefe: Der Boden ist relativ flach, und es gibt scharfe Felskanten, an denen sich die Kiele der dort vorbeifahrenden Schiffe aufreiben. Im Falle Boyl hat sich ein heftiger Südwind gegen das Schiff gestemmt, das – nur wenige Meilen von der Stadt entfernt – mitsamt der Marchesa, den Seeleuten und dem Familienschatz auf Grund ging.«

Der Vater hat das Gefühl, eine Last drückte seine Schultern nieder und ließe seinen Rücken krumm werden. Canelles empfindet Neid, aber dieser Neid ist nicht weiter von Bedeutung.

»Es gibt Unterlagen dazu, Babbo. In diesen Büchern ist alles haarklein verzeichnet. Die Kapuzenträger haben aber keine Ahnung davon. Leider habe ich nicht rausfinden können, an welcher Stelle genau Istèvini mit seinem Gehilfen heimlich gefischt hat. Ich habe mir den Kopf zerbrochen, hin und her überlegt – genau so, wie Sie es mir beigebracht haben, Babbo ... Erinnern Sie sich an die Ladung mit dem Guttapercha, die vor sechs Monaten eingetroffen ist? Wir haben das Zeug nie verkauft, es befand sich die ganze Zeit am Lager.«

»Ja.«

»Gut ... Also, zusammen mit Salvatore, der, wie Sie wissen, sehr geschickte Hände hat, habe ich aus der Gummimasse einen Zylinder geformt. An einer Seite des Zylinders habe ich eine Glasplatte befestigt. Ein Ausländer hat dieses Prinzip erfunden ... Pater Venanzio hat es mir in einem Buch gezeigt ...«

Girolamo fühlt sich erschöpft. »Salvatore hat dir geholfen?«

»Hören wir uns erst mal die ganze Geschichte an. Und was war dann?« Canelles ist ungeduldig.

»Dann bin ich mit meinem Boot an die Stelle vor dem Lazarett gesegelt, wo das Meer eine himmelblaue Farbe hat, weil der Boden so flach ist, und dort habe ich den Zylinder mit der Glasplatte voran im Wasser versenkt. Durch die andere Öffnung hindurch habe ich auf den Grund geschaut: Es war alles ganz klar – das können Sie sich nicht vorstellen! Aber vor allem gab es Fische, Unmengen glücklicher Fische, die sich dort tummelten. Ich bin den ganzen Morgen dageblieben. Sie müßten das mal sehen, Babbo, Sie müßten das wirklich mal sehen! Es sind nur wenige Meter Wasser bis zum Grund, doch die Untiefe ist weitläufig ... Ich allein kann das gar nicht alles absuchen.«

»Wie, du allein schaffst das nicht?«

»Aber jede Menge Fische habe ich gefunden ... Jedenfalls handelt es sich eindeutig um den Ort, an dem Istèvini immer fischen ging.«

Girolamo möchte die Antwort eigentlich gar nicht hören: »Was für Fische?«

Efisio spricht wie ein beseelter Poet: »Goldbrassen, Babbo, Myriaden von Goldbrassen, ganze Heerscharen silbrig glänzender Goldbrassen, die sich unendlich vermehrt haben müssen, seit Istèvini dort nicht mehr fischt. Richtig übermütig waren diese Goldbrassen, wie sie da hin und her flitzten, sprangen und den ganzen Tag herumtollten, ohne daß sie Angst haben mußten, von irgendwelchen Angelhaken oder Fischernetzen aufgescheucht zu werden.«

Canelles streicht glättend über seinen Schnurrbart. »Sehen Sie, ich hatte recht, Signor Marini! Ihr Sohn hat den ganzen Vorgang perfekt hergeleitet ... und nun haben wir die Erklärung. Ich habe Ihnen doch erzählt, daß Serafino Ampurias sich bei mir beschwert hat, ihm würden ständig halb verweste Goldbrassen vor die Tür gelegt ... Die Gefahr kommt von dort ...«

»Maggiore!«

»Ich weiß, ich weiß, das ist nicht schön und auch nicht richtig so ... Machen Sie mir bitte keine Vorwürfe ... Efisio, Sie und Ihre Familie werden jeden erdenklichen Schutz erhalten. Wir haben es hier mit einem frei herumlaufenden Mörder zu tun, und es ist meine Pflicht, alle meine Möglichkeiten auszuschöpfen, ihn dingfest zu machen.«

»Aber die Sicherheit meiner Familie ...«

»Ich habe es Ihnen doch schon gesagt: Sie werden Tag und Nacht bewacht werden. Das garantiere ich Ihnen ... Die Staatsanwaltschaft des Königsreiches läßt mir da sämtliche Freiheiten.«

Niemand sagt ein Wort. Endlich fragt Girolamo: »Aber warum sollte man Serafino Ampurias verdächtigen? Zumindest ist er jemand, der an etwas glaubt. Er glaubt an die Politik, ein freier Mann ... Gewiß, er ist ein merkwürdiger Mann, aber eben ein freier ... Ich habe nie etwas Schlechtes über ihn gehört, nie überhaupt irgendeine Bemerkung«, schließt er. »Ich wüßte nicht mal, was für ein Mensch dieser Ampurias eigentlich ist.«

Efisio schlägt das zweite Buch auf und läßt erahnen, daß er gleich wieder den Zeigefinger heben wird. »Die Kapuzenträger in dieser Stadt sind unzählige ... Doch hier, was ich herausgefunden habe. Schauen Sie es sich mit Ihren eigenen Augen an, Babbo. All die anderen Kapuzenträger in der Stadt müssen nicht wirklich eine Kapuze tragen, sie könnten es auch lassen, vor dem Gesetz spielt es keine Rolle. Aber er nicht ... Jemand wie er braucht die Kapuze – und wie er sie braucht! Er braucht die Kapuze, um einen in Ungnade Gefallenen in Ruhe foltern zu können ...«

»Sei still, Efisio, und nimm diesen Zeigefinger herunter! Nimm sofort diesen Zeigefinger runter!«

Die Verfassung und die Gesetze – weitaus mehr als bloße Angewohnheiten –, die das zu klein gewordene Haus regieren, die Regeln, die festen Zeiten, die genau eingeteilten Rationen, die Sparsamkeit, die vielen Ellbogen nebeneinander am Eßtisch, die vielen Atemzüge in der Nacht haben Efisio immer in Sicherheit gewogen. Heute hat er gedacht, daß dieses familiäre System auch dem Tod überlegen wäre, der besiegt werden würde von den übrigen vielen Marinis, die auf jeden Fall bleiben würden. Eine komplizierte Idee – auch diese –, die da in seinem Kopf erblüht ist und sich in die Ordnung der anderen einreiht.

21

Beschnüffelt, beobachtet ... Nach seinem Gespräch mit dem Carabinieri-Offizier bemüht sich der Freimaurer herauszufinden, woher der Angriff auf seine Person kommt und wie ernst er zu nehmen ist. Er fühlt sich in der Tat, als würde er beschnüffelt, beobachtet, begutachtet – wie eine seltene Pflanze von einem Botaniker. Doch seine natürliche Verachtung für andere Menschen und vor allem für die Einwohner dieser Stadt, die so langsam, so ängstlich, so vollgestopft mit Chinin sind, läßt in ihm nicht das Gefühl von Gefahr aufkommen.

Sicher, der ein oder andere hat vielleicht was gesehen, aber niemand hat meine Stimme gehört, und niemand wird Tidòri, den Henker, wiedererkennen. Also kann es sich nur um die üblichen Verdächtigungen und Anfeindungen handeln, die mit Sicherheit von der Kurie kommen, die unsereins so abgrundtief haßt. Unsere Brüder in Rom haben sie schon ausgelöscht, jetzt wollen sie auch hier unsere Stimmen zum Schweigen bringen. Doch Logen haben nun mal die Eigenschaft, daß sie sich immer wieder neu bilden.

Serafino hat einen sehr organisierten Geist. Es gibt nur einen einzigen Mann in der Stadt, der sich in der Ars Regia, der Lehre von der Alchemie, so gut auskennt wie er, und dieser Mann ist ein Feind, ein Gegner, ein Mann der Erzdiözese: Venanzio De Melas.

Von ganz tief unten, so als erwüchsen sie aus einer Gletscherspalte, bilden sich plötzlich auf seinem Gesicht Züge heraus. *Wenn das mal keine Loge ist! Ihr verurteilt unsere Bruderschaften, weil ihr um eure fürchtet ... Ihr wißt ganz genau, daß der Phönix lange vor Entstehung eurer Gotteshäuser aus dem Ei geschlüpft ist! Und er wird euch überleben! Er wird auferstehen ... und mit ihm all die Brüder, die ihr verurteilt, ins Exil geschickt, gefoltert und verbrannt habt! Ich werde mit Brusco Onnis sprechen ... Er hat das zweite Gesicht ... Ein Verrückter, der in den Eingeweiden von Vögeln lesen kann ... Er ist zwar Mazzinianer, das stimmt, aber er ist ein Bruder ... Sein Vater und sein Onkel haben viel Einfluß bei Gericht!*

Die Katzen haben Angst und geben keinen Mucks von sich; respektvoll bleiben sie hinter dem Schreibtisch hocken.

Er schreibt wütend, in einer steilen, engen Schrift, die kaum mehr Ähnlichkeit mit der seinen hat.

Ampurias schickt seine Nachricht an den Liberalpatrizier Vincenzo Brusco Onnis, einen wahrhaft unruhigen Geist, der von seiner Familie vier Jahre zuvor nach Turin geschickt worden ist, damit er sich im sedativen Magma der piemontesischen Verwaltung die Hörner abstößt. Der Dreißigjährige explodiert gern wie ein Pulverfaß; die Verwandtschaft ist schrecklich stolz auf ihn, und bei seinen regelmäßigen Besuchen in der Stadt verbringt er die meiste Zeit damit, republikanische Lehren zu verbreiten, mit leicht entflammbaren Versen zu zündeln und seine Feinde zu Duellen jenseits der Stadtmauer aufzufordern, die aber immer ohne Leiche und mit wenig Blutvergießen enden. Brusco Onnis empfängt die Nachricht, reagiert sofort auf den Appell und vereinbart mit Ampurias ein Treffen im *Gran Caffè*, unterhalb vom Bollwerk.

Schweißperlen stehen in Brusco Onnis Backenbart, denn auch an diesem Tag ist die Luft in der Stadt wieder extrem feucht und die Sonne so glühend, daß sie weiß geworden ist und ein bösartiger Hof sich um sie herum gebildet hat. Dieser Mann hat eine weite Seele, die ihm aus allen Löchern quillt, und als er Serafino trifft, der hingegen seine Seele in der Westentasche verbirgt, entsteht eine Dissonanz, ein Mißklang, ein *C*, das zusammen mit einem *H* gespielt wird.

Ampurias ist bleich. »Vincenzo, ich werde ganz offen mit Ihnen reden: Die *Reale Udienza* beschäftigt sich mit mir, und noch mehr – glaube ich zumindest – wird sich mit mir dieses Schlangennest von Kurie beschäftigen.«

Brusco Onnis gerät in Rage. »Du weißt, daß sich im Piemont und in Ligurien gerade alle Logen auf Betreiben von Zambeccari vereinigen, und Costantino Nigra hält Kontakt zu den Brüdern in Frankreich. Wir kommen allmählich wieder zu Kräften, und unser Prophet befindet sich in bestem Einvernehmen mit dem Conte Camillo ... Aber hier sind wir weit weg von all dem, das ist wohl wahr ...«

Er schaut sich um. »Sogar der König ist ein Bruder. Was hat die Kurie schon für eine Bedeutung? Früher hat sich die Geschichte noch zu Fuß vorangeschleppt, jetzt galoppiert sie auf einem Vollblüter. Die Völker dieser Erde werden die Tyrannen noch auf den Scheiterhaufen bringen. Im Piemont und in Ligurien sind die Söhne der Witwe zahlreich, miteinander verbrüdert bis zum Tode – den wir nicht fürchten – und sogar noch darüber hinaus.«

Dann kann er nicht mehr widerstehen und fragt: »Hast du jemals eins von meinen Gedichten zu diesem Thema gehört?« Er wartet die Antwort gar nicht erst ab, klatscht mit der flachen Hand auf das Tischchen des *Caffè* und knöpft sich das Revoluzzerhemd auf.

Ruf auf, oh Dichter,
Dein feiges Säkulum zu schmäh'n!
Von Staub bedeckt oder im Federbett,
Weckst du sie auf, die Starken und die Lahmen.
Trag in die Welt die Worte
Die einst von meinen Lippen kamen;

Und deiner ach so schönen Stimme
Geb' ich den Klang des Himmels.

Er ist schweißüberströmt – dieses Wetter ist einfach nicht geeignet für Überschwenglichkeiten. »Wir müssen die Seelen bewegen!«

Ampurias, den die Verse kaum berührt haben, ist weder bewegt noch verschwitzt: »Wir brauchen Gold, Vincenzo ... Manche Männern benutzen das Wort, um zu kämpfen, das – wie in deinem Fall – wertvoller sein kann als Gold. Aber die Bewegung braucht trotz allem Bares, und Männer wie ich müssen es ihr beschaffen. Unser Großmeister, der Gran Maestro Nonni, ist voll der schönen Worte; er kennt die Geschichte der Symbole, der freien Männer, unserer Loge – aber wenn es darum geht, Männer auf See zu schicken, Waffen zu kaufen, Flugblätter zu drucken, dann schweigt er! Er bildet sich fort! Und wie soll die Republik zu ihrem Triumph gelangen? Durch die Kraftanstrengungen der anderen? Durch die Opfer der Märtyrer auf dem Kontinent? Und wer kämpft hier, auf diesem kargen Eiland, gegen all die Priester, Mönche, Dominikaner, Piaristen, Bischöfe und sonstige Feinde? Ich sage es dir: Serafino Ampurias – und zwar mutterseelenallein.«

Brusco Onnis, dessen poetisch-politische Hitzewelle verebbt ist, kommt ins Grübeln. »Aber wo willst du in diesem erbärmlichen Landstrich Männer finden, die reich genug sind, unsere Sache zu unterstützen? Wo? Das ist ein Land der Hirten, ein überlebtes Arkadien!«

»Was denn für ein Arkadien, Vincenzo? Hier gibt es ja nicht mal für die Läuse genug Blut ... Eins weiß ich auf jeden Fall ganz genau: Man geht gegen mich vor.«

Und er erzählt von seiner Begegnung mit dem Major Canelles.

Brusco Onnis erhitzt sich erneut und bringt das Kaffeehaustischchen zum Beben. »Das riecht ja förmlich nach klerikaler Verschwörung!« Und wieder ist er am ganzen Körper schweißüberströmt.

»Nein, nein, reg dich ab! Da scheint es nur jemanden zu geben, der Verdächtigungen über mich und die Loge ausstreut.«

»Über dich oder die Loge?«

»Über beide. Die Sache ist folgende: Man versucht, mich mit makaberen Botschaften einzuschüchtern. Jeden Tag finde ich auf meiner Treppe eine neue halb verweste Goldbrasse vor! Wie du weißt, verfüge ich über sehr gute Nerven, und meine zurückhaltende Lebensweise gibt selbst dem aufmerksamsten Spion nur wenig Nahrung. Dennoch, Vincenzo«, fügt er nach einer Weile hinzu, »ich möchte dich bitten, im Namen der Bruderschaft mit deinem Onkel, dem Herrn über die *Reale Udienza*, zu sprechen und alles daran zu setzen, daß meine Rechte, mein Ruf und mein Privatleben geschützt werden. Wirst du das für mich tun? Indem du mir hilfst, hilfst du der Loge und allen Brüdern – das ist dir sicherlich bewußt. Wirst du es tun?«

Brusco Onnis' Antwort ist voller Leidenschaft und weiterer Schweißtropfen; für ihn gibt es keine Leidenschaft ohne Schweiß. »Ich werde es tun, ich werde es tun, das steht außer Frage! Aber was kann man gegen diesen aufdringlichen Klerus schon wirklich unternehmen? ›Gott hat uns erziehbar gemacht‹, sagt Mazzini ... Doch bevor der Mensch sich von der Religion loslöst, werden wohl noch Millionen von Jahren vergehen ... Und wir ...«

Der Kellner bringt die beiden *Granite al caffè*, und etwa zehn Minuten sagt keiner von ihnen mehr ein Wort. Erfrischt von Kaffee und Eis, zünden sie sich ihre Zigaretten an. Brusco Onnis erhebt sich: »Ich tue, was ich kann ... Man nennt ihn auch den Allmächtigen ... Mein Onkel ist der Nabel der Stadt ... Er hält sie zusammen.«

Er macht sich auf den Weg. Nach wenigen Metern dreht er sich um, weil er Ampurias' Gesicht noch einmal sehen will, das er – wie seltsam! – bereits vergessen zu haben glaubt.

Serafino bleibt sitzen und denkt über die Gefahr nach, in der er sich befindet. Wer kann ihn bloß gesehen haben? Und selbst wenn sie ihn gesehen haben: Wer kann ihn unter der Kapuze erkannt haben? Er beginnt, die Ereignisse von Anfang an zu rekonstruieren, seit dem Mord an dieser Dreckschleuder von Tatàno. Er hat sie bereits von vorn bis hinten durchleuchtet, aber er sieht nirgendwo einen Lichtstreif, der ihn zu dem Spion führen würde ... Wer hat Canelles darauf angesetzt, seine Fährte zu verfolgen? Er, Serafino, hinterläßt keine Spuren.

Er bestellt noch eine *granita;* die Luft steht still und ist unerträglich.

Nun, irgend jemand muß die Ereignisse miteinander verbunden haben wie ein Klebstoff. Mit Sicherheit einer, der überall seine Nase reinsteckt. Und noch einer muß ihm dabei geholfen haben, sie zu rekonstruieren. Daß dieser Venanzio De Melas seine Finger im Spiel hat, daran besteht kein Zweifel! Aber daß er dem Maggiore als Spitzel gedient hat, kann ich mir beim besten Willen nicht vorstellen! Da muß es noch jemanden dazwischen geben, eine Art Mittler, irgendein überbordendes Hirn, das gerne Zwietracht sät ... Aber sie haben keine Beweise, keinen einzigen Beweis!

Die Stadt ist müde, und der afrikanische Wüstenwind verschlimmert die Lage noch, aber Serafino Ampurias hat einen wachen Geist, der sich kaum von Gefühlen, dem Klima oder den Farben des Himmels beeinflussen läßt.

Die Pestkranken essen Goldbrassen: Dieser Satz von Istèvini ist auch ihm nach wie vor ein Rätsel.

Und dieser Efisio Marini? Sogar die Gazzetta *hat geschrieben, daß er es war, der die Idee mit dem Ring in Tatànos Bauch hatte.*

Und von seiner anderen Idee, der mit dem Schatz, wissen wir auch, dank Sezzè Lunis. Gut, bis hierhin ist alles noch im Rahmen. Der Junge hat aber außerdem die Memoiren von Esteban Boyl aufgestöbert … Und dann ist da dieser Piarist, der überall seine Finger im Spiel zu haben scheint: Er interessiert sich in einem Maße für uns freie Brüder – indem er uns klassifiziert, beschreibt und in unseren Geheimnissen herumschnüffelt –, daß ich immer an einen Biologen denken muß, der irgendwelche Tierchen unterm Mikroskop untersucht. Warum macht dieser Junge soviel Aufheben? Ein kleiner Exhibitionist offenbar … So einer könnte nie ein Bruder werden.

Den Kaffeelöffel halb in der Luft, hält er inne. *Treibt ihn da vielleicht etwas anderes um? Woher zum Teufel soll ich wissen, was diesen Jungen bewegt, diesen Lieblingsschüler von Venanzio? Vielleicht ist er ja eine Art Werkzeug in den Händen dieser teuflischen Pfaffen? Was weiß ich über diesen Efisio? Wer ihn kennt, behauptet, sein Kopf sei wie ein Schmuckkästchen, in dem lauter schillernde Ideen funkeln … Ein Schmuckkästchen …*

Tandino, der im Schatten auf der Piazza vor dem *Caffè* sitzt, hat alles gesehen und nichts gehört. Er sagt sich: Marco Tullio, aufgepaßt! Dieser Ampurias gefällt mir nicht – in einer Gruppe von zehn Leuten würde man ihn nicht einmal bemerken. Stille Wasser sind tief, sagt Babbo immer – wer in der Menge nicht auffällt, richtet mehr Unheil an als andere.

Serafino bestellt eine dritte *granita.* Mit gut gekühltem Magen kehrt er in sein Haus in der Via San Leonardo zurück, das sich in der Nähe der Casa Marini befindet.

Die Katzen begrüßen ihn stürmisch; sie spüren, daß ihr Herrchen guter Laune ist.

Die Sonne steht bereits an ihrem Tiefpunkt, und von der engen Gasse aus kann man einen Streifen violetten Himmels sehen. Während er die Geranien auf seinem Balkon gießt, sieht er den exzentrischen Franzosen aus dem Hotel treten, das er seit einigen Monaten bewohnt. Delessert verteilt ein paar Almosen an die üblichen Nichtsnutze und steigt dann die Stufen hinab zu Pelo d'Oros Taverne.

Serafino geht erneut aus dem Haus, hastet die Treppen hinunter und betritt mit ein paar unsichtbaren Schritten – sein Gesicht ist eine karge Heidelandschaft, in der jeder sich verlaufen würde – die Spelunke Pelo d'Oros, aus der in dichten Schwaden der warme Küchendunst dringt.

22

Edouard Delessert redet über das Mittelmeer – er redet nicht: er spricht – und erzählt, wie er es als ganz junger Mann zum ersten Mal gesehen hat, während der Ferien, als er die Küsten der Provence bereiste. Er spricht über das Meer, das der Uterus der Zivilisation sei – er verwendet wirklich dieses Wort –; er spricht über die Ägäis, über Samos, Athen, Alexandria. Die Leute in der Kellerschänke hören ihm zu, verstehen ihn nicht, nicken mit den Köpfen, die benebelt sind von der Hitze, vom Wein und vom Dunst aus Pelo d'Oros blutrünstiger Küche, wo das Essen mit Kohle und der Rauch mit Wein ablöscht werden. Alle sitzen sie da mit offenem Mund, denn niemand versteht Delessert, außer wenn er brüllt: »Noch etwas Wein von Pelo d'Oro!«

Dann beginnt er von neuem: »Diese Welt ist zu hüten und zu bewahren, statt dessen verschwindet alles ... Erst verändert es sich, dann verschwindet es, und am Ende bleiben nicht mal mehr Erinnerungen ... Und was behütet ihr? Was?«

Ampurias schleicht sich von der Seite in die Taverne, wie jemand, vor dem man sich in acht nehmen muß, doch niemand bemerkt ihn; er bleibt auf der Türschwelle stehen, und dann mischt sich sein Gesicht unauffällig unter das Volk, bis hin zum Tisch von Delessert. Er hat auch alle anderen Merkmale von seinem Körper getilgt.

»Sie sind also ein Freund des Marchese di Boyl, Messié Delessert?«

Der Franzose schaut ihn an, schaut ihn noch einmal an,

weil er sich sein Gesicht nicht merken kann, und sagt: »Der Marchese ist ein ganz neuer Freund von mir! Er hat die Liebenswürdigkeit besessen, mich mehrmals zum Essen bei sich zu Hause einzuladen – ein Mann von bemerkenswerter Vornehmheit! Trinken Sie einen Schluck Wein mit mir ... Wie war noch mal Ihr Name? Dieser Schuft von Pelo d'Oro hat mich mit seinem gedünsteten Tintenfisch völlig verhext. So etwas von zart und cremig! Und dieses Öl und diese Zitronen! Das sind Aromen! Ich könnte mich nur von Tintenfisch ernähren ...«

Ampurias schaut geduldig zu, wie der Pariser den kalten Wein hinunterstürzt. »Sicher, in Paris werden Sie unseren Tintenfisch vermissen. Aber Sie werden sehen, gegen einen angemessenen Lohn verrät Pelo d'Oro Ihnen bestimmt sein Geheimnis. Geben Sie ihm nur genug Geld, dann verkauft er Ihnen auch seine Schwester!«

»Darauf verzichte ich gern. Haben Sie sie mal gesehen?«

»Das war nur so eine Redensart, Messié.«

»Sie müssen entschuldigen, diese Hitze ... Wir sprachen über den verehrten Boyl, nicht wahr? Echter spanischer Adel, und zwar ziemlich hochkarätig, wußten Sie das? Kriegerischer Adel, ihnen wurde das Land vom König überlassen ... Später haben sie ihre Kriegskunst, die sie zu gefürchteten Männern hatte werden lassen, umgewandelt in eine ruhigere, die sich mehr als Dienst am Menschen verstand. Aber unter uns gesagt: Dem Marchese kann man immer noch an seinem Blick ansehen, daß er Spaß an starken Gesten und Gefühlen hat: Mann gegen Mann! Davon abgesehen – ich hoffe, das kränkt Sie jetzt nicht –, hierzulande herrscht immer noch der Feudalismus, und Boyl ist einer der letzten Feudalherren; kein Wunder, daß hier und da ein gewisser Unmut laut wird ...«

Der schlechte, giftige Wein von Pelo d'Oro löst Hemmschwelle und Zunge.

Serafino hat es geschafft, sein Gesicht völlig faltenlos und glatt erscheinen zu lassen, wie ein Ei. »Die Boyls waren früher unendlich reich, und es heißt, sie seien es immer noch, obwohl sie in den Untiefen, die zwischen Spanien und unserer Insel liegen, einen gewaltigen Schatz verloren haben. Ihr Schiff ist nie bis Barcelona gekommen.«

»Ich weiß, ich weiß ... Ich habe die Geschichte mit eigenen Ohren gehört, von einem ganz köstlichen Knaben – einem jungen Phäaken, der von einer Amphore herabgestiegen scheint ... Eine unglaubliche Geschichte! Sicher, Neptun hat in seinem Wasserreich so manches Unheil angerichtet ...«

»Was wissen Sie noch?« fragt Ampurias, der nun überhaupt kein Gesicht mehr hat, während er eigenhändig einen weiteren Tintenfisch für Delessert zerlegt: einen rötlichen jungen Tintenfisch, den der Koch respektvoll mit zwei Zitronen und zwei Selleriestengeln garniert hat.

»Nun, den Rest dieser Geschichte kenne ich nur vom Hörensagen. Also, ich glaube, der kleine Marini – so heißt dieser junge Verrückte – hat ein gewisses Rätsel entschlüsselt ... einen Satz, der mit Fischen zu tun hat ... und, um das Ganze etwas abzukürzen, mir scheint, daß er herausgefunden hat, wo sich der Schatz befindet. Ich meine sogar, er hat es dem Marchese alles schon erzählt. Aber seien Sie auf der Hut, diese Angelegenheit ist ziemlich prekär und außerdem: Ich selbst kenne die Lösung des Rätsels auch nicht ... In den nächsten Tagen werden wir wohl gemeinsam aufbrechen, den Schatz zu suchen ... aber ich habe keine Ahnung, wo! Der Marchese mietet das Schiff eines genuesischen Kapitäns. Dieser Junge ist wirklich ein kluger Kopf! Was für eine Verschwendung in einer Stadt wie dieser! Hier sind ja sogar die Liebespaare ohne Feuer ... Jahrelang sprechen sie nur durch das Balkongitter miteinander ... Sie singen, ständig singen sie diese nervtötenden

Kantilenen, und dann heiraten sie, ohne vorher die Liebe und die Leidenschaft kennengelernt zu haben, die unterdessen zu Asche zerfallen ist … Und dabei müßte doch die Sonne ihr Blut erhitzen, in einer Gegend wie dieser …«

Delessert bemerkt nicht, wie Ampurias sich erhebt und eilig davonmacht, genauso verdruckst und unauffällig, wie er gekommen ist. Er ist zu sehr damit beschäftigt, einen improvisierten Toast auszusprechen, in den die Gäste der Taverne mit gutturalen Lauten einstimmen.

Schließlich verkündet der Franzose, der je nach Verfassung Bewunderung, Applaus oder Furzgeräusche auslöst, daß er ein kleines Lied anstimmen werde: »Dieser Homerschen Tafel möchte ich, meine lieben Freunde, derer ich immer gedenken werde, zumindest für einen kurzen Moment ein Dichter sein! Mit einem Gesang!«

All die unglückseligen Vögel in der Spelunke sitzen schon wieder da mit offenen Mündern und lauschen der alkoholschwangeren Ballade von Edouard Delessert:

Ist das Leben schlecht verlaufen,
Mach daraus ein Versgedicht.
Wenn des Lebens Töne scheppern,
Sing davon in holdem Lied.
Und nun laßt uns diesen Weine saufen …

Der Wein in dem Lied ist nicht derselbe wie der von Pelo d'Oro, der den maßlosen Reisenden zwei Tage lang mit einer schweren Migräne daniederliegen läßt.

23

Die Macht in der Stadt ist eine kleine erbärmliche Macht. Man muß sich nur die Stadt und die Leute anschauen, um zu begreifen, wie klein sie ist; sie stinkt nach Fisch, ist feucht, verschwitzt und noch dazu schmutzig.

Und trotzdem sprechen die Leute immer wieder von dieser kleinen Macht, in den Häusern, auf dem Markt, auf der Straße, von morgens bis abends, wenn der schwere Schlaf des Almosenempfängers, des Ladenbesitzers oder des Angestellten und die anderen verschiedenen Sorten von Schlaf die Einwohner – nach Sonnenuntergängen, die so glühend sind, daß sie die Knochen der Toten noch versengen – in einen einzigen Salzsee aus Schweiß stürzen.

Diese Macht, die schon so viele Köpfe in den Kellerlöchern, Pfahlbauten und Häusern gedemütigt hat, ist für Efisio, ohne daß er sich dessen bewußt wäre, mit einem ganz bestimmten Bild verbunden. Er ist es gewohnt, die Natur und die Dinge zu klassifizieren, und er beginnt, Ordnung in die Fakten zu bringen; er katalogisiert das, was ihm über den Weg läuft.

So ist er fasziniert von den Gesichtern, denen er auf seinen Spaziergängen begegnet; er erkennt ein verbindendes Element in ihnen, etwas, das sie eint und alle gleich macht. Er muß an ein Zimmer denken, in dem, nachdem die Tür einmal geschlossen ist, sich nichts mehr verändert und in das keine neuen Gesichter mehr Eingang finden können.

Seit einiger Zeit notiert er sich Namen, stellt Verzeichnisse auf, macht sich Notizen zu den Gesichtern, alles mit seiner runden Schrift, die jeden Tag ein wenig langgezogener und nachdenklicher wird.

Er setzt sich vor das *Gran Caffè* auf eine Wurzel des riesigen Feigenbaums.

Donato Espis scheint nicht mehr als ein alter Mann zu sein, der ständig pinkeln gehen muß – einmal war er zum Mittagessen zu ihnen nach Hause gekommen und alle zehn Minuten vom Eßtisch aufgestanden. Die Kapuze kann er während der Versammlungen zwar tragen, aber er findet nicht einmal mehr die Zeit, sich die weißen Handschuhe auszuziehen.

Indiviso Melis hat auf dem Markt über alles das Sagen, aber letztlich ist er auch nicht mehr als der König der Goldbrassen.

Giro Sparetto ist langsam wie die Agonie, dabei ist er noch ziemlich jung.

Severino Ferrari setzt sich immer an den Tisch in der Mitte. Er ist eine elegante Erscheinung, hat ein Gesicht wie aus Marmor gemeißelt, mit den schönsten Wangenknochen der Stadt. Warum versteckt sich jemand mit einem solchen Gesicht unter einer Kapuze? Ferrari gehört zu den Leuten, die nicht wissen, worin sie Erfüllung finden sollen – also, so heißt es, sucht er sie in sich selbst.

Richter Marchi betritt das *Gran Caffè*, und es sieht so aus, als liefe er in der Luft, ein paar Zentimeter über allen anderen.

Die *Reale Udienza*.

Efisio ist nie dort gewesen. Ein verschlossenes Zimmer, in dem die Herrschaft über die Stadt ausgeübt wird.

Wer sind die Herrscher über die Stadt?

So etwas wie ein Bewußtsein für den eigenen Körper hat Marianna nicht; sie hält ihn für etwas Belebtes, ja etwas Lebendiges, aber Unzulängliches. Sie denkt, daß der Körper Reginaldos dem ihren ganz nahe kommt – fast könnte man es mit dem Phänomen der Harmonie umschreiben –, doch sie findet keine befriedigende Erklärung dafür, und das macht ihr angst.

Also wählt sie Parfüms aus, deren Duft ihr göttlich erscheint; sie bereitet köstliche Speisen zu, die an ihrer Stelle zu ihm sprechen; sie sorgt dafür, daß er es angenehm frisch hat: Sie öffnet die Rolläden und verwandelt das Haus in einen Hort der Zuflucht – ähnlich wie die Casa Marini –, sie läßt Luft hereindringen, sorgt für Durchzug, um Reginaldo in dieser sanften Kühle zu halten.

Ihr süßes, weiches Fleisch – verbrannt von der Liebe, denn das ist Liebe, aber auch Hörigkeit – hat sie für ihn aufbewahrt, und nach dem Essen reicht sie es ihm dar.

Diese Form von Unterwerfung – es gibt kaum eine graziösere –, die er nicht verlangt hat, die aber um so ernster gemeint ist, gibt Reginaldo Sicherheit und beruhigt ihn, und manchmal rührt sie ihn sogar an, auch wenn er selbst für seine gute Stimmung und seine Gesundheit zu sorgen wüßte. Daher fühlt er sich weder verpflichtet noch in irgendeiner Schuld, sondern empfindet nur äußerstes Wohlbehagen und auf seine Weise auch Liebe.

»Was hast du getan, Marianna, als du mich noch nicht kanntest?«

Sie denkt an Pinuccio Argiolas, aber sie denkt an ihn wie an einen Toten. Pinuccios Verhältnis zu Marianna hatte aus einem halben Einverständnis und einem halben Recht auf sie bestanden, doch er hatte sie zu sehr an einen Mauersegler erinnert, so daß sie ihn aus ihrer Nähe verscheuchte, denn all die Zweiglein und Hölzchen, die er ständig zum Nestbau herbeibrachte, hatten sie verschreckt.

Pinuccio ist verschwunden, vertrieben von Reginaldos Männlichkeit und Imponiergehabe; nun sammelt er andere Zweiglein und Blättchen für ein anderes melancholisches Nest und verflucht Marianna.

Efisio versucht zu ergründen, was Canelles über die Liebe denkt. Ganz gewiß etwas anderes als sein Bruder Salvatore. Doch weil er sieht, daß die Liebe ständig ihr Wesen verändert, nimmt er sich vor, auch für sie einen Katalog anzulegen.

An diesem Abend hat es ihn wieder einmal unter Mariannas Fenster verschlagen. Denn als er beim Aufstieg zum Bàlice zufällig Minna Olivares und ihrer Mutter begegnet war, hatte er im Vorbeigehen tief eingeatmet und Minnas Lakritzgeruch wahrgenommen, und dieser zartbittere Duft hatte ihn getroffen – an einem Körperteil, durch das die Liebe häufig geht – und ihn zutiefst verwirrt. Daher befindet er sich nun hier unten vor Mariannas Fenster.

Der Putz an der *Reale Udienza* ist abgeblättert von der Sonne und der Stuck abgefallen.

Doch die Dokumente und die Männer in ihrem Inneren sind noch erhalten.

Vincenzo Brusco Onnis, rotgesichtig und mit wirrem Haar, baut sich vor dem Wachposten auf: »Ich will den Vorsitzenden Richter sprechen, Cao Diaz – ich bin sein Neffe.«

Die langen Gerichtsflure und die vielen Büros bringen Vincenzo schnell wieder zur Räson. Aus dem Grund haben ihn seine Eltern ins Piemont geschickt, wo er die Verwaltungsstrukturen des Königreichs studieren soll.

In den alten Gemäuern ist es nicht nur schattig, sondern geradezu düster, und diese plötzliche Dunkelheit tut Vincenzo gar nicht gut; er wird von ihr geblendet, denn er kommt aus einem Licht, das so weiß ist, daß Holz und sogar Eisen vor ihm weichen.

Dunkel. Warum ist hier alles so dunkel? Er denkt, daß

das Gesetz die Dunkelheit braucht. Denn Dunkelheit erschreckt. Sie erschreckt die Kinder, und sie erschreckt die Gefangenen, die wieder zu Kindern werden. Der Schrecken packt einen in der Nacht, wenn sich die Augen schließen und man nicht weiß, ob man jemals wieder Licht sehen wird. Die Dunkelheit des Brunnens, in dem die Teufel – denen die Dunkelheit nichts ausmacht – dir antun können, was sie wollen. *Alles nur Schwindel, alles Schwindel …*

Müdigkeit überkommt ihn, als er endlich vor dem Büro des Richters Cao Diaz steht, und er gähnt, bevor er eintritt. Der Amtsdiener lehnt die Tür nur an, und Vincenzo wirft einen Blick über die Schulter, er schaut in die dunkle Vorhalle in seinem Rücken, und er macht einen großen Satz in den Raum hinein, wie jemand, der von einem Hund verfolgt wird.

Der Richter ist alt, und jedes Ereignis, das in den letzten vierzig Jahren die Stadt erschütterte, hat tiefe Spuren in seinem Gesicht hinterlassen. Alles an Cao Diaz zeigt nach unten, ist vom Erdmittelpunkt angezogen. Wenn er sich aufregt, erzittern seine gewaltigen Hängebacken, um dann vollends nach unten zu fallen. Eine ausgestorbene Rasse, die einem anderen Zeitalter entstammt. Die letzten elefantösen Anzeichen eines langsamen und unerreichbaren Lebens.

Auf Vincenzo wirkt der Onkel mit seinen Falten, die ihn aufzufressen scheinen, dem schwarzen Gewand und den prähistorischen Gesten wie der mathematische Punkt der Ordnung und des Ursprungs der Welt, und er denkt, daß gerade dieses papierne Schweigen ihn von den Dingen fernhält, die Krach machen und die Köpfe verwirren, doch bis hier, bis zu dem unbeweglichen Alten, nicht hingelangen.

Cao Diaz steht fast nie aus seinem riesigen hölzernen

Lehnstuhl auf, der seinen modrigen Geruch und beinah auch die gleiche Farbe angenommen hat. Wenn er spricht, scheint es, als ob auch der schwarze Schreibtisch spräche, der sich dem Körper des Vorsitzenden Richters angeglichen hat. »Neffe, immer noch so hitzig? Was geht in diesem deinem Kessel von Kopf bloß vor? Mit Kessel meine ich Behälter, in dem sich alles befindet, angefangen beim Rauch der Ideen bis hin zur eingekochten Brühe der Fakten. Ich will damit sagen ...«

Vincenzo schüttelt sich, wenngleich das Dämmerlicht in dem altehrwürdigen Gebäude ihn eingeschüchtert hat. Schreibtische, Stühle, Sessel hindern ihn daran zu handeln – davon ist er fest überzeugt –; für ihn spielt sich die Wirklichkeit außerhalb dieser Mauern und fern der hier Sitzenden ab. Das hier ist alles nur Schwindel, alles Schwindel. »Zio, ist die Rechtsprechung in dieser Stadt wirklich frei?«

Die einzige Lichtquelle im ganzen Zimmer sind die Augen des Vorsitzenden Richters. »Frei?«

»Ist sie frei von irgendwelchen Verpflichtungen, Mauscheleien oder fremden Einflüssen?«

Cao Diaz knirscht mit den Zähnen, seine Eidechsenaugen werden zu schmalen Schlitzen; er stützt sich auf seinen Stock und geht einmal um den Schreibtisch herum – doch er weicht kaum einen Zentimeter von ihm ab, denn aus ihm zieht er ja seine wenige Kraft – und legt eine Hand auf die Schulter des Neffen. »Was willst du damit sagen, Vincenzo? Sag es mir, aber denk daran, was deine Familie für dich getan hat, und vor allem daran, was du für sie bedeutest! Wenn du in Schwierigkeiten steckst, mußt du mir das sagen. Wenn es sich um Frauen und gehörnte Ehemänner handelt, Spiel- oder Wettschulden, dann erzähl es mir ... Wenn es sich um eine Frage handelt, die die Politik betrifft, denk vorher noch mal gut nach: Die Politik hat hier nichts verloren; man muß sie aus der Ferne betrachten, um sie zu verstehen ... Denk daran: Hier ist Schatten, nichts als Schatten, nur Schatten! Ein Schatten, der alles überdeckt – und die Fakten, alle Fakten liegen im Schatten. Wir ...«

Dieses *Wir* ist in Vincenzos Augen eine schwache Form, die nur dazu dient, den Mut und das Verantwortungsgefühl derjenigen zu verwässern, die beim Sprechen das Pronomen *Ich* verwenden. Das *Wir* weist auf eine geteilte Verantwortung hin, viele *Ichs*, die sich zusammengetan haben, um nicht eine eigenständige Meinung äußern und selbständig handeln zu müssen. Er wird niemals ein *Wir* verwenden, das beschließt er in diesem Moment.

»Wir müssen handeln und Entscheidungen treffen, dafür brauchen wir den Schatten, der uns neue Kraft gibt, lieber Neffe.«

Auch Vincenzo steht nun auf, denn diese greise Hand auf seiner Schulter erscheint ihm wie ein schlechtes Vorzeichen, wie etwas, das Stille und Schatten verkündet und ihn benebeln wird; und weil er Phantasie hat, malt er sich aus, dies wäre der Gott Kronos, der ihn berührt und verschlingen will. »Zio, es handelt sich um ein Komplott gegen einen Ehrenmann, der bescheiden und aus gutem Holz geschnitzt ist und den Ihre Carabinieri, ein gewisser Major Canelles, und der Klerus verfolgen ...«

Cao Diaz läßt seine Wangen noch ein wenig mehr hinabsacken, und Vincenzo scheint es, als würde sich gleich die Erde auftun und ihn verschlingen. »Der Klerus und Major Canelles?«

»Sie verfolgen einen Bruder.«

Der Vorsitzende Richter nimmt seine Hand von Vincenzos Schulter, und er fühlt erneut die eigene Körperwärme. Der Alte kehrt zu seinem wurmstichigen Sessel zurück, hält den Kopf zwischen den Händen und stimmt ein verschwörerisches Murmeln an, das jedoch nicht bis an die Ohren des Neffen dringt.

Ampurias ist kein furchtsamer Mann.

Er hat gewisse Ängste, das ja. Aber weil damit nun einmal alle Menschen geschlagen sind, meint er, daß wahrer Mut darin besteht, seine Ängste in den Griff zu bekommen, ihnen Namen zu geben, die jeder Situation entsprechen, und sie zu fliehen, indem man sie überlistet durch Tarnung – die eigentliche Kunst des mutigen Mannes. So kann man die Angst hinters Licht führen.

Daher schaut er sich um und versucht von niemandem erkannt zu werden, der ihn erkennen könnte.

Eine einzige Angst ist ihm geblieben; sie haftet an ihm wie eine Fledermaus, die sich im Haar verkrallt. Niemand weiß das, und er wird es niemals irgend jemandem gestehen.

Ihm ist die Angst vor Insekten geblieben. Je größer sie sind, desto mehr fürchtet er sie.

Aber er hat sich nie bemüht, diese Angst in den Griff zu bekommen – außer durch Anschaffung der Katzen fürs Haus –, denn er weiß, daß die wahre Gefahr nicht von Kakerlaken oder Nachtfaltern droht und daß es sich daher nicht um eine echte Angst handelt, sondern vielmehr um eine Art Marotte, die wer weiß wo ihren Ursprung hat. Jedenfalls nicht in der Seele, denn er glaubt nicht an die Seele.

Er hält sich extra die Katzen, damit diese die Insekten verspeisen, als wären sie Zuckerzeug.

24

Beim Aufwachen hat Efisio als erstes zu den Wolken geschaut, aber Wolken gibt es heute keine, nicht eine einzige hat genug Widerstandskraft aufbringen können.

Alles ist in dieser Gegend vom Wind bestimmt und ist ihm ausgeliefert; er bringt den giftgeschwängerten Dunst mit sich, Erschöpfung und Krankheiten, und er vertreibt sie auch. Das Unheil kommt von Süden, süßliche Böen; die Luft ist voll von schädlichen Sporen und Bazillen, die man nicht sehen kann.

Der Nordwind bringt das Gute, er reinigt die Menschen und die Dinge, rückt Sterne und Sternbilder zurecht, man kann sie sehen und zählen, jedes für sich genommen. Ein melancholischer und träger Wind. Philosophisch und leicht verrückt. Der für die Launen zuständig ist, der sich kontrolliert und auch nicht kontrolliert. Die Menschen nehmen die Tagesform an, die der Wind ihnen vorgibt. Levantinisch, räuberisch, ehrenwert, der eine bezahlt, der andere nicht. Äolische Lieben und windige Verse. Manch einer versperrt sich dem Wind, schließt Türen und Fenster, doch der Wind läßt sich nicht beirren, er verbreitet dennoch Keime und Gesundheit, Übelkeit, er streut Gerüche aus, erstickt die Alten, bringt sie zu Fall, schwängert die Frauen und gebärt Kinder mit zarten Knöchelchen.

Nichts Neues. Doch Efisio weiß nicht, daß es in anderen Städten genauso ist und daß derselbe Wind, exakt derselbe, die Launen auch anderswo beeinflußt.

Heute, kaum ist er aufgewacht, bringt der Wind ihm Minna in den Sinn. Minnas Brustwarzen – so stellt er es sich vor – zeigen die Windrichtung an; und wie gern wäre er Herr über ihr dunkles Geheimnis. Doch Minna ist verborgen hinter Kleidern und bewahrt all ihre Geheimnisse für sich, aber ihr Geruch ist mit dem Wind zu Efisio gekommen, denn er hat diesen Geruch gesucht, und vielleicht wollte sie ja auch, daß er ihn in die Nase bekommt.

Es ist der erste Morgen im August. Ein neuer, frischer Wind bläst von unten herauf, und der Himmel und das Meer glänzen geradezu. Ein Schoner segelt schräg auf die weiße Festung von Sant'Ignazio zu, die hoch auf dem Berggipfel thront.

Unten, wenige Meter über dem Meeresspiegel, liegt das verlassene Lazarett.

Kapitän Chionetto fühlt sich bemüßigt, das Wort zu ergreifen. »Jeder weiß, daß sich hier eine Untiefe befindet, und alle haben sie Angst, sich dieser Stelle zu nähern. Als hätte man es mit einer Sirene zu tun – die Farbe des Wassers hier ist einfach unwiderstehlich! Wegen des Nordwinds wird das Blau heute noch funkelnder sein als jeder Ring … Und ein Flüstern wird ertönen: ›Komm, komm!‹ Und wenn wir uns davon anlocken lassen, selbst wenn wir nur in die Nähe gelangen, werden wir das gleiche Ende nehmen wie María Cruz.«

Der Marchese di Boyl, der am Bug steht, hält sich an einer Want fest. Den Blick fest auf die Untiefe gerichtet, denkt er an die Ertrunkene.

Ist sie ertrunken oder vorher schon vor Schrecken gestorben? Ob sie wohl an den Schatz gedacht hat, bevor sie unterging? Sicher nicht … In einem solchen Moment … Nein, was für eine Vorstellung … Sie wird Estebans Namen gerufen haben, ihren Mann, den Vater des Vaters meines Nonnos … Gott! Dieses Blut ist auch mein Blut … So viel Zeit ist noch gar nicht vergangen … Und ihre Seele ist bestimmt in das Haus zurückgekehrt, in dem sie geboren wurde …

Delessert, die Augen zugekniffen, läßt sich – er nennt es so – von der Sonne und vom Wind berühren.

Girolamo Marini und sein Sohn stehen nah beieinander, ihre Ellbogen sind auf die Reling gestützt, und diese Haltung drückt Vertrautheit aus, was Efisio mit Unbehagen erfüllt, weil sie aus der ungewohnten körperlichen Nähe zu Girolamo erwächst. »Du willst also den Grund des Meeres absuchen ... Da hast du dem Marchese, dem Maggiore und Messié Delessert aber einen Floh ins Ohr gesetzt! Der Franzose wird später alles in seinen Heften notieren, und sogar Chionetto hast du ganz verrückt gemacht, der normalerweise nur seine Mehlsäcke kennt, wenn er sie denn leibhaftig vor Augen hat. Wenn Salvatore nicht zu Hause hätte bleiben müssen, um die Magazine zu bewachen, wäre auch er hier ... Selbst der Nonno wäre am liebsten heute dabei gewesen, um auf den Grund des Meeres zu schauen. Und er ist fast achtzig! Aber wohin mit diesem ganzen Reichtum? Soll er zurück an die Boyls gehen? Oder ans Königreich? An die Stadt? Was mich betrifft, so würde ich sagen: *Sprezzo quei doni che versa fortuna capricciosa* ... Ich bin kein Kaufmann mit Leib und Seele – ›Launisch das Glück, das Besitzstand dir bringt‹ –, und ich will auch nicht, daß du einer wirst, mein Sohn.«

»Das Meer ist nun wirklich nicht immer freundlich, aber schauen Sie sich an, Babbo, wie es heute ist! Das Wasser ist völlig ohne Wellen, der Himmel ohne Wolken, die Klippen sind so weiß, daß man kaum hinschauen mag ... So was gefällt mir! In Pisa gibt es dieses Licht bestimmt nicht ...«

Und er denkt an Carmina, die nicht dabei sein kann, und an ihr Versteck unter dem Kapernstrauch, der von ihnen beiden seinen Dünger erhält. Und er denkt auch an Venanzio. Dann schaut er seinen Vater an, und ihm fällt auf, daß er ihn noch nie so aus der Nähe gesehen hat, und dann denkt er an Fedela.

Canelles hilft beim Manöver, er läßt so viel Wind in die Segel blasen, wie er halten kann, und er stellt sich vor, daß in der Nacht Mariannas Zimmer durchdrungen von dieser Luft sein wird.

Delessert beginnt laut aus einem schmalen Buch zu lesen:

...auf die unsterblichen Götter vertrauend
säen sie selbst kein Korn, pflügen sie keinen Grund;
üppig die Pracht, die dort erwächst ohne Saat
... kein Ältestenrat und kein Gesetz steht ihnen vor ...

»Wißt ihr, was das ist, meine Freunde?«

Efisio fühlt wieder das Jucken, das er schon kennt, und versetzt der Demut einen weiteren Tritt: »Das ist Homer, Messié Delessert, und Sie wollen uns damit sagen, daß möglicherweise Poliphem an dieser Küste der Insel gewohnt hat und daß die Kyklopen genau solche Taugenichtse waren wie die jetzigen Bewohner, die allerdings mit den Jahren etwas kleiner geworden sind.«

Messié Delessert starrt Efisio an und steckt das Buch zurück in die Tasche. »Du mußt einen guten und strengen Lehrer haben, mein Junge. Sehr gut! Ein echtes Universalwissen! Wahrscheinlich sind sie durch den Wind und die Hitze kleiner geworden, schon möglich, schon möglich.«

Girolamo macht sich Gedanken über diese Manie seines Sohnes, diesen Selbstdarstellungstrieb, den er an ihm gar nicht kannte. Er hat Fedela gefragt, doch auch für sie war das etwas Neues ... Er ist immer ein schweigsamer Charakter gewesen, hat sich immer im Abseits gehalten. Er hatte ihn als Asketen eingeschätzt, wie Venanzio, doch in Wirklichkeit ... In Wirklichkeit sucht er nur nach der Gelegenheit, sich hervorzutun ... Er kann es nicht lassen ... Vielleicht ist ja auch Venanzio kein Asket ... und er, Girolamo, ist einem Irrtum aufgesessen ...

Poddighino, der Bootsmaat, brüllt: »Da ist die Festung von Sant'Ignazio!«

Jenseits der weißen Klippen werden die Felsen niedriger, und das Lazarettgebäude, das aus gelbem Stein gemauert ist und nah am Ufer steht, wird sichtbar.

»Capitano, die Untiefe!« Poddighino schreit, denn bugwärts kann man bereits die nahende Untiefe erahnen.

Canelles lehnt sich über die Reling.

Noch ein ganzes Stück vom Schoner entfernt ist ein heller Streifen Meer zu sehen: ein Zeichen dafür, daß das Wasser hier nur sehr flach ist.

Sie werfen Anker und lassen das große Beiboot zu Wasser, in das Efisio, Girolamo, der Marchese Boyl – auch in dem Beiboot drängt er sofort an die Bugspitze und starrt in das Wasser über der Untiefe, das so klar ist wie die Luft des Himmels –, Delessert, Chionetto, Canelles, Poddighino und zwei Matrosen steigen: Ubaldo und Peppetto, sie sind fürs Rudern zuständig.

Kaum hat Delessert einen Sitzplatz gefunden, gerät er auch schon ins Schwärmen: »Nun schaut doch mal, was der Herrgott für Schätze unter der Wasseroberfläche verbirgt, was für zauberhafte Farben ... Ein wahrer Regenbogen an Farben ... Und dieses Licht, das von göttlichen Prismen gebrochen und wieder zusammengesetzt wird ... Die Farben des Paradieses ... der Insel der Glückseligkeit ...«

Die Erkundung der Untiefe beginnt um neun Uhr morgens und dauert bis etwa zwölf. Das Mittagessen wird auf dem Schoner eingenommen, anschließend machen sie sich wieder an die Arbeit.

Am Nachmittag wird der Marchese plötzlich von einem merkwürdigen und – so scheint es ihm – unheilschwangeren Gefühl ergriffen. »Ich glaube, ich habe ein Stück von einem Schiffswrack gesehen, das über und über mit Algen bedeckt ist ... Die Umrisse waren zu gleichmäßig, um ein Felsen zu sein ... zu gleichmäßig ... Das kann nur von Menschenhand geschaffen worden sein ...«

Chionetto läßt seine Kapitänsstimme vernehmen: »Peppetto und Ubaldo, laßt uns hier mal herumfahren!«

Canelles konzentriert sich auf die Erkundung des Meerbodens.

Der Wind ist stärker geworden, er sticht auf der Haut, und die Matrosen wissen, daß der Mistral ein misanthropischer Wind ist, der einen zwar nicht hin und her schüttelt, das nicht, der aber ganz langsam die Kräfte zum Schwinden bringt und einen immer mehr von der Küste abtreiben läßt.

»Da! Da! Das ist wirklich eine Seitenwand von einem Schiff!«

Bedeckt von feinen grünen Algen, die wie Haare mit der Strömung mitgehen, liegt dort eine riesige Schiffswand auf dem Meeresboden, die zum Bug hin schmal zuläuft, während sie zum Heck hin eine ausladende Rundung aufweist.

Nur der Mistral ist zu hören, der allmählich immer hysterischer wird.

Das Wrack ist groß und vollständig bewachsen von grünen flottierenden Wasserpflanzen, und das Loch in dem Schiffskörper ist so riesig, daß die Algen und Korallen es in eine Unterwasserhöhle voller Leben verwandelt haben.

Canelles läßt sich zu einem Aufschrei hinreißen: »Die Goldbrassen, schaut her, da sind sie! Es sind Hunderte!«

Schnell, emsig, aufgescheucht, voller Energie stoßen die Fische in alle Richtungen vor, aber stets im Schwarm vereint, bis sie den Eingang der Holzgrotte erreichen – so viele, daß man sie nicht zählen kann.

Delessert ist hin und weg: »Was für einen Gesichtsausdruck diese Fische mit ihren viel zu großen Augen haben! Offenbar brauchte es diese speziellen Augen, um den Schatz zu bewachen, denn der Schatz befindet sich hier, liebe Freunde, er befindet sich hier in diesen Meeresgefilden. Und wir haben das Privileg, ihn ans Tageslicht zu holen, ihn der erwartungsfrohen Menschheit zu präsentieren!«

Alle drehen sich zum Marchese um, der flüstert: »Hier liegen die Knochen meiner Ahnin, und ich schwöre euch, wenn ich diesen verfluchten Schmuck finde, der so viel Unheil über meine Familie gebracht hat, dann bekommen ihn die Jesuiten in der Stadt, um ihn für die Erziehung der Jugend vom Lande zu nutzen, wo die Dummheit und die Unkenntnis des Gesetzes eine Welt der Armen und Bettler hervorgebracht haben ... Ich will nicht, daß der Fluch, der über dem Ring dieses Tatàno liegt, Zugang findet zu meinem Haus!«

Die Minuten vergehen, niemand sagt ein Wort. »Wir müssen herausfinden, wie viele Meter es bis zum Grund sind«, bemerkt Chionetto schließlich.

Efisio streicht sich die Tolle aus der Stirn und starrt aufs Wasser.

Chionetto betrachtet den Jungen, den er kennt, seit dieser im Hof seiner Eltern erfolglos ein Maultier zu besteigen versuchte, und er denkt, daß diese Augen eine Seele verraten, die viel größer ist als die eines Jungen. Dann läßt er das Tau hinab. »Sieben Meter! Es sind sieben Meter. Sie sind in einer Untiefe von sieben Metern gestrandet und ertrunken! Das muß einen gewaltigen Aufprall gegeben haben. Und hat sicher nur wenige Augenblicke gedauert!«

Poddighino spricht ein Gebet, ohne den Namen eines Heiligen zu erwähnen, ja nicht einmal Gott oder den Schutzpatron der Seefahrer. Allen erscheint es wie ein Exorzismus, um die bösen Kräfte zu vertreiben, die an Unglücksorten verweilen.

Canelles schaut auf die nervösen Wellen. »Wir haben jetzt halb drei. Uns bleiben noch vier Stunden, bis es dunkel wird.«

Chionetto zieht eine Münze aus der Tasche. »Ich würde vorschlagen, Ubaldo mit seiner eisernen Lunge taucht runter und erkundet das Wrack. Ubaldo, wir wickeln dir ein Seil um die Hüften, und beim ersten Anzeichen von Gefahr ziehst du dran, einverstanden? Nimm dieses Geldstück, damit taucht's sich leichter.«

Der Matrose sagt kein Wort; er nimmt das Geldstück, zieht seine Kleider aus, legt sich das Seil um die Hüften und taucht ins Wasser ein.

Alle überwachen sie das Seil in Chionettos Händen.

Von unter Wasser aus gibt Ubaldo ein Zeichen, das seiner Beruhigung dienen soll, ein Lebenszeichen. Die Goldbrassen schwimmen dicht an ihn heran, und ihre großen runden Augen machen ihm angst. Schließlich schwimmt er aber doch in das Loch in der Schiffswand und ist verschwunden. Außerhalb des Wracks sieht man nur das Seil, das sich bewegt.

Alle, die mit einer Uhr ausgestattet sind, starren auf das Zifferblatt in ihrer Hand. Nach zwei Minuten taucht Ubaldo wieder auf. Er wirft einen Blick zum Boot, kontrolliert das Seil, atmet so viel Luft wie möglich ein und verschwindet erneut nach unten. Nach zwei weiteren Umdrehungen des großen Zeigers taucht er wieder auf und ist blaß. Noch einmal holt er tief Luft und versinkt wie ein Stück Blei im Meer.

Nach einer Minute, die viel länger ist als eine Minute, kehrt er an die Wasseroberfläche zurück; nun ist er grau im Gesicht und durchgefroren. Er schnappt nach Luft und hustet, während die anderen ihn auf die Schaluppe ziehen. Das Sicherungsseil ist nicht mehr um seine Hüften gebunden.

»Warum hast du dich losgebunden? Wer hat dir das erlaubt? Bist du verrückt geworden? Das war deine einzige Möglichkeit, mit uns in Verbindung zu bleiben! Wir sprechen uns noch, Ubaldo! Ich habe sieben Matrosen, seit zehn Jahren immer dieselben, und ich will, daß das für die nächsten dreißig Jahre so bleibt, mindestens!«

Der junge Mann hat sich auf den Boden der Schaluppe gelegt und ist noch immer nicht wieder zu Atem gekommen. Peppetto hilft ihm, Luft zu holen. Dann spricht er endlich, und das braune, salzgegerbte Gesicht verzieht sich zu einem Lächeln: »Capitano, ich habe eine Eisenkassette gefunden. Sie war mit zwei Ketten an das Wrack gebunden.«

»Und, was hast du gemacht?«

»Ich habe die Ketten aus dem morschen Holz des Trägers gerissen und mein Sicherungsseil um die Kassette gebunden. Mit dem besten Knoten meines Lebens – und Sie wissen, daß ich gute Knoten machen kann.«

Delessert singt beinah: »Die Zauberin Circe lockt uns Sterbliche, die wir der Materie verhaftet sind, mit äußerem Glanz … Dann, in ihrem heißen Schoß … dann … vielleicht … vielleicht werden wir Maden finden in jenem Schoß, den wir voll des Wohlgeruchs wähnten …«

Der Marchese schaut in den Himmel: »Ihr, meine Ahnen, ihr, mein Blut … Die Frauen, die ihr erwählt habt … Eure Taten haben mich hierhergeführt … Ein göttlicher Plan steht dahinter … ein göttlicher Plan …«

Efisio erinnert sich an die Warnung seines Vaters: *Denk nach, Efisio, denk nach; wenn alle mit dem Denken aufgehört haben, darfst du es nicht auch noch sein lassen.*

Canelles denkt an Marianna, an den Körper Mariannas, an die Bewunderung Mariannas: »Capitano, befehlen Sie Ihren Männern, den Tresor hochzuziehen. Ubaldos Knoten ist ein wunderbarer Knoten, davon bin ich überzeugt …«

Ubaldo und Peppetto beginnen, das Seil hochzuziehen.

Sie ziehen und ziehen, bis plötzlich ein gräulicher Gegenstand unter der Wasseroberfläche zu sehen ist, der langsam Gestalt annimmt, auftaucht und schließlich an Bord gehievt wird, unter allgemeinem Schweigen, das nur vom schweren Atem der beiden arbeitenden Männer und den heftigen Böen des schlechtgelaunten Windes durchbrochen wird.

25

Wo sie beginnen, in welchem Moment die Dinge beginnen und ob es ein – vielleicht ganz kleines – Ding gibt, das Auslöser für die anderen ist, hat Serafino Ampurias sich nie gefragt. Tatsache ist, daß sein Kopf nicht für Fragen gemacht ist, sondern für Antworten.

Serafino hat an diesem Abend die Haustür mit dem Riegel versperrt und das Fenster geschlossen. Dann hat er den beiden Katzen eingeschärft, als Wachhunde zu dienen, so daß er von nichts und niemandem gestört würde. Sie haben sich seinem Willen gefügt, und er hat sich dicht neben die Lampe im Wohnzimmer gesetzt, um den Brief aus Turin zu lesen.

Seit Monaten schon verschickt er lange Episteln und erhält versiegelte Umschläge, die ihm ein gewisser Ravot überbringt. Das Siegel ist immer dasselbe. Für Ampurias haben alle Dinge ein Ende, und ihm ist, als wäre das ein oder andere nun tatsächlich beschlossene Sache.

Mutigster Serafino,
der Du Bruder und Sohn der Witwe bist: Diese Zeilen wird Dir wie immer Giuseppe Ravot überbringen, der ihren Inhalt jedoch nicht kennt. Er vergewissert sich lediglich, daß das Siegel nicht gebrochen wurde.

Nein, dieser Edouard Delessert ist kein Bruder. Er ist ein Freund des Königreichs, und vor seiner Reise zu unserer Insel hat er Erkundigungen über unsere Sitten und Gebräuche eingeholt, mehr nicht. Vielleicht ist er einfach nur ein neugieriger Mensch, der von Schätzen, Ringen und Tresoren keine Ahnung hat.

Was das Gesetz betrifft und den Schutz, der Dir von hier aus gewährt werden kann, so hätte ich an Deiner Stelle Vertrauen ... Alles, alles steht zu unseren Gunsten, auch wenn nur wenige Menschen von uns und von Dir wissen. Aber alles geht in die Richtung, die wir uns wünschen.

Du darfst nicht vergessen, daß das Rechtsverständnis der Brüder ein anderes ist als das von Regierungen. Für Regierungen gibt es keine Bruderschaften, und die Gesetze sind nicht für uns gemacht ... Sie sind für Männer ohne Prinzipien und ohne Moral gemacht.

Von allen Seiten erhalten wir Gelder, und man könnte fast behaupten, daß die Logen zu Tresoren geworden seien – zu großen und zu weniger großen –, die nicht nur Gold enthalten, sondern auch unendliche Mühen und hin und wieder Geist und Klugheit, was ebensolche Schätze sind wie Gold und Diamanten.

Ich weiß, daß Deine Stadt eine kleine Stadt ist, die – so wurde mir erzählt – von Schlafwandlern, Taugenichtsen und Angsthasen bevölkert wird.

Doch auch ein Provinznest kann der geheimnisvolle Ausgangspunkt sein, aus dem heraus – durch mysteriöse Ereignisse, die niemals in die Geschichtsbücher aufgenommen werden – eine großartige und beglückende Begebenheit erwachsen kann, deren Bedeutung besagte Ereignisse letztlich doch in die Geschichtsbücher eingehen läßt.

Niemand weiß genau, in welchem Moment solche herausragenden Begebenheiten ihren Anfang nehmen. Oder sagen wir so: Je herausragender sie sind, um so unbedeutender ist ihr Anfang.

Wir bemühen uns, ein solcher Ausgangspunkt zu sein, oder anders ausgedrückt: Wir bemühen uns, ihn zu orten ... Aber eine absolute Sicherheit haben wir natür-

lich nicht. Folglich müssen wir etwas tun, mein lieber Serafino. Wir müssen handeln, handeln, handeln.
Dein Dir ergebener Arturo Giraudo Sertorio

Serafino will von Zweifeln und Fragen nichts wissen. Er hat lange genug nachgedacht, und er hat bereits gehandelt.

Verehrter Maestro Giraudo,
in der Philosophie bewegt sich immer alles tröpfchenweise und nie in Kaskaden, das ist mir wohl bewußt. Mein Dank sei Dir gewiß.
Ich wüßte nicht zu sagen, ab welchem geheimnisvollen Moment man von Fakten sprechen könnte, aber es war notwendig, Taten folgen zu lassen – Taten mit gewissen Konsequenzen, die die Richtung der uns entgleitenden Dinge verändert haben. Ich habe Beobachtungen angestellt, und in der Ruhe meines Hauses habe ich schließlich meine Entscheidung getroffen. Die Tat hat einen gewissen Mehrwert gebracht. Mehr kann ich nicht sagen. Tat und Mehrwert. Ich bin dem eigentlichen Moment vorausgeeilt, und die, die nach mir kamen, sind gescheitert – nicht in der Idee, sondern in der Tat.
Dein Dir ergebener Serafino Ampurias

Die Katzen sind für Serafino – der er ein verläßlicher Verrückter ist und nie das Augenmaß verliert – Ersatzfreunde geworden und, wenn er sie streichelt, auch Ersatzgeliebte.

Die beiden Tiere wundern sich in ihrer priesterlichen Beleibtheit über gar nichts, sie passen sich dem widernatürlichen Verhalten ihres Herrchens an und können sich eine Welt ohne Serafino nicht vorstellen. Sie wundern sich nicht einmal, wenn sie ihn auf sich zukommen sehen, von ihm mit ins Bett genommen werden und ins Ohr geflüstert bekommen, daß er, Ampurias, all die großkopferten Schreihälse aus der Stadt hinters Licht geführt habe, indem er ihnen – welch ein raffinierter kleiner Scherz – nur noch den Tresor aus verfaultem Holz hinterlassen habe, eine leere Kassette. Er löscht das Petroleumlicht und wiederholt die ganze Geschichte wieder und wieder, im Flüsterton, erst ins Ohr der einen Katze, dann in das der anderen. Und am Ende schlafen sie alle drei ein.

26

Sezzè Lunis ist grün im Gesicht, wie jemand, der Gift genommen hat. »Der Marchese befindet sich in Milis, zusammen mit Messié Delessert. Aber selbst wenn er hier wäre, lieber Marini junior, würde er niemanden empfangen wollen. Die ganze Stadt lacht über ihn, selbst im ärmlichsten Kellerloch freuen sie sich noch darüber, daß dem Signore di Boyl der Schatz direkt vor der Nase weggeschnappt wurde ... Die Welt gehört den Mißgünstigen!«

Efisio beharrt nicht weiter auf seinem Anliegen. Bald ist Laurentiustag; seit Tagen ist es ihm nicht gelungen, mit dem Marchese zu sprechen – seit sie die Schatzkiste leer aus dem Meer gezogen haben. Und dieser Krummbuckel von einem Sekretär kriegt einfach die Zähne nicht auseinander.

Die Sonne, das Meer, meine Klippen, mein Strand ... Alles schien in bester Ordnung, doch in Wirklichkeit ... in Wirklichkeit! Vielleicht stehen Meer, Klippen, Strand doch nicht auf meiner Seite ... Die leere Truhe und das aufgebrochene Schloß ... Weder Carminetta noch Pater Venanzio können mir helfen ... Alles ist so sinnlos ...

Während er die Gasse hinuntergeht, die zur Universität führt, sieht er, wie die alte Sinforòsa ihm entgegenkommt. Sie tut, als bemerkte sie ihn nicht, und blickt zu Boden. »Vor Sonnenuntergang beim Kapernstrauch. Heute ist Sankt-Laurenz-Nacht.« Dann schaut sie ihm für einen kurzen Moment ins Gesicht. »Hast du verstanden?«

Das weiße Bollwerk und der Kapernstrauch dämpfen seine Melancholie ein wenig, aber nur ein wenig. An diesem

Abend an der Mauer hat er das Gefühl, als könnte keine Medizin auf der Welt ihm helfen, kein Heilkräutersud ihn von dem Schmerz befreien, den die Demütigung der leeren Schatztruhe ihm zugefügt hat. Ein Schmerz, der jede Sicherheit ausgelöscht hat, als Ubaldo den Tresor öffnete. Leer. Leer. Und alle, auch der Vater, haben sich zu ihm umgedreht: erschöpft, gramgebeugt und geschwächt.

Immerhin heben der anheimelnde Geruch des Kapernstrauchs und der Gedanke an Carminettas Duft sogleich seine Stimmung.

Unterhalb der Mauern befindet sich ein weißer Kiesweg, der ihm Carminas Näherkommen ankündigt, selbst wenn sie auf Zehenspitzen geht. Es verstößt gegen den familiären Ehrenkodex, was sie beide da tun ... Wenn sie erwischt werden, ist das kein Skandal, sondern ein Verbrechen. Ein so schweres Verbrechen, daß Efisio sich gar nicht mehr daran erinnern kann, wie sie von den verstohlenen Blicken durch die Ritzen der Rolläden bis zu ihren Umarmungen und dem Treffen in der Grotte am Meer gelangt sind. Eine Art Amnesie, die die Schuld mildert.

Schließlich, als die Berge im Westen blau geworden sind, kommt die junge Frau herbeigeeilt. »Efisio, ich weiß alles ... Und ich sehe ... ich sehe, daß du dich damit abgefunden hast. Ich bin empört, traurig, enttäuscht! Mein Geliebter, begreifst du nicht, daß hier ein teuflisches Spiel getrieben wird, um dich schachmatt zu setzen? Daß hier eine Verschwörung im Gange ist, um deine Aufmerksamkeit abzulenken? Daß es alles nur eine Täuschung ist? Eine Täuschung ... Du hast bis zu diesem Punkt alles genau vorhergesagt, und jetzt sollst du plötzlich ein Idiot geworden sein? Da stimmt was nicht, da dringen ein paar ganz falsche Töne an mein Ohr, wie bei der Muzzetti in der Oper ... Du hast dich von den Ereignissen überrollen lassen. Wir sind noch jung, Efisio, und lassen uns schnell von den Dingen um uns herum beeinflussen. Aber gerade weil wir noch jung sind, sollten wir die Energie, die wir in uns haben, auch gebrauchen – sie ist nicht nur für die Liebe gut.«

Als Carmina ihren Rock wieder glattstreicht und den Haarknoten richtet, heißt das, es ist Zeit, sie muß gehen.

Sie küßt ihn, und im Schutz der langen Schatten der Mauer entschlüpft sie aus ihrem Versteck.

Efisio schaut ihr nach, als sie verschwindet, dann starrt er auf den Horizont, der ins Wasser stürzt, blickt in den Himmel und sieht die ersten Sternschnuppen.

Carminetta. Ob die Frauen in Pisa wohl genauso sind? Er schnuppert an seinen Händen: Jedesmal hinterläßt sie ihm diesen Geruch nach gerade gemähtem Gras ... Sie hat recht ... Efisio hat mit dem Denken aufgehört ... Seit Tagen hat er Pater Venanzio nicht besucht, vor lauter Scham wegen der leeren Schatzkiste. Er verbringt seine Tage allein, zwischen Meer, Strand und Salzsee, suchend irrt er durch die Natur, die ihm Trost bringen soll, sich aber um ihn gar nicht schert, sie ist einfach da, völlig gleichgültig ihm gegenüber. Er muß sich wieder den Dingen zuwenden. Die Natur kümmert sich sowieso um nichts und niemanden.

Venanzio ist ein Häuflein Asche, kaum mehr Materie. Seine tonlose Stimme und das geschäftige Rascheln im Kloster tun Efisio gut, der hier weniger diesen scharfen Schmerz verspürt – ein Symptom für die Scham –, der seinen Bauch von einer Seite zur anderen durchzuckt.

»Seit Tagen bist du nicht mehr hier aufgetaucht, Efisio. Ich weiß alles, die ganze Stadt spricht darüber, und ich weiß auch, daß sogar die *Gazzetta del Popolo* aus Turin über die Geschichte berichtet hat: Kein Wunder, sie ist schließlich ein Freimaurerblatt. Aber gräm dich nicht ... Gräm dich nicht ... Deine Überlegungen waren vollkommen richtig, ein Gedankenkonstrukt, das standgehalten hat, so sehr, daß irgend jemand es vor dir in die Tat umsetzte, vierundzwanzig Stunden vor dir ... Wahrscheinlich sogar, während du noch schliefst! Hör mir zu, Efisio, ich wiege inzwischen kaum mehr als eine Feder: In einer dieser langen Sommernächte, wenn der Mond durchs Fenster scheint, habe ich mich aufgemacht, die schlafende Hälfte der Welt zu besuchen. Ich habe gesehen, daß die Bösen allesamt hellwach waren und keine Ruhe fanden. Die Guten, die erschöpft davon waren, den ganzen Tag Gutes zu tun, ausgenommen die Heiligen und die Mystiker, schliefen seit Sonnenuntergang. Die Gerechten schlafen, und während sie schlafen, werden sie betrogen – das habe ich bei meinem Flug über die nächtliche Welt gesehen. Und du bist ein Junge ... ein Junge.«

Inmitten der Bücher und der wispernden Mauern schöpft Efisio neuen Mut, und er hat das Gefühl, daß die Ideen in seinem Kopf, die in den letzten Tagen in Unordnung geraten waren, allmählich alle wieder ihren angestammten Platz einnehmen, von ganz allein, ohne daß er irgendeine Kraftanstrengung unternehmen müßte.

»Maestro Venanzio, ich weiß wohl, daß meine Überlegungen über den Tresor nicht aus der Luft gegriffen waren. Immerhin haben wir den Tresor gefunden ... Aber der Gedanke, daß ich es nicht geschafft habe, auch den Schatz zu finden, will mir nicht in den Kopf, und so gesehen waren meine Überlegungen nur ein hohles Gemäuer, schön von außen, aber hohl von innen, ja, leer! All dieses Leid! Die Qualen von Jaccu ... Tatàno ... Istèvini ... Der Mörder, der frei herumläuft ... Die Gerechtigkeit, die ich nicht erkennen kann ... Die Ungerechtigkeit, die sich ins Fäustchen lacht und sich ausschüttet über einen Jungen, der nur aus Haut und Knochen besteht!«

Venanzios Stimme ist so tonlos, daß sie kaum zu hören ist, doch für Efisio ist dieses tonlose Wispern die natürliche

Stimme des Verstandes, der weiterdenkt und sich nicht unterkriegen läßt. »Noch ist es nicht zu spät ... Du hast noch einen Monat bis zu deiner Abreise. Du weißt viel ... Und wir beide kennen den Mörder Jaccus, der ihn getötet hat, um an den Schatz zu kommen. Und er wird noch einmal morden, wenn es ihm notwendig erscheint. Man kann auch an seinem eigenen Gift zugrunde gehen ... denk daran! Du bist noch jung, und junge Leute denken nicht über ihr Jungsein nach und an das, was sie damit besitzen ... Wir Alten hingegen denken ständig ans Alter, immerzu grübeln wir darüber nach, und wir denken auch ans Jungsein... Du darfst keine Zeit verlieren, indem du dich dem Schmerz hingibst ...«

Tandino ist auf dem Weg nach Hause. Er betrachtet die Sterne und raucht seine Abendzigarre. Endlich eine kühle Brise nach diesem glühendheißen Tag. Er kennt sich aus mit den Sternen und weiß, daß das Licht, das von Sternen ausgeht, flackert, während das von Planeten unbeweglich ist. »Gesegnet sei dieser Wind, er macht den Himmel klar und befreit den Kopf vom Alkoholdunst. Hoffen wir, daß er ein Weilchen anhält!«

Seine Freude ist so groß, daß sie mit einem Mal umschlägt und ihm lauter häßliche Gedanken zuführt, doch er verjagt sie mit einem Zug von seiner Zigarre, tief bis zum Herzen und von betäubender Wirkung.

Vor den Stufen des dunklen Laubengangs von San Sepolcro, der zum Hafen hinunterführt, bleibt er stehen. Die Düsterkeit – schon wieder ein häßlicher Gedanke – gleicht jener, die er sich immer schon für den Moment vorgestellt hat, wenn ein paar ungehobelte Friedhofsarbeiter seinen Sarg zugenagelt haben würden.

Woran denke ich da bloß? Wenn es soweit ist, dann soll es so sein, all mein Klagen wird mir nichts nutzen, so wie niemandem von uns.

Er sieht die Flamme im Dunkeln aufleuchten.

Der Aufprall der Kugel ist hart. Die Kriegsversehrten, die er kennengelernt hat, erzählten immer die gleiche Geschichte: Vor dem Schmerz und vor dem Blut spürt man einen Aufprall, einen Felsbrocken, der gegen deinen Körper schlägt.

Tandino dreht sich einmal um sich selbst, dann fällt er zu Boden.

Der Schmerz und die Angst kommen nicht sofort. Zuerst fühlt er das lauwarme Blut auf der Haut und wittert seinen Geruch. Dann den Wunsch, sich zu übergeben: Der Tod will das Essen aus seinen Gedärmen treiben. Das Leiden trifft also zusammen mit der Angst, all das zu verlieren, was das Leben lebenswert gemacht hat …

Jemand tritt aus einem Haus und kommt ihm zur Hilfe.

»Werde ich sterben?« fragt er immer wieder. »Haltet mich fest, haltet mich … Sagt mir, daß ich nicht sterben werde … Sagt es mir …«

Sie bringen ihn in das neue Krankenhaus.

»Opium, Dottore, geben Sie mir Opium.«

Sie ziehen ihn aus.

Professor Lèpore begutachtet Tandinos Wunde und wäscht sie aus.

»Die Kugel ist in die Schulter eingetreten, ich muß sie rausholen. Wir geben dir ein Schmerzmittel …«

»Opium, gebt mir Opium, bitte …«

Sie flößen ihm ein paar Löffel von einem dunklen Sirup ein.

Canelles ist eingetroffen und schaut auf Tandino hinunter; der ist wie betäubt vom Schmerz, von der Angst und vom Laudanum: »Ampurias … die Schlange … Ich habe es dir doch gesagt, Marco Tullio, Ampurias ist gefährlich, ich habe es dir gesagt …«

»Werde ich sterben, Dottore, werde ich sterben?«

»Nein, du wirst nicht sterben, das garantiere ich dir.«

»Ich bin glücklich, wenn Sie mir sagen, daß ich nicht sterben werde, alles andere ist mir egal; Sie können mir auch den Arm amputieren, amputieren Sie mir ruhig den Arm. Es ist soviel Licht hier im Raum ... Wenn ich sterbe, will ich viel Licht um mich herum haben! Haltet meine Augen geöffnet!«

Lèpore führt die Sonde in die Wunde, er verfolgt die Spur des Projektils und beginnt seine Arbeit zu tun.

27

In der Stadt wird an diesem Abend nach dem Essen, als die Luft nicht mehr so stickig ist, mehr geredet als sonst. Wenn die Sonne auf einen herunterbrennt, kann man nicht auf der Straße stehen bleiben und ein Schwätzchen halten. Girolamo und Efisio haben den ganzen Tag nachgedacht, und nun haben sie sich im Arbeitszimmer eingeschlossen.

»Babbo, ein letztes Mal: Hören Sie mich an, ich bitte Sie ... Danach werde ich wieder ganz der brave Sohn sein, der sich die Zeit mit dem Suchen von Fossilien vertreibt. Und dann, im September, werde ich fortgehen, und alles hat ein Ende ... Hören Sie mir ein letztes Mal zu!«

Girolamo fühlt sich schwach bei der Vorstellung, daß Efisio keinen Vater mehr braucht. Die Vorstellung, daß das Alter genau in dem Moment eintritt, wenn niemand mehr von ihm abhängig ist, niemand, nicht einmal Fedela, diese Vorstellung schwächt ihn. »Ich habe verstanden, ich habe verstanden. Aber es fällt mir zunehmend schwerer, dir zu glauben ... Es ist alles viel zu vertrackt, um es noch glauben zu können. Efisio, ich lausche meinen Opernhelden, die geschminkt sind und maskiert, und dann widme ich mich meinen Geschäften: Was kostet die Gerste, was kostet der Weizen, welchen Preis setze ich an für die Wolle ... Ich würde dir ja gern zuhören, aber die Realität ist eine andere ... Nein, nein, das ist alles viel zu vertrackt, um es zu glauben. Canelles läßt unser Haus und die Familie bewachen, meinetwegen ... Das ist die Realität, Efisio, und du beugst sie nicht durch deine Überlegungen. Nicht du entscheidest über die Realität, nicht ...«

»Sie haben mir immer gepredigt, daß ich nachdenken soll, Babbo, daß ich nie aufhören soll zu denken.«

Girolamo tritt schon wieder in die gleiche Falle. »Was sagt denn Pater Venanzio zu dem verwundeten Carabiniere?«

»Sie wissen, die Kurie fürchtet die Freimaurer, und weil sie sie nicht verfolgen kann, begnügt sie sich hier in Cagliari damit, sie auszuspionieren. Es sind nicht viele, nein ... und sie sind vergleichsweise ungefährlich. Aber das heißt nicht, daß sie alle völlig harmlos wären ... Sie haben sich getroffen, wissen Sie, ein paar Tage vor unserer Erkundungstour auf dem Meer: Glauben Sie vielleicht, das hätte nichts zu bedeuten? Venanzio weiß bestens Bescheid, er hat seine Quellen ... Sie haben ein neues Mitglied, einen neuen Bruder. Der verwundete Carabiniere ist ein Zeichen dafür, daß ihre böse Seele – eine einzelne Seele – sich überwacht fühlt, ausspioniert, kurz: daß sie Gefahr wittert ...«

»Eine einzelne Seele? Deine Rechnung geht nicht auf, Efisio, sie geht nicht auf ... Eine einzelne Seele? Was wissen wir schon darüber, und außerdem: Wer soll denn dieses neue Mitglied sein?«

»Niemand weiß etwas ... Geheimnisse zu bewahren ist ihre Spezialität. Doch ich habe da so meine Ideen ...«

Der Vater fühlt, wie ihn ein Schauer überläuft, der vom Nacken aus den ganzen Körper erfaßt, bis hin zu den vier Extremitäten.

»Ich habe mit Canelles gesprochen, Babbo. Für ihn ist die ganze Geschichte mittlerweile zur Ehrensache geworden.«

»Canelles muß an uns denken und nicht nur an uns ... Er muß auch an seine Frau denken.«

Frauen ... Wann hat der Vater schon mal mit ihm über Frauen gesprochen, über Frauen, die keine Ehefrauen sind? Für Efisio ist das ein Zeichen, ein universelles Zeichen. Generationen, Zeiten: Alles hat sich verändert, ist dabei sich zu verändern …

Die ganze Stadt weiß, daß Reginaldo Canelles fast jeden Abend zu Marianna Arthemal geht. Efisio hat eine Ahnung, daß es sich dabei um Liebe handeln könnte, ähnlich der, die ihn mit Carmina verbindet – aber nur so ähnlich. Ihm ist klar, daß Reginaldo diese Form von Liebe gestattet ist, weil er Reginaldo ist. Und Marianna wird sie auch zugestanden.

Er und Carmina berauschen sich aneinander unter dem Kapernstrauch … Wie mit Wein … Jetzt, bei der Hitze, ist es noch mal anders … Die Hitze verändert alles, sogar Carminas Geruch; sie verändert die Phantasien, die Gesten … Je nach Jahreszeit ändert sich alles … Warum macht er sich bloß all diese Gedanken?

Er hätte gern eine Definition – so wie bei seinen Fossilien und Blättern –, eine Regel, die die Dinge erklärt und in eine Ordnung bringt, aber er findet keine.

Das gleißende Licht aus seiner Erinnerung … Carmina bis zu den Hüften im Meer.

Doch nun ist er hier, im Arbeitszimmer, und Girolamo hat zu ihm über eine Frau gesprochen.

Er trägt jetzt Verantwortung für seinen Vater, und nicht Girolamo ist es mehr, der sich um ihn sorgen muß; alles ist jetzt viel vertrackter. »Canelles hat mir von gewissen Leuten erzählt, mächtigen Leuten, die einen direkten Draht zur *Reale Udienza* haben, wo man nicht will, daß der Fall Ampurias näher untersucht wird. Er hat seine Kontakte auch in der *Reale Udienza,* verstehen Sie? Und dort, bei Gericht, wird entschieden, wen sie einen Kopf kürzer machen und wen nicht … Es gibt dort einen Raum, in dem sie sich treffen, hinter verschlossenen Türen, und in dem sie ihre Entscheidungen fällen … Sie beherrschen die ganze Stadt.«

»Wenn ich das mit Nonnis gewußt hätte, hätte ich dich nie im Leben ...«

»Nonnis hat damit nichts zu tun, Babbo, er ist kein Mörder; er ist Frauenarzt und hat den Vorsitz bei ihren Versammlungen. Ampurias hat sich selbst seinen Fürsprecher gesucht! Er macht alles allein ... Er ist ein Einzelgänger ... Und er ist ein Besessener; er ist besessen von einer Idee, die ihn auffrißt ... Eine dunkle Macht ...«

Auch der Sohn ist von dieser universalen Aufregung ergriffen, dieser Sohn, der so leuchtet in seinen dunklen Farben; er strahlt, beseelt von seinen Ideen. Girolamo erschrickt.

Efisio hat das lose Fadenende gefunden; er zieht daran, er zieht, um zu sehen, wo es hinführt: »Also, ich habe Canelles überzeugen können, sich einem gewissen Jemand an die Fersen zu heften, der uns zum Schatz führen könnte und vielleicht ja auch dazu, den Mörder zu fangen.«

»Wem soll er sich an die Fersen heften? Ihr wollt doch nicht etwa Ampurias ausspionieren? Dieser Mann ist gefährlich, Efisio ... Er ist gefährlich und hochintelligent.«

»Ich habe hin und her überlegt, Babbo ... Venanzio hat recht: Die Ideen – wenn man denn welche hat – ruckeln sich immer von alleine zurecht ... Ampurias auszuspionieren hat keinen Zweck, das führt nur zu Unheil und Blutvergießen ... Man muß jemand anderen ausspionieren, jemanden, der schwächer ist als er, einen Dümmeren, der seine Befehle ausführt, ohne zu begreifen ... Jemand, der sich verändern, der raus will aus seinem Loch. Jemand, den der Neid gepackt hat ...«

»Wer soll uns zu dem Schatz führen?«

Efisios Haare stehen in alle Richtungen. »Wer kannte unseren Plan noch, den Plan, den ich mir ausgedacht habe? Wer wußte alles von der Lösung des Goldbrassenrätsels?«

Auch Girolamo rauft sich die grauen Haare. »Du, ich, der Marchese … Niemand von uns hat mit einem der Männer aus der Loge gesprochen! Dir ist klar, das ist völlig unmöglich!«

Das Schweigen, das nun folgt, erscheint Girolamo wie eines auf der Bühne: kurz vor der Stunde der Wahrheit.

Efisio knöpft sich das Hemd bis oben hin zu und stellt sich ans Fenster. »Sezzè Lunis, der Sekretär des Marchese: Er hat ihm das Geheimnis verraten, er war der Spion.«

»Sezzè?«

»Ja, er. Er lebt im Palazzo Boyl, aber er hat kein eigenes Zuhause; er hat den Reichtum ständig vor Augen, aber er kann ihn nicht genießen; er ist umgeben von Kostbarkeiten, aber ist selbst völlig mittellos; er sieht die Frauen des Marchese, aber er kann sie nicht besitzen … Wer weiß, aus welchen Gründen er sonst noch keine hat … Vielleicht mag er keine Frauen.«

»Efisio!«

»Dreimal, an drei Abenden, hat Ampurias mit Sezzè gesprochen …«

»Hat Canelles etwa Sezzè ausspionieren lassen?«

»Ja, nachdem sie Tandino halb massakriert haben. Ich konnte ihn schließlich von der Notwendigkeit überzeugen.«

»Und nun? Ich versuche mir vorzustellen, mein lieber Sohn, was in deinem Kopf vorgehen mag … Nein, nein!«

Efisio hat sich entzündet wie ein Streichholz, und es gelingt ihm nicht, die Flamme auszublasen. »Also, ich bin überzeugt, daß Sezzè Lunis, einer von diesen haarigen, untersetzten Bauernsöhnen aus dem Landesinneren, von Ampurias umgarnt wurde; er hat ihn mit irgendwelchen großspurigen Versprechen dazu gebracht, der Loge hier in der Stadt beizutreten … Ich bin überzeugt, dieser treulose Sekretär war es, der Ampurias des Rätsels Lösung verraten hat ... Sezzè hat unsere Gespräche mitangehört... Ich bin überzeugt, Ampurias hat vor uns die Untiefe erforscht ... Ich bin überzeugt, daß er sich den Schatz aus welchen Gründen auch immer für seine Sache zu eigen gemacht hat ... Und ich bin überzeugt, er wollte uns mit der leeren Schatztruhe eins auswischen, sich einen Spaß mit uns erlauben, Babbo ... Jetzt sitzt er zufrieden in seinem Haus und denkt vielleicht sogar, ein besonders ehrenhafter Mörder und Folterer zu sein.«

Girolamo betrachtet seinen Sohn, als hätte er einen erwachsenen Mann vor sich. Es ist das erste Mal, und Efisio ist ganz beglückt; er fühlt ein Jucken in den Händen und weiß nicht, was er sagen soll.

»Mein lieber Sohn: Ein Geheimbund, in dessen Reihen sich ein Mann wie Ampurias befindet, kann kein Geheimbund mit hehren Zielen sein ... Hier in der Stadt interessiert sich niemand für die Piemonteser Pläne, hier wollen sie alle weder Krieg noch Revolution. Hier kümmert sich doch jeder nur um sein eigenes kleines Leben ... Sie wissen, daß auf diesem großen, fernab gelegenen Felsen die Zuchthäusler aus dem ganzen Königreich in die Salzminen geschickt werden, der ein oder andere fette Vizekönig und ein paar mittelmäßige Beamte, die sich hier, inmitten der Ignoranten, groß hervortun können ... Ampurias ist ein Fanatiker und somit ein Verrückter und somit gefährlich, aber er ist isoliert, er ist allein ... Und jetzt ist er vielleicht im Besitz des Schatzes ... Aber wen interessieren hier die Pläne des Königs? Sollen wir unser Blut etwa für Leute vergießen, die uns ablehnen, die uns wie von einem anderen Kontinent betrachten, wie eine andere Rasse? Diese blassen Piemonteser ...«

Efisio denkt nur an den Schatz, und von Politik versteht er lediglich so viel, daß es für seine Zwecke reicht, aber er ist stolz auf den Vater, der rebelliert wie die Helden aus seinen

Opern, die – wie man nun wieder sehen kann – so wirklichkeitsfern gar nicht sind. Und außerdem hat Girolamo verstanden ... Er hat verstanden, daß Ampurias ein Verrückter ist, und zwar so verrückt, daß er sein krankes Hirn zu gebrauchen weiß wie andere ihren Verstand. »Ampurias wird den Schatz runter von der Insel bringen, Babbo ... Aber er wird ihn nicht mit sich führen ... Er muß nächste Woche nach Genua, Canelles hat es mir erzählt, und er muß es schließlich wissen ...«

»Aha.«

»Er wird sich mit jemandem von der Großloge treffen ... Man wird ihn ehren und belohnen, und in den Augen der Welt wird er eine völlig weiße Weste haben.«

»Nun, ihn innerhalb von einer Woche dingfest zu machen wird nicht so einfach sein, alles andere als einfach ... Geh morgen nicht an die Küste, Efisio ... Bleib in der Stadt ... Paß auf ... Wir sprechen noch mal darüber ... Paß auf dich auf, paß bitte auf!«

Reginaldo ist nackt; er hat sich von Marianna gelöst, und völlig verschwitzt öffnet er weit die Arme. »Welch eine herrliche frische Luft ...«

»Ein Hauch genügt, und wir spüren ihn am ganzen Körper.«

Das Mondlicht hat sich aus dem Zimmer zurückgezogen. Die offenen Fenster. Die Porträts von Mariannas Eltern drüben im Nachbarraum. Der Duft des Tomatensugo, der bis ins Schlafzimmer gedrungen ist.

Das Bett.

Das Bett ist hoch, riesig, zwei Roßhaarmatratzen. Der große schwere Vater ist hier gestorben; er hat eine tiefe Mulde hinterlassen, und auch die Mutter hauchte hier ihr Leben aus; ein paar Tage war der zarte Abdruck ihres armen, abgearbeiteten Körpers noch zu sehen gewesen.

Dann hat das Bett wieder seine alte weiße Farbe angenommen. Und jetzt sind sie beide hier, sie und Reginaldo, mit seinem dunklen Körper, der überall seine Spuren hinterläßt.

Doch er hinterläßt auch einen Geruch, der wie seine Flecken nicht mehr weggeht; ein Geruch, den Marianna tagsüber, wenn Reginaldo nicht da ist, in den Zimmern erschnüffelt und dreht und wendet, bis er ihr aus dem Kopfkissen noch intensiver entgegenschlägt.

»Marianna, die nächsten Tage solltest du nicht aus dem Haus gehen. In der Stadt sind ein paar böse Gesellen unterwegs, die mit der Hitze noch bösartiger werden.«

»Böse Gesellen?«

»Ja, von einer Bösartigkeit, wie sie mir noch nie untergekommen ist ... Ein Böser, der nicht an sich selbst denkt. Ich habe keine Ahnung, was ich tun soll. Einen, der nur an den eigenen Vorteil denkt, kann man gut bekämpfen ...Normalerweise reichen ein paar Verhöre ... Du wühlst ein wenig in seinem Vorleben herum, und schon hast du ihn da, wo du ihn haben willst ... Aber diesmal nicht, diesmal ist es anders ... Dieser Serafino Ampurias interessiert sich nicht für sich selbst; wir müssen uns vor ihm in acht nehmen ... Die Welt hält den Kopf gesenkt, Marianna ... Ich muß dich beschützen ... Du bist kostbar ...«

Das Mondlicht dringt erneut ins Zimmer.

Reginaldo sieht die dunklen Brustwarzen Mariannas. Dieses Licht ist das schönste. Dann, weil der Mond gar nicht mehr verschwindet und keine Wolke ihn bedeckt, sieht er Marianna ganz.

28

Serafino Ampurias ist ein Höhlenmensch, und er versteckt sich dort wie seine Vorfahren nach einem nächtlichen Beutezug. Aber wenn etwas Aufregendes geschieht, kommt er aus seiner Höhle heraus, unter Knurren und Zähnefletschen. Er hat kein eigenes Äußeres, aber sein Inneres ist hart und kompliziert, lauter unterirdische Gänge, die nicht einmal er alle kennt. Seine Bösartigkeit hat keine erklärbaren Ursachen, weil sie angeboren und absolut ist und aus diesem Grund eine authentische Gefahr darstellt. Und dann – dieser Efisio hat das immer noch nicht begriffen – verfügt Ampurias über die Kraft derer, die gelernt haben, Ideen und Taten zusammenzubringen.

Jedoch es sind Tage und Wochen ins Land gezogen, und er ist nicht nach Genua gefahren. Lange Abende hat er damit zugebracht, Briefe zu schreiben und Beruhigungstees zu trinken, denn – so hat er beschlossen – er muß sich schützen, sich verstecken, und alle werden sie ihn vergessen. Er muß unsichtbar bleiben auf seinem Weg von der Setzerei nach Hause und von zu Hause in die Setzerei, und es gelingt ihm auch. Nicht einmal ein Gruß wird ausgetauscht.

Doch eine kleine Unzufriedenheit bleibt dennoch zurück.

Efisio hat sich an diesem Morgen sein Maultier geschnappt und ist zum Salzsee hinuntergeritten – wobei er sich ständig umgeschaut hat –, im Schutz des warmen Südwestwinds, der das Meer heute schaumig geschlagen hat, undurchsichtig und wenig einladend.

Am Ziel angekommen, bindet er das Maultier an einer Pinie fest und geht in Richtung Schilf, dorthin, wo die Lagune beginnt.

Die Schilfrohre, die der Wind zur Seite bläst, machen einen Heidenkrach, und er hält inne, um sich einen Weg zu suchen.

Er denkt, daß man die Stille der Natur nicht gleichsetzen kann mit der Abwesenheit von Geräuschen. Das, was er um sich herum hört, würde er nicht einmal als Geräusche bezeichnen, also ist es in seinen Ohren Stille. Für ihn gehören Geräusche zur Stadt, zum Hafen, zu den Wagen und Rufen. Auch wenn jemand ein Ständchen bringt, sind das für ihn Geräusche, eine Art von Krach. Hier hingegen hört man ... er könnte nicht einmal sagen, was er hört. Er lauscht.

Eine Luftspiegelung.

Wie Luftspiegelungen entstehen, weiß er, Venanzio hat es ihm erklärt.

Der Beduine Efisio, dunkelhäutig, in Hemdsärmeln, ist ratlos angesichts der kargen Lebensbedingungen eines an Trockenheit gewöhnten Wüstenmenschen. Er trinkt Wasser. Er müßte in den Schatten des Hauses zurückkehren, doch ihm gefällt diese extreme Temperatur, die alles in einen Zustand der Erregung versetzt. Der Himmel sieht aus wie eine Treppe, und eine von den Schichtwolken erscheint ihm dichter und wie geronnen, das Licht schlägt dagegen und wird nach oben zurückgeworfen. Im Zentrum dieser ganzen Aufregung ist er, der er schaut.

Der Salzsee wird dunkler.

Vor Efisio, hoch oben am Himmel, ist ein Garten aufgetaucht, und die Treppe aus Luft besteht nun aus Stein und führt genau in den Garten.

Eine Luftspiegelung nach oben, von der man nicht weiß, wo sie beginnt und wo sie endet, und er geht weiter und weiter, bis in sie hinein.

»Efisio …«

Er dreht sich um.

Hinter ihm, von einer Sanddüne aus, ruft eine farblose Stimme seinen Namen. »Efisio Marini, ich muß mit dir reden, allein und in der Einsamkeit … Du scheinst die Einsamkeit zu mögen … So wie ich …«

Er erschrickt und greift nach dem Klappmesser, das er immer bei sich trägt. Doch er weiß, daß es sinnlos ist, alles ist sinnlos. Diese Stimme, körperlos und ohne Fasern, die niemand wiedererkennen würde …

Hinter der Düne, an deren Umrissen der Wind beständig nagt, erscheint ihm – mit der Wucht aller wahrhaftigen Dinge – Serafino Ampurias.

Serafino interessiert sich nicht für Luftspiegelungen. »Hab keine Angst, du Ergründer von Dingen, die größer sind als du, ich bin nicht hergekommen, um dir etwas anzutun. Ich brauche dich nicht mehr. Meine Ziele liegen fernab von hier, und du kannst mir ruhig weiter jeden Tag verweste Fische schicken, wenn du willst, ich verfüttere sie an meine Katzen, sie mögen das. Oder war das vielleicht Venanzio De Melas, dem der greise Gaul durchgegangen ist?«

Die Angst verändert ihre Form in seiner Kehle, in der er sie zuerst verspürt hat, weil sie ihn zu strangulieren versuchte. Sie verändert ihre Form, sie breitet sich in seinem ganzen Körper aus und macht ihn halb wahnsinnig.

Wieder wird Efisio da von der Versuchung gepackt, die ihn in den letzten Monaten schon öfter heimgesucht hat, diese Lust, sich zur Schau zu stellen, und sei es auch nur vor einem einzigen Zuschauer. Aber dieses Mal ist es mehr als bloße Versuchung: Es ist eine Notwendigkeit, ein Befehl, den ihm das Orakel erteilt hat … Er blickt sich um und sucht nach einem Punkt weiter oben. »Und Sie sind tatsächlich mit unverhülltem Gesicht hierhergekommen?«

Es ist kein Gesicht.

»Es gibt hier keine Augen von sprechenden Kreaturen, Efisio. Ich bin gekommen, um meine Neugier zu befriedigen, wenn du so willst, eine kleine Schwäche von mir ...«

Der Mörder ohne Gesicht setzt sich auf den Kamm der Düne. Er scheint keinen Schatten zu werfen, nicht einmal das Licht bemerkt diesen Mann.

Efisio stellt sich vor, das Publikum um ihn herum würde sich mit einem Mal vervielfältigen: Carminetta, sein Vater, sein Erzieher Venanzio, Canelles, Marianna, Minna, sogar die Seele von Chillotti, ja selbst Tatàno, der vielleicht gar keine Seele hatte. Und er schreit, um seinen Worten Deutlichkeit zu verleihen: »Nun, mit dem Schatz werden Sie wohl zu Zambeccari nach Turin fahren, nicht wahr? Und das Geld wird den Logen zugehen, damit diese sich neu ordnen können – so ist es doch. Pater Venanzio hat recht gehabt ...«

Efisio fühlt sich inspiriert von seinem Wahnsinn – der ein anderer ist als der von Serafino, aber auch nicht weniger gewaltig –, doch er achtet sorgfältig auf seine Wortwahl. »Ich weiß, was Sie denken, Ampurias! Sie denken, wir können Ihnen sowieso nichts anhaben, nicht einmal Canelles, den Sie so schön im Zaum halten ... Das Gericht ist auf Ihrer Seite, es unterstützt Sie, der Sie eigentlich im Gefängnisturm hocken müßten! Allerdings werden Sie aus dem rauhen Stein wohl kaum einen ordentlichen Kubus gehauen haben, als Sie zu den Freimaurern gingen, Ihre Ecken und Kanten lassen bestimmt zu wünschen übrig!«

Serafino fragt sich, was für eine Energie diesen Jungen bewegt, da ist etwas an ihm, das nicht einmal er begreift.

»Sie sind der Kapuzenträger, der kaltblütig die Folter und die Ermordung Jaccus angeordnet hat.«

»Er hat seinen Bruder getötet.«

»Das ist der Grund, warum Sie ihn umbringen ließen? Wofür haben Sie dann das Gold gebraucht?«

»Ich kämpfe für eine gerechte Sache, und all mein Haß gilt dieser Stadt der Wucherer und Ladenbesitzer. Als hätte jemand sie eingeschläfert! Jeder hier scheint nur aus Angst und Aberglauben zu bestehen ... Als wären immer noch die Spanier hier und wollten sie allein dafür bestrafen, daß sie am Leben sind! Sogar Jaccu – eine Bestie, die den eigenen Bruder tötete – hat noch im Sterben einen Gott angefleht! Hasenfüße, Gelatineherzen ... Im letzten Moment erinnert er sich an einen Gott ...«

Dann erhebt er die Stimme, die dadurch noch neutraler, noch farbloser wird. »Du nicht, junger Marini, du nicht! Du bist eine Ausnahme! Dein Geist ist der eines Freigeistes und nicht von der Sonne weichgekocht ...«

»Wie der von Sezzè Lunis, was?«

»Sezzè ist ein Konvertit ... Er hat keine Ahnung ... Er stülpt sich die Kapuze über, spricht von Politik und ist zufrieden ... Schluß damit! Hör zu: Ich wollte dich treffen, um dir ein für alle Mal klar zu machen, daß es jemanden gibt, der mehr Geistesschärfe besitzt als du, der mehr Bereitschaft zeigt, Ideen und Handlungen in Einklang zu bringen, ohne daß er es nötig hätte, in unseren Provinzblättchen Erwähnung zu finden. Dieser jemand bin ich, Serafino Ampurias! Demut, Efisio Marini, du solltest lernen, was Demut bedeutet ...«

Sogar er, ein Mörder, will ihn die Demut lehren ... Efisio sammelt sich und brüllt die stärksten Worte heraus, die ihm in den Sinn kommen. »Ampurias, Sie sind das Böse schlechthin, das Böse, das keinen Ursprung kennt, und die natürliche Moral, die unter den Lebewesen herrscht, ist Ihnen völlig fremd! Sie haben Ihren Gral gefunden, aber Sie sind weder unschuldig noch rein ... Sie sind alles andere als ein Ritter! Ihre tintenbefleckten Hände ... Diese Flecken ...«

Serafino macht eine Handbewegung wie jemand, der eine lästige Fliege verscheucht, und verschwindet langsam hinter der Düne. Efisio bleibt allein mit seinen Worten zurück, die ihm im Kopf umherschwirren, nutzlos geworden.

Mit dem Verschwinden von Ampurias kehrt der Schrecken zurück, Efisio spürt ihn in den Knochen; er macht einen Satz und rennt zurück ins Schilf. Er braucht die Weite des Salzsees und die Kreaturen, die in ihm leben.

Die Lagune reflektiert Himmel und Wolken wie ein riesiger Spiegel. Tief atmet er den Fäulnisdunst ein, der wie auch immer beruhigend auf ihn wirkt, und in der Ferne erblickt er zwei Männer, die um ein hölzernes Stativ herumwirbeln.

Ein Stativ und eine Art Würfel obendrauf.

Er erkennt Messié Edouard Delessert und Richard, die die trägen Wasservögel photographieren wollen, aber nicht richtig dazu kommen, denn sobald sie sich den Tieren nähern, machen sich diese auf ins Wasser und sind nicht mehr zu sehen. Seit Stunden geht das nun schon so, den halben Salzsee haben sie mit dieser Verfolgungsjagd in Zeitlupe bereits umrundet.

Efisio fühlt sich plötzlich in Sicherheit; er blickt auf das Schilf und die Dünen und dann wieder zurück zu dem Franzosen.

Im Laufschritt schließt er zu den beiden Männern auf, immer entlang des schmalen Streifens aus Erde, der die Salzfelder in große Rechtecke teilt.

Delessert mustert ihn erstaunt. »Der Junge sieht aus, als wäre er dem Teufel höchstpersönlich begegnet ... Was für ein Elend, daß meine Silbersalze das Rot von diesen Vögeln nicht wiedergeben wollen, das mir heute noch röter als sonst erscheint! Alles nur grau ... Grau in grau!«

29

Venanzio De Melas studiert und altert in seiner weißen Zelle, die er nicht mehr gern verläßt. Mittlerweile liest er immer wieder dieselben Schriften, und von ihm aus müßte es nicht mehr als hundert Bücher geben, doch das ständige Ordnen und Neuordnen der Dinge zwingt ihn dazu, neue Bücher zu lesen. Besonders fühlt er sich von den Seiten angezogen – schon immer war das so –, die ihm seine Autoritäten verbieten. Freiwillig würde er sich niemals von seinen Büchern wegbewegen. Doch das Leben im Kloster zwingt ihn, sich an die Regeln der Gemeinschaft zu halten, und zu diesen gehört auch die Ausübung der Sakramente. Er braucht den Befehl – die Befehle halten ihn am Leben, und sein federleichter Körper lebt, weil er das tut, was man von ihm erwartet –, und daher geht er zweimal pro Woche hinunter zum Beichtstuhl in der Kirche von San Giuseppe, direkt neben dem weißen, schwindelerregend schiefen Pisa-Turm, in dem die Raben ihre am höchsten gelegenen Nester bauen.

Das Licht scheint durch die runden Öffnungen in der Kuppel herein und nimmt eine konische Form an, aber kein einziger Lichtstrahl dringt hinab bis zu dem Beichtstuhl, der dunkel ist wie die Sünde, auch wenn die wahren Sünder und Sünderinnen sich niemals hierher verirren.

Heute nachmittag ist die Kirche beinah verwaist, nur ein paar alte Frauen knien in den Bänken; sie beten zu Gott, daß er ihren Tod noch ein wenig hinausschieben möge, wenigstens ein kleines bißchen.

Venanzio nimmt Platz, und praktisch in vollkommener

Düsternis dreht er sich zu dem Gitter um, hinter dem der erste reuige Sünder kniet, dessen Stimme jedoch ganz und gar nicht so schamhaft klingt wie die eines Büßers.

»Guten Morgen, Pater.«

»Sprechen Sie.«

Der Mann tut einen langen Atemzug. »Ich spreche, ich spreche ... Und ich sage Ihnen, daß es für meine Begriffe einem Ehrenmann mit einer solch pastoralen Mission wie der Ihren nicht gerade zusteht, andere Leute mit verwesten Fischen zu belästigen.«

Venanzio schiebt sein Gesicht ganz nah an das Gitter heran. »Serafino Ampurias, jeder bekommt das, was er verdient. Ich zum Beispiel, ich bekomme nichts, und je länger ich darüber nachdenke, um so mehr gelange ich zu dem Schluß, daß dies seine Richtigkeit hat. Was habe ich getan? Nichts. Und was bekomme ich im Gegenzug? Nichts. Sehen Sie? Alles eine Frage der Harmonie ... Das Gleichgewicht bleibt gewahrt. Und außerdem, was sind ein paar verweste Goldbrassen schon für einen Sieger, wie Sie einer sind? Sie haben verfaulten Fisch bekommen? Dann machen Sie sich mal Gedanken über den Verfall ... Als Freund der Symbole, wie Sie einer sind, werden Sie gewiß eine Erklärung finden.«

Hinter dem Gitter nimmt das nichtssagende Gesicht von Ampurias endlich seine wahre Gestalt an.

All seiner unbedeutenden Merkmale beraubt, erscheint plötzlich sein wirkliches Gesicht, das gelatinehafte Lächeln und die Haut, die nur lose auf den Knochen aufliegt, und der Alte zieht instinktiv den Kopf zurück, ohne sofort zu begreifen, warum. Ampurias hat sein eigentliches Wesen gezeigt, und dieses erfüllt ihn mit Abscheu.

»Venanzio, Sie werden sehen, die ›Idee‹ wird Bestand haben, und am Ende wird sie gewinnen. Die Symbole ...«

»Symbole? Symbole sind in diesen modernen Zeiten

nutzlos geworden. Unser Zeitalter ist das der Tat, und Symbole verhindern Taten.«

»Die ›Idee‹ hat auch im Hinblick auf die Fakten gewonnen: Immerhin ist der Schatz nun meiner, und durch Taten habe ich ihn erlangt.«

»Von was für einer ›Idee‹ sprechen Sie bloß? Durch dieses Gitter hier sehe ich klarer als in der Mittagssonne; dieses Gitter hat mich gelehrt, in die Seelen zu schauen, durch die Körper hindurch. Und wissen Sie, was ich sehe, wenn ich Sie anschaue, Ampurias? Ich sehe einen Folterer, einen gewissenlosen Mörder, wie diese Leute aus den Bergen, wo Ihre grausame Familie herstammt, es alle sind. Nur ganz selten verändern die Dinge ihr Wesen unter dem Licht des Himmels. Jemand, der von einem Mördervolk abstammt, kann sich nicht von Grund auf verändern: Allerhöchstens verändert sich die Art, wie er tötet. Sie sind verrückt, Ampurias.«

Serafino lacht höhnisch auf. »Wer spricht hier von Folter? Ausgerechnet Sie? Ich erinnere an geradezu legendär gewordene Foltermethoden – Rad, Seil, Peitsche ...«

Venanzios Stimme durch das Gitter hindurch ist nur noch ein Flüstern. »Hören Sie auf damit! Die Geschichte vergießt Blut, nicht ich ... Ich tue nichts anderes, als jeden Tag denselben kleinen Weg zurückzulegen. Und außerdem, was haben Sie mit der Geschichte der Welt zu tun, lassen Sie sie in Ruhe! Hier geht es lediglich um zwei einzelne Männer: um einen, der Blut vergießt, und um einen, den sogar das Blut eines Stieglitzes in Erschrecken versetzt, und dieser zweite bin ich. Wir finden die Welt so vor, wie sie uns von anderen hinterlassen wurde ...«

Die Stimme von Ampurias wird wieder flach und nimmt seinen Worten den Furor. »Ich habe ein Ziel, und Blut ist dazu da, daß man es verfolgt. Außerdem habe ich über einen Brudermord gerichtet, vergessen Sie das nicht, über einen Brudermord! Sie auf Ihrem kleinen Weg sind einem aufrechten und intelligenten Mann begegnet, der für sich selbst keine Reichtümer verlangt. Sehen Sie, hier liegt der Unterschied zwischen mir und einem Kriminellen! Habgier und Eigennutz machen verwundbar. Mein Gleichmut hingegen macht mich unbesiegbar.«

»Gewiß, das Gold ist nicht für Sie selbst bestimmt, aber was machen Sie damit? So genügsam, ohne Kinder, denen Sie es hinterlassen, ohne Frauen, denen Sie kostbare Geschenke machen könnten. Sie, der Sie ein Sohn der Witwe sind und zugleich ein Waisenknabe in allen Dingen, die mit Gefühlen zu tun haben!«

»Ich lebe allein, und Einsamkeit ist ein Zustand der Vollkommenheit … Den Umständen angepaßt, zurückgezogen, niemand regt sich über mich auf oder freut sich über mich … Aber ich habe einen Grund zum Leben, einen Grund … so wie Sie! Nein, ich bin unangreifbar!«

Venanzio will seine Stimme erheben, doch es gelingt ihm nicht, so daß er nicht mehr als ein mattes Krächzen hervorbringt. »Sie sehen, dort, wo der eitle Canelles mit seinen Ermittlungen nicht weiterkommt, führen andere Mächte, die zugegebenermaßen weniger elegant und pomadisiert sind als die des Maggiore, zum Ziel …«

»Sie meinen, der Fluch Gottes? Venanzio, dieser Trick funktioniert vielleicht bei den scheintoten alten Weibern, die in dieses Betrügernest zum Beten kommen. Um mir Angst einzujagen, müssen Sie schon andere Wege finden – suchen Sie ruhig nach ihnen, es gibt sie sowieso nicht! Auch wir haben unsere Tempel, seit Jahrtausenden schon, lange vor Ihnen …«

»Ich habe mich von meinem Zorn beherrschen lassen, verzeihen Sie. Der Bußgürtel meines Herrn wird mir gerechte Strafe sein … Sie sollten ihn auch tragen, Ampurias.«

Serafino fährt mit den Fingernägeln über das Gitter, was

wie eine Drohung klingt. »Ich habe einen Bußgürtel für die Seele, und wenn ich Fehler begehe, trage ich ihn … Ich weiß, welche Schmerzen er verursachen kann. Dieser, mein Körper, bedeutet mir nur wenig; ich habe den Schatz und bin zufrieden.«

»Nun, Ihr Körper ist wie jeder andere auch: Er leidet, wenn man ihm Verbrennungen zufügt, er blutet, wenn man ihn schlägt oder mit dem Messer auf ihn einsticht – wie der von Jaccu oder von Tandino. Was die Bußgürtel für die Seele betrifft: Hin und wieder kann man sich schon mal einen leisten, schließlich tun sie lange nicht so weh wie die für den Körper. Sie stehlen, töten, zetteln Verschwörungen an: Sie sind ein gefährlicher Mann! Doch Ihr Kopf, denken Sie daran, ist nicht der einzige, der Ideen in eine Ordnung bringt. Und auf die Gefahr, daß ich mich jetzt schon wieder versündige: All mein Haß gilt Ihnen, und ich glaube kaum, daß es nötig sein wird, den Tag des Jüngsten Gerichts abzuwarten, bis Sie ihre Strafe erhalten …«

Er überdenkt seine Worte. »Nein, nein, Ampurias … Wenn Sie ernsthaft bereuen und sich von Ihrer Schuld reinwaschen würden … Wenn Sie bereuen würden, dann stünde ich wirklich blamiert da! Nein, nein, für Männer, wie Sie einer sind, braucht es einen irdischen *dies irae*, bevor ihr bereuen könnt … Ihr dürft nicht die Zeit haben, euch von euren Sünden reinzuwaschen …«

»Jetzt werden Sie blasphemisch. Ich fürchte, Sie müssen Ihren Bußgürtel heute besonders lange tragen …«

»Ich will damit sagen, daß Reue ein Luxusgut ist, Ampurias, und wenn es nach mir ginge, würde sie Ihnen nicht gewährt. Sie verdienen sie nicht. Die einfachen Seelen von Mördern wie Istèvini und Jaccu mögen sie verdienen; sie waren fast wie Tiere, diese Männer. Aber Sie nicht! Ihre Intelligenz erhöht Ihre Schuld, und wie sie sie erhöht! Ich bin mir sicher, Sie würden ein solch ausgeklügeltes Reuebekenntnis vorbringen, daß Sie sogar Gott dazu zwingen würden, Ihnen die Absolution zu erteilen.«

Serafino tut einen langen Atemzug. »Auch ich bin ein einfacher Mann, ein Primitiver. Das Blut des Feindes stillt mir den Durst. Wenn ich Blut sehe, weiß ich, daß ich gewonnen habe. Das Blut ist die Seele, lieber Venanzio, und wenn es aufhört, durch den Körper meines Feindes zu fließen, dann habe ich ihn geschlagen. Und das genügt mir! Alles dreht sich um das Blut, alles ...«

Und wieder läßt er seine Fingernägel über das Gitter schrammen.

Die klaren Augen Venanzios senden winzige Lichtpunkte aus. »Nun, all diese Gefühle haben Sie von Ihren Vorfahren übernommen, die ihre Kinder geopfert haben wie andere Leute Schafe und die ihre Tage damit verbracht haben, die Berge und die geraubten Schafherden zu betrachten, ohne dabei die göttliche Moral und die elementaren Gesetze zu erkennen. Sie sind nicht faul, Sie haben etwas gelernt – Sie sind schlimmer als Ihre Vorfahren, viel schlimmer! Eine Sünde wie Mord wird nicht innerhalb von einer Generation bereinigt. Zum Glück haben Sie keine Kinder, und Sie werden auch keine mehr bekommen ... Die Welt wird nicht unter Ihren Nachfahren zu leiden haben.«

Serafino blickt sich um: Er hat seinen Entschluß gefaßt.

Nur die Alten mit ihren Rosenkränzen sind auch noch da, blind und taub, wie sie sind.

Venanzio, der Feind, der Denker, die wahre Gefahr, Venanzio ist nur durch einen dünnen Samtvorhang von ihm getrennt.

Er erhebt sich von seiner Kniebank und zieht den Vorhang auf. Der Piarist hat Serafinos Gesicht klar vor Augen, ein karges Feld.

»Ampurias, ich bin das ideale Opfer für Sie: wehrlos und gefährlich nur, wenn ich weiterdenke.«

Langsam zieht Serafino das Klappmesser aus der Tasche, er öffnet es, fährt mit dem Finger über die Klinge. Venanzio tritt aus dem Beichtstuhl heraus, doch er wendet ihm nicht die gebeugten Schultern zu. So sehr lohnt es sich, ihm in die Augen zu blicken, in denen nun, wenigstens für einen Moment, so etwas wie ein Ausdruck zu erkennen ist. Ein zufriedener Ausdruck. Ampurias packt die Kutte des Alten, der keinen Widerstand leistet, und hebt den bewaffneten Arm. »Ich bin ein Mensch, Venanzio, ein Mensch ...«

Da, Licht! Plötzlich ist Licht um sie herum ...

Zwei junge Piaristen, Daniele und Timoteo, öffnen das Kirchenportal mit einem österlichen Getöse, und die Kirchenschiffe füllen sich mit einem staubigen Licht, das aber dennoch Licht ist.

Serafino lächelt.

»Auf Wiedersehen, Venanzio.«

Die klare Iris des Mönchs ist noch klarer als sonst, und in ihrer Durchsichtigkeit lassen sich seine Absichten erkennen, doch Serafino beachtet sie nicht.

»Adieu, Ampurias, adieu im eigentlichen Sinne. Sie haben einen Fehler gemacht, einen Fehler. Denken Sie an die Klinge, vergessen Sie sie nicht. Adieu.«

30

Delessert reist mit einem Tagebuch ab, in dem es von Ereignissen nur so wimmelt. Der Pariser ist zufrieden, weil er eine neue Welt entdeckt hat, oder vielleicht ja sogar den Ursprung der Welt, und er ist überzeugt, daß in dieser von Hitze und Wind bestimmten Gesellschaft, die man in zwei Gruppen unterteilen kann, die Guten und die Bösen, sich die Menschen wie Götter oder wie Riesen bekämpfen. Niemand würde ihm mehr vormachen können, daß diese Insel von Langeweile, Armut und Ignoranz beherrscht wird. Messié Delessert ist so gemacht: Seine Sicht auf die Realität ist eine mythologische; ihr verdankt er, daß er morgens früh beim Aufstehen schon voller Neugier auf die Schöpfung ist. Und er bekommt schlechte Laune, wenn man ihn daran erinnert, daß er keine Zeit haben wird, sie in ihrer Gänze zu erforschen, weshalb er mit irgendwelchen Belanglosigkeiten und dem üblichen Elend nichts zu tun haben will, die seine Tage mit Grau erfüllen könnten, die einzelnen Momente und das Leben als solches.

Der eigentliche Grund für seine Abreise ist indes die Malaria, die ihn auffrißt. Doch auch Krankheiten, Unheil und Leid gehören für ihn nicht zur Realität.

Mager geworden und mit einem Teint in der Farbe bitterer Oliven, hat er sich den Bewohnern dieser Stadt mehr und mehr angeglichen, und mit lilafarbenen Augenlidern steigt er in die Kutsche, die ihn an die Nordspitze der Insel bringen soll, von wo aus er das Schiff nach Marseille nehmen wird.

Zu seiner Verabschiedung hat sich auch Efisio eingefunden.

»Der junge Odysseus, der die Freier besiegt und über diese Insel herrschen wird! Ein König, dessen Falten von Schönheit und Weisheit zeugen werden!«

Die Übertreibung.

Die Übertreibung hilft, denkt Delessert, wie der Alkohol, wie der Weißwein von Pelo d'Oro. Das Leben als Hyperboliker ist viel schöner. Man geht zwar das Risiko ein, ausgelacht zu werden, doch der Hyperboliker macht sich nichts daraus, wenn man ihm mit verächtlichem Grinsen oder ironischen Sprüchen begegnet, ja er zuckt nicht einmal zusammen – auch das ist ihm passiert –, wenn man ihn mit künstlichen Furzgeräuschen aus der Fassung bringen will. Die Übertreibung nimmt den Dingen ihre Erbärmlichkeit, und manchmal vertreibt sie auch den Schmerz. Und alles, was einen umgibt, verändert sich und wird zu etwas anderem. Man muß sich in Exzessen ergehen. Das ist die Welt, so wie er sie sieht.

Delessert – Efisio erahnt dies – ist jemand, der die Übertreibung braucht, der den Dingen Größe verleihen und in seinen Schilderungen das Maß verlieren muß, wenn er nicht leiden oder zumindest weniger leiden will.

»Junger Odysseus! Alle Begebenheiten, deren Zeuge ich wurde, hatten einen Stützpfeiler, eine Achse: Dich! Du bewegst die Ereignisse, du tauchst in sie ein, und die Ereignisse beginnen zu brodeln, sich zu überschlagen und zu einem Ende zu kommen. Das wird dein Schicksal sein ... Und ich fühle: Deine Tage auf diesem zauberhaften Felsen sind gezählt, fort wirst du gehen ... Ich wünsche dir ein langes Leben und einen heiteren Tod! Adieu!«

Während er in den Postwagen steigt, dreht er sich um und zeigt mit dem Finger auf ihn: »Einen Tod ohne Schrekken ... ohne jeden Schrecken ...«

Die Kutsche fährt los in Richtung Norden; sie wirbelt weißen Staub auf, der sie alle einhüllt, und Delesserts Erinnerung wird für immer von diesem Eindruck geprägt sein: Marmorstatuen, reglos bis in die Ewigkeit.

Einen heiteren Tod? Efisio kehrt nach Hause zurück; er fühlt eine leichte Übelkeit, die ihm den Appetit nimmt; der Essensgeruch auf der Straße, das Klappern der Teller, all dies verursacht Übelkeit in ihm. *Ohne Schrecken ... ohne jeden Schrecken ...*

Der Alte hat heute ein Bad genommen. Um zu töten, wen er töten muß, wäscht er sich wie sonst nur an hohen Feiertagen, auch wenn kaum Wasser da ist. Doch es genügt ihm, wie bei einer Segnung. Wer tötet, muß sich alles Unreine vom Leib waschen, doch ihm reicht ein Spritzer. Die ganze Nacht hat er die Klinge poliert und ein kleines Stückchen Schilfrohr zurechtgeschnitzt, dessen Spitze nun schärfer ist als die eines Messers. Und jetzt, da die Sonne aufgegangen ist, hat er sich den Dolch und den Brief in die Tasche gesteckt, den sie ihm vor zwei Tagen überbracht haben. Er kann nicht lesen, und so haben sie ihm die Worte vorgelesen.

In der Nachricht wird auch erklärt, warum das Töten in diesem Falle keine Sünde ist, und es steht dort auch, daß Gerechtigkeit die stärkste Macht auf Erden ist.

Zeit zu gehen. Die Setzerei ist weit.

Und dennoch will der Himmel nicht recht zu einem Mord passen; alles an diesem Tag befindet sich in schönster Harmonie, die weißen Wölkchen sind ohne Schuld, die Luft ist mild und ausnahmsweise einmal ohne Lagunengestank.

An seinem Ziel angekommen, setzt er sich neben der Tür auf den Boden, den Blick gesenkt, und mit abwehrenden Gesten lehnt er die Almosen der Passanten ab; er denkt, daß heute wirklich nicht der richtige Tag für milde Gaben ist, weder um sie auszuteilen noch um sie entgegenzunehmen.

31

Erst eine Woche ist seit seiner Begegnung mit Ampurias vergangen, doch Efisio ist fast geneigt zu glauben, es sei alles nur eine Luftspiegelung gewesen und der Wind, der grellweiße Sand und das unmäßige Licht hätten seine Sinne getäuscht.

Der September hat der fauligen Feuchte des Sommers ein Ende bereitet, und die Mücken sind in ihre Schlupflöcher zurückgekehrt. Die Bougainvillea im Hof der Casa Marini hat aufgeatmet und ihre alte Heiterkeit wiedergewonnen. Am fünfzehnten des Monats wird Efisio nach Pisa abreisen, und so unternimmt er lange Streifzüge, um möglichst viele Eindrücke zu sammeln und sein Gedächtnis damit zu füllen. Jeden Morgen bei Sonnenaufgang steigt er auf seinen Maulesel und reitet hinunter zum Strand, wo er sich im Sand wälzt, der nicht mehr kochend heiß ist, dann läuft er vor zur Macchia und zum Salzsee, der ständig die Farbe wechselt. Er schaut, schwimmt, fischt … doch in seinem Kopf trudelt immer noch die gierige Goldbrasse herum … Und auch in den Gezeiten des Schlafes schwimmt er noch, und alle seine Gedanken führen zu den Toten, die allmählich in ihren Gruften zu frösteln beginnen – und zu Serafino Ampurias.

Er hat mich nicht umgebracht! Er will nicht, daß ich sterbe … Vielleicht gibt es sogar für solche wie ihn gewisse Grenzen …

Die Sonne steht hoch am Himmel, und Efisio gibt dem Maultier die Sporen, um rechtzeitig zum Mittagessen zurück in der Stadt zu sein.

In der Ferne sieht er eine Staubwolke, die von einem direkt auf ihn zu trabenden Pferd aufgewirbelt wird: Major Canelles. Den Rücken gerade durchgestreckt, macht er ihm wilde Zeichen mit dem Arm und brüllt unverständliche Worte, die um so klarer werden, je weiter er zu ihm vorstößt. »Giordi Bisesti hat Ampurias auf der Straße abgestochen! Der alte Giordi Bisesti hat den Mörder seiner Söhne umgebracht! Erstochen!«

Ein helles Licht mit einem Mal.

Efisio hat das Gefühl, von einem himmlischen Schwindel erfaßt zu werden, von einer bedingungslosen Freude.

Reginaldo … der immer so makellos erscheint … stark und heiter …

Endlich hat Canelles ihn eingeholt, er wendet sein Pferd in Richtung Stadt, und gemeinsam machen sie sich auf den Rückweg.

Der Tod bringt immer Stille mit sich, und wegen der Wucht und Unabänderlichkeit, die in Reginaldos Rufen lagen, schweigt Efisio.

»Ein alter Mann, verrückt geworden vor Trauer … Aber wirklich verrückt war er nicht, er hat Ampurias regelrecht gerichtet …«

Efisio erinnert sich an Serafino auf der Düne, und er erinnert sich an seine Angst. »Giordi Bisesti ist der Vater von Jaccu und Istèvini, nicht wahr? Und wie hat er ihn umgebracht?«

Zu wissen, wie jemand gestorben ist, hat enorme Bedeutung, auch das hat ihm Delessert gesagt.

»Er hat ihm die Kehle aufgeschlitzt, hat ihn abgestochen wie in alten Zeiten … Ein Schilfrohr hat er ihm in die Halsschlagader gejagt, und dann hat er zugeschaut, wie das Blut aus ihm herausgespritzt ist, minutenlang … Erst als der Strom versiegt ist, hat er sich auf den Heimweg gemacht. Es ist direkt vor der Setzerei passiert … Der Alte hat den ganzen Morgen vor dem Eingang gehockt wie ein Bettler … Dann, als Ampurias herauskam, ist er aufgestanden, ein Stück hinter ihm hergegangen und hat ihn schließlich von einem Moment auf den anderen abgeschlachtet …«

Ampurias am Boden, und das Blut, das aus der offenen Kehle sprudelt, vereint ihn mit der Erde … Die Erde wird ihn nicht mehr hergeben.

»Um wieviel Uhr ist es passiert, Maggiore?«

»Um die Mittagszeit. Es waren jede Menge Leute auf der Straße, die auf dem Weg nach Hause zum Essen waren.«

Ampurias, die Maden, der Lauf der Dinge.

Venanzio kommt ihm in den Sinn … bleich, durchsichtig …

Efisio denkt an die Beschaffenheit der Augenblicke, der Momente, die genau die sind, die sie nun einmal sind, und keine anderen … An die Dinge und an die Folgen der Dinge … An die Taten … Wie sie sich aufgereiht haben, eine lange Kette, mit einem Ende, das unausweichlich war.

Für Canelles sind die Dinge und die Ereignisse abgeschlossen. »Die Umstehenden standen völlig unter Schock. Sie haben ihn gehen lassen … Offenbar hat er wie ein Wahnsinniger immer wieder denselben Satz wiederholt: ›Iß das Fleisch deines Sohnes, iß das Fleisch deines Sohnes …‹«

»Was wollte er damit sagen?«

»Tja, wenn ich das wüßte … Vielleicht ein Fluch, auch wenn es nicht wirklich wie ein Fluch klingt … Keine Ahnung, was das bedeuten soll … Wir haben ihn ein paar Stunden später in seiner Höhle festgenommen: einem Stollen im Is-Mirrionis-Hügel, in dem er zusammen mit ein paar anderen Bettlern hauste … Jetzt ist alles vorbei, Efisio. Ampurias ist vom Vater seiner Opfer gerichtet worden … Ja, anders kann man es kaum ausdrücken: gerichtet … Denn für meine Begriffe war der alte Bisesti auf keinen Fall verrückt ... Seine ganze verbliebene Kraft hat er in diese Tat gelegt ... Der Himmel hat entschieden und war schneller und gerechter als Richter Musino! Giordi Bisesti hat auch das Attentat auf Tandino gerächt ... Du hättest ihn sehen sollen, den armen Marco Tullio, zufrieden wie ein Säugling an der Mutterbrust, als ich ihm die Nachricht überbracht habe!«

Immer noch ist da Venanzio in Efisios Kopf.

Ein Pfeil, eine Kugel, ein Blitz ... Er hat begriffen: Venanzio! Der kristalline Alte kennt keine innere Hitze, nicht einmal lauwarm wird er mehr ...

»Maggiore, wissen Sie zufällig, wie der alte Giordi Bisesti auf Ampurias gekommen ist? Woher kannte er den Namen des Mörders seiner Söhne? Wer hat ihm den gesagt? Wissen Sie das?«

Canelles bringt sein Pferd zum Stehen und starrt Efisio an, der sein Maultier ebenfalls zügelt. »Jemand hat ihn dazu gebracht, hat ihn angestiftet ... Jemand hat ihm eine Nachricht zukommen lassen, in der alles geschrieben stand! Die Fakten, Efisio ...«

»Wer könnte das gewesen sein?«

»Jemand, der noch eine Rechnung mit Ampurias offen hatte, der aber einen Schuldeneintreiber brauchte, weil er allein nicht dazu in der Lage war.«

»Aber wer kann das gewesen sein?«

Sein Pferd tänzelt nervös, als Canelles sich vorbeugt und mit seinem Blick den von Efisio sucht, dessen Augen jedoch unter der Haartolle verborgen sind. »Das ist mir egal, Efisio, wer Giordi diesen Brief geschrieben hat, ich will es nicht wissen, und ich will es auch nicht herausfinden müssen! Giordi kann nicht lesen, jemand muß ihm die Nachricht also vorgelesen haben ... Seit seine Söhne tot waren, hatte er überhaupt nichts mehr zum Leben. Diese Pfeife von Richter Musino wird sich jetzt mal ein bißchen anstrengen müssen und auf die ein oder andere Mahlzeit verzichten, auf die er so viel Wert legt … Dafür kriegt der alte Giordi nun jeden Tag ordentlich zu essen … In der Kaserne haben sie ihn heute behandelt wie einen Prinzen: Er ist der Rächer von Tandino! Mir ist das völlig egal, wer dem alten Bisesti diesen Brief geschrieben hat.«

Efisio – der unreife Teil von Efisio – ruft: »Maggiore, ich habe den Brief nicht geschrieben!«

Canelles schaut stur geradeaus. »Ich will nichts mehr von dir hören, Efisio. Ampurias ist schon unter der Erde, nicht mal die Maden interessieren sich für ihn. Selbst als Toter stinkt er mehr als andere … Er hatte keine Kinder, stell dir vor … Er hinterläßt bloß zwei fette Katzen, die schon irgendwie überleben werden … Da, wo er jetzt ist, ist er sicherer als im Gefängnis: In der Hölle haben sie bisher alle genommen.«

»Und der Schatz?«

»Diesen Schatz wird niemand mehr kriegen – soviel ist sicher. Ampurias hat ihn nicht in seinem Haus versteckt. Vielleicht ja in seinem Heimatdorf. Das ist keine Gegend für Schätze hier … Er war kein Dummkopf, ganz gewiß nicht … Wer weiß, wo er ihn versteckt hat.«

Sie treiben die Tiere an, die ihren Trott wieder aufnehmen.

Efisio wird von seinem Maultier ordentlich durchgeschüttelt. »Die Symbole!« entfährt es ihm.

»Was sagst du da?«

»Die Symbole, Maggiore, die Symbole! Ich weiß, daß diese Freimaurer viel auf Symbole geben. Jedes Ding hat noch eine weitere Bedeutung. Man müßte genug Zeit haben und seinen Gedanken freien Lauf lassen …«

Canelles bringt sein Pferd zum Stehen. »In Ordnung … Was ist mit deinen Gedanken, wo fangen sie an?«

»Ich weiß es nicht. Ich fahre weg, Maggiore, ich muß

fort ... Mein Vater schickt mich nach Pisa, Sie haben davon gehört ...«

Canelles hat schon befürchtet, daß dieser schmächtige junge Mann ein neues Gedankenkonstrukt entwickeln würde. Nein, eigentlich hat er es erhofft, denn er hat sich von Efisios Phantasie, die freier ist als seine eigene, weniger eng und begrenzt, eine Erquickung versprochen wie von frischem Quellwasser.

»Efisio Marini, ich muß dir etwas gestehen: Deine Geistesblitze werden mir fehlen ... Ja, Licht ist es, was du da hervorbringst, leuchtendes Licht ... Jetzt muß ich mich wieder den üblichen Missetaten widmen, lauter langweiligen alltäglichen Verbrechen ... Ich war so glücklich, wenn ich abends zu Marianna gehen und ihr Neuigkeiten von dem Ring und den Goldbrassen erzählen konnte ... Sie hörte mir zu und stellte Fragen, hörte zu und stellte Fragen ... So schön war das, so schön ...«

Efisio schwitzt den ganzen Tag, aber nicht wegen der Hitze, sondern aus Scham, und das ist eine andere Art von Schweiß, dieser Schweiß ist salziger als gewöhnlich. Im übrigen hat man ihn dazu erzogen, gar nicht zu schwitzen: Schwitzen ist unanständig.

Sie haben recht gehabt, all diese Leute, die ihn ständig zur Demut ermahnten. Diese ganzen *Ich, Ich, Ich* haben ihn in dem Glauben gewogen, die Ereignisse nach seinen eigenen Vorstellungen steuern zu können. Statt dessen ist alles genau andersherum gewesen: Er wurde lediglich ausgeschickt, im Kreis um die Ereignisse zu laufen, die da passiert sind. Eine Marionette mit einem Holzkopf! Das ist der Grund, warum er sich schämt; er ist ganz rot im Gesicht und schwitzt und schwitzt.

Venanzio in seiner kristallinen Zerbrechlichkeit hat ihn an der Nase herumgeführt. Der Alte klirrte und dachte, während Efisio die Dinge erst in dem Moment begriff, als sie bereits all ihre Energien verbraucht hatten und an ihr Ende gelangt waren, ausgelaugt und kraftlos geworden.

Scham. Nicht einmal die Natur vermag ihn mehr aufzuheitern, sogar die Klippen nicht oder die Dünen. Rücklings legt er sich in den Sand und schaut in den Himmel, doch er findet auch dort keinen Frieden.

Venanzio hat ihn an der Nase herumgeführt. Er hat ihn leiden lassen, Schmerzen ertragen; er hat ihn dazu gebracht, sich zu verändern, und er ist tatsächlich nicht mehr derselbe Efisio wie zuvor ... Der Alte hat ihn glauben gemacht, er selbst zu sein, Efisio, jemand, der nachdenkt, versteht und die Dinge in Bewegung setzt ... Und dabei hat, ohne sich von der Stelle zu rühren und in Aktion zu treten, die ganze Zeit der alte Piarist den Fortgang der Dinge bestimmt und sie durch den verkrusteten Destillierkolben in seinem Kopf laufen lassen.

Venanzio hat den Brief an Jaccus Vater geschrieben und ihm erklärt, wer seinen Sohn gefoltert und ermordet hat. Er hat den Höhlenbewohner aus seinem Loch gelockt, der sich von der Macht der Dinge treiben ließ und Ampurias abgeschlachtet hat. Alle waren sie Marionetten in seinem Spiel, nichts als Theater, Girolamo hat recht: Die Welt ist eine Bühne... *Iß das Fleisch deines Sohnes ...*

Efisio schwitzt; er schwitzt und ist rot vor Scham.

Im Kloster der Piaristen herrscht heute keine Stille, das Rauschen der Bäume und Sträucher übertönt sie. Das Licht ist von einem solchen Grellweiß, daß es den Schatten der Arkaden in tiefstes Dunkel verwandelt. Daher kann Efisio bei seinem Eintreffen für einen Moment nichts erkennen, und er bemerkt Venanzios Anwesenheit – wie eine Erscheinung – erst nach ein paar Sekunden. Der Alte hat auf einem Mäuerchen fünf Bücher aufgestapelt. »Die sind für dich, Efisio.«

»Danke, ich werde gut auf sie achtgeben, auch wenn ich nicht glaube, daß sie mir jemand stehlen wird. Bücher stiehlt keiner.«

»Das ist aber dumm von den Dieben. Wenn ich ein Dieb wäre, würde ich unbedingt Bücher stehlen. Darin findest du alles, was du brauchst, sogar Ratschläge, wie man glücklich wird. Schau mal: Horaz, Lucretius – aber die darfst du nicht Pater Lorenzo zeigen, sonst verbrennt er sie –, dann der heilige Augustinus und zwei Bände Justinian.«

»Was soll ich denn mit Justinian?«

Efisio ist baß erstaunt.

Venanzios Stimme ist leise. »Hier geht es um die *vita ordinata*, das geordnete Leben ... Lies ihn, lern seine Botschaft kennen: Nur so wirst du die Wahrheit finden. Willst du meine Meinung über Leute wissen, aus deren Mündern Sätze wie diese quellen: ›Mit Logik ist der Wahrheit nicht beizukommen‹ oder ›Es gibt viele Wahrheiten‹ oder ›Tatsachen kann man nicht bewerten wie eine Rechnung‹? Für mich haben diese Leute weder Ehre im Leib noch Sinn für Realitäten! Ich glaube, daß man nur durch Denken an die Wahrhaftigkeit der Dinge herangeführt wird und daß die richtige Logik sowohl der Intuition überlegen ist als auch in der Lage, den Zufall vorherzusehen. Doch vom Zufall will ich gar nicht reden ... Mit anderen Worten, Efisio: Das Denken wird dich unweigerlich und immer so weit bringen, daß du am anderen Ende des Fadens denjenigen findest, den du suchst ... Du verfolgst den Faden, und am Ende findest du einen Mann oder eine Frau an ihn angebunden ...«

»Die Gerechtigkeit ...«

Er ist besessen von einem bestimmten Gedanken, seit er mit Canelles gesprochen hat, und ohne Venanzio anzuschauen, flüstert er: »Und jeder darf für sich bestimmen, was Gerechtigkeit ist?«

»Ja, jeder. Zur Not, wenn die Gerechtigkeit nicht zur

Stelle ist, muß man eben allein dafür sorgen, daß sie in Kraft tritt... Auch Ampurias war allein... Nach dem Tod ist die Hölle dafür zuständig, auf Erden ist es das Gesetz! Und wir befinden uns nun mal auf Erden.«

Efisio mustert den wächsernen Alten. Und plötzlich gelingt es ihm, sich vorzustellen, wie dieser den Tod von Ampurias beschließt, indem er mit einem Brief den Haß des Vaters anstachelt, der den Mörder seines Sohnes erkennt. Ein Porzellanmännchen, zerbrechlich, der Glanz abgeschabt, bereit, zu Staub zu zerfallen. »Efisio, du hast mir von Ampurias' Beichte erzählt, die er vor dir und dem Schilf abgelegt hat. Er hat gesprochen, und dann ist auch er wieder zu Staub geworden. Die Natur wird etwas Besseres aus ihm machen ... Beim ersten Wurf ist er ihr weniger gut gelungen. Manche Dinge entstehen oder wachsen heran, ohne daß sie einen Sinn hätten... Man braucht etwas Mut... Ich kümmere mich um nichts mehr, ich kann sowieso nichts mehr, nichts mehr ...«

Venanzio lächelt, und ein Ausdruck von Grausamkeit tritt auf sein Gesicht.

»Gewiß«, murmelt Efisio mit gesenktem Kopf, »von meiner Begegnung mit Ampurias habe ich nur Ihnen erzählt...«

»Ein offenes Geständnis war das, was er da gesagt hat, ein ›eindeutiges Schuldbekenntnis‹ nennt man so etwas.«

Stille. Dann hebt Efisio den Kopf, aber er schaut dem Alten noch immer nicht ins Gesicht. »Und Sie, Pater Venanzio, haben seine Verurteilung beschlossen. Sie haben dem alten Giordi Bisesti den Brief geschickt.«

Dieser Junge hat ihn noch nie enttäuscht, er leuchtet hell wie eine Flamme. »Ich habe lediglich die Wahrheit demjenigen nahegebracht, der ein natürliches Recht darauf hatte: dem Vater von Jaccu, seinem eigenen Fleisch und Blut. Du hast die Dinge in Gang gesetzt, du hast sie am Laufen gehalten. Es braucht nicht viel, hast du gesehen? Nur ganz wenig ...«

Die Fakten stehen still in Erwartung von etwas, das sie bewegen könnte.

»Aber ... aber ... so etwas nennt man Rache!«

»Nein, nein! Es ist nichts als eine gerechte Strafe. Du wirst für den Rest deines Leben immer Position beziehen müssen, in die eine oder die andere Richtung, ohne dich vom Urteil anderer beeinflussen zu lassen ... Solange mein wäßriges Blut mein Gehirn nährt, werde ich es benutzen, um in dieser elenden Stadt für Gerechtigkeit zu sorgen. Ampurias war der Inbegriff des Bösen im Menschen, und nun schubsen ihn die Teufel in die Flammen, mit denen er den armen Jaccu zu Tode gequält hat. Vielleicht wird eines Tages sogar Serafino seinen Körper und seinen gesichtslosen Kopf zurückerhalten ...«

»Ampurias war verrückt ...«

»Ampurias war böse, und die Bösen sind alle verrückt. Je böser sie sind, um so verrückter sind sie.«

Efisio hat den üblen Verdacht – es lodert geradezu in ihm –, daß er als der verlängerte Arm dieses Mannes benutzt worden ist. Er fühlt sich gekränkt. Doch Venanzio besteht mittlerweile aus kaum mehr als Geist, sein Körper wird jeden Tag weniger, und vielleicht hatte er ja auch nur Angst ... Angst davor, Ampurias am Leben zu lassen ... Angst, keine Zeit mehr zu haben.

Ja, Venanzio wird immer weniger, doch Efisio fühlt sich dennoch benutzt. Als wäre er irgendein dahergelaufener Einfaltspinsel ... Und er muß es aussprechen, jetzt da er begriffen hat. »Canelles hat mir kaum von dem Mord und dem Brief erzählt, da war mir klar, daß Sie ihn geschrieben und versandt haben mußten ... Für Sie war von Anfang an alles klar ... Sie haben mir diese Bücher unter die Nase gehalten ... Die Pest, die Liste mit den Kapuzenträgern ...«

Ein Windhauch weht durch die Loggia. »Unter die Nase und vor die Augen ... Doch jeder andere hätte nicht zu erkennen vermocht, Efisio. Du hast begriffen, weil du einen Verstand hast und weil du die Fakten kanntest. Dein Berufsleben wird auf Fakten fußen, da bin ich mir sicher. Nicht jedem ist es vergönnt zu glauben ... Auf mich hat sich der Glaube vielleicht herabgesenkt – hier im Kloster bezweifeln das allerdings die meisten –, und vielleicht bin ich ja sogar glücklich ... Was dich betrifft, so weiß ich es nicht, du bist ein Kind deiner Zeit ... Ich bin ein Mann aus der Vergangenheit, und ein Jahrhundert trennt uns, ein Jahrhundert ... Jetzt wirst du fortgehen, und ich werde nicht mehr dein Erzieher sein, doch dieser Teil von dir, den zu formen mir gelungen ist, wird sich nie mehr verändern, nie mehr! Du wirst um ihn herum erwachsen werden.«

»Pater Venanzio, was soll das heißen: Ich werde mich nicht mehr verändern?«

»Du wirst dich noch verändern, keine Sorge. Ich will bloß keine jungen Schüler mehr annehmen: Ich bin zu erschöpft. Wir brauchen Ideen und Licht, um zu leben, und durch die Ideen habe ich zu Gott gefunden. Bei dir wird das schon etwas schwieriger werden ... Aber nach irgend etwas wirst auch du suchen müssen, um existieren zu können ...«

Sie verlassen den Innenhof des Klosters und gehen in die Zelle des Piaristen.

Die Zelle ist kühl wie ein Brunnenschacht.

Venanzio stellt zwei Wassergläser und eine Flasche goldgelben Weines auf den Tisch.

»Ein bißchen Wein ...«

»Pater Venanzio, die verwesten Goldbrassen habe nicht ich vor Ampurias' Haustür gelegt ... Das waren auch Sie, Sie allein ...«

»Nun trink schon, mein Junge, das ist zehn Jahre alter Malvasierwein; du warst damals neun, als dein Vater dich hier in die Schule gebracht hat... Welch eine Mühsal, welch eine Mühsal ... Prosit!«

32

Unermüdliche, üppige Natur ... Verstummt sind die Zikaden und die Vögel ... Die Stille des Salzsees ... Alles ist verbrannt und verdaut ...

Und doch ist vor ein paar Tagen die Hitze mit Siebenmeilenschritten gen Süden geeilt, nun zertrampelt dieser Gigant die Dinge nicht mehr, die allmählich wieder zur Ruhe kommen.

In der Stadt wird weniger gestorben, man braucht nur die *Gazzetta* zu lesen. Der ein oder andere Alte nimmt das Wasser wieder auf, das er in den Malarianächten verloren hat, und das ein oder andere Kind entkommt sogar der Ruhr. Mit anderen Worten: Für eine kurze Zeit lebt es sich besser. Alles ist nach hinten verschoben, dafür werden sie im Januar an der Kälte sterben.

Diese nicht enden wollende, schleichende Veränderung – der Salzsee ist wie ein Labor, in dem man sie studieren kann – löst Verwunderung aus und zehrt an den Kräften; sie ist an die Stelle der Gebete in Efisios Kopf getreten, wenngleich er das nicht einmal bemerkt hat. Diese Veränderung wird seine einzige Gewißheit sein, und er wird Mut brauchen, um den im Wandel begriffenen Dingen auf den Grund gehen zu können.

Seit einiger Zeit – seit wann genau, vermag er nicht zu sagen, und auch nicht, wie es dazu gekommen ist –, wenn abends der kühle *imbath* frische Luft in die Stadt treibt, hat Efisio ein neues Verhältnis zum Weinen gewonnen.

Er ist sicher, daß Weinen einen Sinn ergibt, denn er empfindet nicht mehr wie ein unreifer Junge, und immer wieder wird ihm bewußt, daß die Dinge ihrem Ende entgegensteuern. Also konzentriert er sich auf das Ende und weint.

Marianna spürt, daß etwas zerbrochen ist, wie ein Erlahmen der Gedanken; die Gedanken auf der einen Seite unterscheiden sich von denen auf der anderen Seite, ein unbestimmbares Gefühl ... Wie Sehnsucht und Abschiedsschmerz, wie bei jemandem, der sein Haus und seine Stadt verläßt, die er nie zuvor verlassen hat.

An diesem Abend gehen Marianna und Reginaldo zum ersten Mal gemeinsam aus; sie fliehen den Schutz und die kühle Frische des Hauses Arthemal.

Bevor sie die Stufen hinuntergegangen ist, hat sie noch einmal die Porträts ihrer Eltern betrachtet und die Spieldose wieder geschlossen, die sie bei Reginaldos Ankunft zugleich mit der Haustür geöffnet hatte. Dann, als traute sie ihren Augen nicht, hat sie ihn immer wieder angeschaut, bis er ihr den Rücken zugedreht hat, um aus der Tür zu treten.

Sie klaubt imaginäre Staubkörner von seiner Jacke. »Sollen wir nicht auf die Dämmerung warten?«

»Nein. Wir gehen erst ins *Gran Caffè*, solange die Sonne noch scheint. Und dann zum Abendessen.«

Als Marianna den Fuß auf die Straße setzt, glaubt sie im ersten Moment zu schweben, und die Zeit, die es braucht, bis ihr anderer Fuß das Pflaster erreicht, erscheint ihr ungewöhnlich lange.

Ein Gefühl von Verlust.

Sie ist nicht mehr die verschreckte Elster in Reginaldos Hand ... Reginaldo nimmt sie mit, er führt sie aus, nichts weiter ... Sie löst sich aus ihrer Rolle als geschätztes und verehrtes Opfer, das nur ihm allein hingegeben war.

Sie fühlt sogar eine Veränderung an ihrem Körper, ja in ihrer Brust – doch sie könnte sie nicht beschreiben –, die eine unsichtbare Trennlinie zieht zwischen einem vergangenen Zustand, einfach und leuchtend, und einem unmittelbar bevorstehenden neuen, der freilich glanzlos ist und sogar – auch dies fühlt sie, aber kann es sich nicht erklären – ein wenig elendig.

Nicht einmal als sie ihren Körper Reginaldo das erste Mal überließ, hatte sie diese Veränderung gespürt: Damals war es ihr so selbstverständlich erschienen, ihren vorhergegangenen Zustand aufzugeben und ihren Körper an Reginaldo zu verlieren, so naturgegeben und unausweichlich, daß sie nicht einmal auf jenen physischen Wandel geachtet hatte. Im Gegenteil, ohne es auch nur zu hinterfragen, war sie fest davon überzeugt gewesen, daß die Veränderung in der Dornenkrone bestanden haben mußte, die er von ihr genommen hatte.

Marianna war von Reginaldo auserwählt worden, er hatte sie erobert und allen anderen Frauen bevorzugt … Mehr als eine Ehefrau.

Sie schließt die Augen, stellt sich diesen neuen Zustand vor, der da kommen wird, und sieht in dem ovalen Bilderrahmen deutlich ihr eigenes und das Gesicht von Reginaldo, die sich nicht einmal mehr anschauen, auch wenn jemand sie einander gegenüber an der Wand aufgehängt hat, damit sie sich weiterhin anschauen können. Und in Erinnerung an ihre Mutter und ihren Vater denkt sie zum ersten Mal, daß in dem häuslichen Schmerz – jenem, der innerhalb der eigenen vier Wände entsteht –, daß in diesem Schmerz etwas enthalten ist, das zu mächtig ist, um sich seiner zu erwehren.

Daher ist ihr Fuß schwer geworden und tut weh.

»Reginaldo, müssen wir wirklich weggehen?«

Er antwortet nicht, er zieht sie mit sich, und also setzt Marianna auch den zweiten Fuß auf dem Pflaster auf, über das – und dieser Gedanke erschreckt sie – all die anderen Füße gelaufen sind.

Auf den weißen Mauern beginnt die Sonne den Tuffstein in ein verzehrendes Rot zu tauchen, und alle – in den unteren Stadtvierteln und auf den Booten im Meer – drehen sich um, den hohen Felsen zu betrachten; jeden Abend schauen sie hinauf, um zu ergründen, wie die Nacht sein wird. Sie setzen alle ihre Hoffnungen auf die Höhe, denn von unten ist hier noch nie etwas Gutes gekommen.

Als er den ersten Fuß auf die Gasse vor der elterlichen Haustür gesetzt hat, hat auch Efisio eine seltsame Schwere verspürt, die ihn den zweiten Fuß nicht aufsetzen ließ.

Er denkt, daß die Fakten sich zu einem Ergebnis verdichtet haben, sie sammeln sich, sie verzahnen sich ineinander, dann verschwinden sie, und dieses Ergebnis erfüllt ihn mit Wehmut. Aber es ist nicht nur das. Efisio geht an diesem Abend mit einer Ordnung im Kopf aus dem Haus, die er als eine neue Art von Weisheit betrachtet, allerdings eine unvollkommene. Und also glaubt er, daß dieses Schweregefühl auf dem anderen Fuß – dem, der noch im Haus geblieben ist – nur die Trauer darüber ist, wie sehr er sich verändert.

Von Unordnung will er nichts wissen. Doch das neue Schweregefühl löst beinah Schmerzen in ihm aus, und er fragt sich, was mit diesem Fuß passiert, der so anders ist als sonst. Dann blickt er sich um: Er sieht die enge Gasse und einige wenige Passanten.

Eine Kraftanstrengung.

Der Fuß löst sich vom Boden, marschiert los, vereint sich im Schritt mit dem anderen – dem Schritt eines heimlichen Verlobten –, und Efisio gelangt bis zum Aufstieg zum Bàlice. Von dort aus läuft er immer entlang der Mauer.

Der Septemberhorizont ist anders, er ist unschuldig und gesammelt. Das Licht ist weniger übermächtig. Der Wind bläst gleichmäßig und spielt nicht mehr verrückt.

Während er unter dem Kapernstrauch auf Carmina wartet, sucht er nach Worten. Er findet nicht ein einziges neues. Und dennoch verspürt Efisio eine so große Veränderung, daß er sich zwingen muß, sich als Efisio zu fühlen. Er bemerkt lauter neue Nerven, und diese Nerven zwicken ihn überall.

Er wird abreisen. Aber an Weihnachten wird er für einen Monat zurück in die Stadt kommen, das haben sie beschlossen, und dann werden sie ihren Familien die Verlobung verkünden.

Für sie hat die Liebe nur eine einzige Form – jene einzige, die sie bisher kennengelernt haben –, und diese entspricht dem ewig gleichen, unausweichlichen Modell der eigenen Eltern. Efisio hat sich umgesehen; wieder und wieder hat er heimlich die afrikanische Haut von Minna Olivares studiert, die ihren seltsamen Duft verströmt, und er hat in Mariannas Fenster gelugt. Er hat die Dinge katalogisiert, und ist zu dem Schluß gekommen, daß Carmina die einzige Möglichkeit ist.

Sie planen keine Veränderungen und bereiten sich vor auf ein seit Generationen wiederholtes Leben, das – zumindest glauben sie das – frei von Schmerz sein wird.

Und doch verspürt Efisio ein leichtes Unbehagen, denn im Verhältnis zur Gesetzmäßigkeit im Hause Marini erscheint ihm das, was Carmina in ihm auslöst, kaum mehr mit Legalität vereinbar: Carminas Geruch, Carminas Farben, der duftende Flaum an ihrem Hals, ihr Atem. Und Minna und Marianna. Alles jenseits eherner Regeln.

Und es gibt auch noch andere Anzeichen.

Er wird lange fort sein, und das melancholische Ereignis der Loslösung ist ein erstes Anzeichen für die bevorstehende Traurigkeit, die von nun an das Leben des Paares wie eine Aura umgeben wird. Traurigkeit und Sehnsucht, die Carmina aus unerfindlichen Gründen schon jetzt genießt, bis es fast weh tut.

Carmina ahnt nicht, während auch sie den ihr aus unerfindlichen Gründen schwer gewordenen Fuß aufsetzt, daß von nun an die Klage – die Klage über etwas, das fehlt, über einen Lebensweg voller Stolpersteine, über Krankheiten und Entbehrungen, von denen sie nicht die geringste Vorstellung hat –, daß von nun an die Klage für immer ihr Gewand sein wird.

»Kapernstrauch, als du deine Schatten auf Carminas Haut geworfen hast, konnte ich kaum glauben, daß ausgerechnet sie mich gern haben würde. Warum hat sie mich erwählt? Erwählt, nachdem sie mich durch die Ritzen ihres Rolladens ausspioniert hat. Was kommt da auf uns zu? Ist es möglich, daß Salvatore recht hat und alles nur auf Zahlen und Mengenangaben hinausläuft?«

Während er die Pflanze befragt, kommt Carmina hüpfend den Weg hinunter. Efisio denkt, daß dieses Hüpfen etwas Kindliches an sich hat und daß sie vielleicht bald damit aufhört, weil es sie zu sehr anstrengt.

»Efisietto ... jetzt verläßt du mich ... drei Monate ... drei Monate! Ein Mann in der Ferne läßt eine Frau mehr an ihn denken als ein Mann in der Nähe – das ist mir neulich eingefallen. Einen Mann zu vergessen, der nah bei einem ist, das ist leicht ... Aber einen Mann in der Ferne, den vergißt man nicht ... Aber jetzt ...«

Einen Mann? Warum nennt sie ihn einen Mann? Mit einem Mal sind sie erwachsen geworden ... Jetzt? Carmina hat *jetzt* gesagt ... Von diesem Moment an für immer? Ist das der Moment?

Sinforòsa entfernt sich diskret, und Efisio hat das Gefühl, als würde sie für alle Zeiten verschwinden.

Carmina macht nie zuvor gesehene Gesten – wie eine Frau. Sie spielt mit den Spitzen an ihren Blusenärmeln, zupft an ihrem Kragen, tut andere Dinge, die Efisio nicht begreift, und die Ader an ihrem Hals schlägt so heftig, daß er es sehen kann.

»Hier, Efisio, nimm eine Haarlocke von mir …«

Sie überreicht ihm ein Leinensäckchen, das die Locke enthält. Er nimmt die Reliquie entgegen, eine Amputation, denkt er, eine winzig kleine, und er sieht die untergehende Sonne in Carminas Augen leuchten. Er schöpft neuen Mut und achtet nicht mehr auf Umgangsfragen. Venanzio hat recht, der größte Teil von Efisio wird sich niemals verändern. »Schau jeden Tag hinaus aufs Meer! Und im Dezember halte Ausschau nach einer kleinen Qualmwolke am Horizont, und ich werde mit meinen Blicken die Altstadt suchen, in der ich dich meiner Ankunft harrend weiß.«

Auch sie übertreibt nun, wie die Frauen in ihren verbotenen Romanen. Die Schatten verblassen allmählich. »Ich werde auf die Wellen hinausschauen und in ihrem Flüstern dein Wehklagen vernehmen … Ein Haus am Meer mit einem Garten voller Kapernsträuche … Ein ganzes Leben dort … Und zwischendurch schenken wir der Welt zwei Söhne!«

Söhne!

Eine Weile hört man nur noch ihren Atem, so wie er damals den Tropfen lauschte, die von den hochgezogenen Rudern hinab – das einzige Geräusch! – auf die Wasseroberfläche fielen.

Dann, als ihre Ausdünstungen stärker werden, schreckt er auf. Er ist nicht wirklich zufrieden, nicht bis ins tiefste Innere. Nun wird er sich endgültig überlegen müssen, welchen Ton er Carmina gegenüber anschlagen soll. Damit sie sich daran erinnert. Gesichter aus seiner Kindheit tauchen vor seinem geistigen Auge auf, doch er erkennt sie nicht. Wohl ein Zeichen dafür, daß er jetzt erwachsen ist: Die ersten Erinnerungen verblassen, und andere kommen dafür hinzu.

Mit einem Mal ist er sich vollkommen sicher, daß man von einem Moment auf den anderen erwachsen wird, von jetzt auf gleich. Und er denkt, daß dies ein wichtiger Moment ist, denn so wie man sich in jener Sekunde gibt, so bleibt man für den Rest des Lebens.

Ein Moment, der dich mehr verändert als jahrelanges Denken. Doch die Ideen sind viel zu viele, und so fallen sie zu Boden.

Die Schamhaftigkeit hat den Damm durchbrochen und sich davongemacht.

Am liebsten würde Efisio wieder umkehren – wie jemand, der sich von einem Felsen ins Meer stürzt und plötzlich den Grund vor sich sieht, woraufhin er erneut nach oben zu gelangen versucht. Für einen Augenblick wird er wieder zu demjenigen, der er einmal war. »Ich werde dich an einen Ort bringen, an dem alles ganz gewiß ist … Weißt du, wo das sein könnte?«

»Nein, sag es mir.« Sie nimmt eine Klammer aus ihrem Haar und steckt seine Tolle fest.

Der Kapernstrauch gerät in Aufruhr; bis zu den Wurzeln wird er durchgeschüttelt. Efisio will sich nicht verändern. Warum sollte er sich verändern? Doch als er seine Hände betrachtet, scheint ihm, als hätten sie sich schon verändert … Er blickt zu Carmina, und auch Carminas Stirn ist nicht mehr so glatt wie die einer Statue, und dennoch ist sie perfekt. Der Hals, der ihm so gut gefällt, dieser Hals hat eine kleine Falte, die vorher noch nicht da war, eine neue Falte … Reden, wie er früher geredet hat, denken, wie er früher gedacht hat, ist unmöglich geworden. Er ärgert sich, weil ihm nichts mehr auf die gleiche Art gelingt wie noch kurz zuvor. Er nimmt alle seine Kräfte zusammen, um Efisio zu bleiben, aber er weiß nicht einmal, an welchem Punkt er sich gerade befindet ... Denn auch jene anderen *Ichs* sind Efisio, und sein neuer Doppelgänger, der ganz dicht um ihn herum ist ... Er will keine Veränderungen; ihm fallen nur noch Worte ein, die er bereits gedacht hat, also sagt er nichts.

Die Steine der Mauern reflektieren die Hitze, und diese elementare Form unbeseelten Lebens berührt sie beide plötzlich zutiefst. Es gibt nichts, was so einzigartig und so einfach wäre für Efisio und Carmina, die keine Steine sind und die Hitze nicht schweigend aufnehmen und wieder zurückgeben.

Der Himmel ist nicht für sie da: Er ist für niemanden da. Nicht einmal die nackten gelben Hügel ringsherum sind für sie da. Oder das Kap, die Lagune, das Meer. Der Pfad. Sie gehen ihn entlang und bewegen sich jeden Tag in den gleichen komplizierten Bahnen, was sie kaum zur Ruhe bringt.

Ihr ureigener Weg hat sie in dem Glauben gewogen – doch sie ahnen bereits den Irrtum, auch wenn sie sich das Leid noch nicht ausmalen können –, daß jedes Ding hier für sie beide dagewesen ist.

Und die Entdeckung des Schmerzes zögern sie noch heraus, obgleich es ihnen dünkt, als sei der Schmerz, zumindest an der Oberfläche, süß und richtig.

Auch Carmina – urplötzlich, wie eine Erleuchtung, überkommt ihn die Gewißheit – ist ein Beweis dafür, daß Efisio den Fakten mit dem Stift und dem Heft in der Hand nachgeht und sie nicht selbst erzeugt.

Er erfindet sie wahrhaftig nicht; er klassifiziert sie und

hat eine reife und fast schon welke Erinnerung an die Dinge.

Und er weiß genau – doch er vermag diesen Gedanken nicht in eine Form zu bringen, was ihn mit Schrecken erfüllt –, daß nichts, aber auch gar nichts, nicht einmal das allerkleinste Teilchen, das winzigste Objekt, das er erforscht hat, gemäß der strengen und unvollkommenen Ordnung des Katalogs funktioniert.

Girolamos Opern

Ma ho timor che sotto terra /
Piano piano a poco a poco /
Si sviluppi un certo foco …

Nein, wir sind noch lange
nicht am Ende angelangt,
da schwefelt noch was –
Unheil, Unheil …

Giacomo Rossini, La Cenerentola, 1. Akt, 14. Szene

Ah, ben io t'invenni,
o fatal scritto!

Endlich habe ich dich
gefunden, verhängnisvolles
Schriftstück!

Giuseppe Verdi, Nabucco, 2. Teil, 1. Szene

Oh, chi piange? Di femmine
imbelli chi solleva lamenti
all'Eterno?

O wer klagt da …? Wer
schickt die Klagen feiger
Frauen zum Ewigen?

Giuseppe Verdi, Nabucco, 3. Teil, 5. Szene

Sprezzo quei doni che versa
fortuna capricciosa …

Launisch das Glück, das
Besitzstand dir bringt.

Giacomo Rossini, La Cenerentola, 1. Akt, 14. Szene